JÜRGEN AHRENS

Tegernsee-Kartell

JAGD AUF EIN PHANTOM Auch am Tegernsee spuken bisweilen die Gespenster der Vergangenheit – und Hauptkommissar Markus Kling wird jäh mit den Folgen konfrontiert, ohne den Zusammenhang zu ahnen. Drei Todesfälle innerhalb kurzer Zeit, jeder davon im Milieu der Stars und Millionäre: Was steckt dahinter, wo ist die Lösung verborgen? Nach vielen Irrwegen bringt der Zufallsfund eines Journalisten die Ermittler schließlich in die Nähe der Wahrheit, doch der Hintergrund bleibt ein Mysterium. Erst als es schon fast zu spät scheint, entdeckt Kling das Bindeglied zwischen den Geschehnissen. Ein Kartell von Geschäftemachern, die sich am Tegernsee zusammengefunden haben, hat ebenfalls von diesem Geheimnis Wind bekommen und wittert eine Goldgrube – die Verlockung schmutzigen Reichtums, der jedes Verbrechen wert zu sein scheint.

Jürgen Ahrens, geboren in Bremen, studierte Germanistik, Musikwissenschaft und Fotodesign. Im Anschluss arbeitete er acht Jahre als Texter in internationalen Werbeagenturen, bevor er sich selbstständig machte. Neben seiner werblichen Tätigkeit arbeitete er auch journalistisch, unter anderem für das BMW Magazin und die Süddeutsche Zeitung, und veröffentlichte mehrere Autobücher und Romane. Mit Kommissar Markus Kling hat er seine erste Serienfigur erschaffen. Jürgen Ahrens lebt mit seiner Ehefrau in seiner Wahlheimat München. Seit 2005 ist er aktives Mitglied der Autorengruppe KaLiber, seit 2020 gehört er auch dem »Syndikat« an, einem Verein deutschsprachiger Kriminalautoren.

Weitere Informationen unter: www.juergen-ahrens.com

JÜRGEN AHRENS

Tegernsee-Kartell

KRIMINALROMAN

GMEINER

Personen und Handlung sind frei erfunden.
Ähnlichkeiten mit lebenden oder toten Personen
sind rein zufällig und nicht beabsichtigt.

Immer informiert

NEWSLETTER

Spannung pur – mit unserem Newsletter informieren wir Sie
regelmäßig über Wissenswertes aus unserer Bücherwelt.

Gefällt mir!

Facebook: @Gmeiner.Verlag
Instagram: @gmeinerverlag
Twitter: @GmeinerVerlag

FSC® www.fsc.org
MIX
Papier aus verantwortungsvollen Quellen
FSC® C083411

Besuchen Sie uns im Internet:
www.gmeiner-verlag.de

Im Ehnried 5, 88605 Meßkirch
Telefon 07575/2095-0
info@gmeiner-verlag.de

1. Auflage 2022

Herstellung: Julia Franze
Umschlaggestaltung: U.O.R.G. Lutz Eberle, Stuttgart
unter Verwendung eines Fotos von: © Jürgen Ahrens
Druck: CPI books GmbH, Leck
Printed in Germany
ISBN 978-3-8392-0200-5

Wie der starke Mann sich seiner körperlichen Kraft freut und besonderes Vergnügen an allen Übungen findet, die seine Muskeln in Tätigkeit setzen, so erfreut sich der Analytiker jener geistigen Fähigkeit, die das Verworrene zu lösen vermag.

Edgar Allan Poe

PROLOG

Mai 1937

»Also, was ist jetzt? Verdammt noch mal, mir reicht es langsam mit dem Palaver!«

Dr. Emil Grotekamp war von seinem Platz aufgesprungen und lief im Zimmer hin und her, während er immer wieder heftig an seiner Muratti paffte. Graue Schwaden vernebelten den Raum, doch die Fenster zu öffnen, verbot sich. Von dieser Diskussion durfte kein Wort nach außen dringen.

Dr. Walter Gillessen, der Mieter der Wohnung in Frankfurt-Höchst, ließ sich von der Unruhe seines Kollegen nicht beirren; er lehnte sich in seinem Stuhl zurück und streckte die Beine aus, während er den dahintreibenden Tabakdunst beobachtete. Bedächtig zog er an seiner Meerschaumpfeife und blickte auf seine Armbanduhr. »Wie viel Zeit bleibt uns denn eigentlich?«, fragte er in seiner gewohnt stoischen Art.

Grotekamp blieb stehen und sah ebenfalls reflexhaft auf die Uhr. »Ungefähr 42 Stunden. Abflug, ist, wie Sie wissen, übermorgen um … Aber das sind doch alles Kinkerlitzchen!«, unterbrach er sich ungehalten. »Wie lange sollen wir noch herumeiern? Meine Argumente habe ich mehrfach geäußert, und an ihrer Plausibilität hat sich nichts geändert.«

»Ja. Für den Fall eines Interkontinentalkriegs«, sagte Sebastian Krüger, der sich bislang eher zurückgehalten hatte. »Für mich klingt das immer noch utopisch. Nicht mal ein Vabanquespieler wie Hitler würde sich mit den USA anlegen, nach all der Scheiße vor 20 Jahren im Atlantik.«

»Aber er wird sich mit ganz Europa anlegen«, ereiferte sich Grotekamp. Mit seinen 32 Jahren war er zwar der Jüngste der drei, dennoch hatte ihm Dr. Goebbels wegen seiner speziellen Fachkenntnisse damals die Leitung des Geheimprojekts übertragen, und so betrachtete er sich nach wie vor als Wortführer. »Und danach«, fuhr er fort, »ist Asien dran, dann Nordafrika und so weiter und so weiter. Sie hätten ›Mein Kampf‹ lesen sollen, ich hab's oft genug gesagt.«

»Diesen fürchterlichen Schinken.« Krüger verzog angewidert das Gesicht.

»Diesen fürchterlichen Schinken«, wiederholte Grotekamp erregt und zerdrückte den Rest seiner Zigarette im Aschenbecher. »Ja, Sie haben vollkommen recht. Leider ist das sein Programm, und der Schlussakt, oder besser die Tragödie, wird eine Konfrontation zwischen dem Deutschen Reich und Amerika sein. Warum hat sich denn von Blomberg in das Projekt eingemischt? Und warum hat er uns einen fürstlichen Etat spendiert? Bestimmt nicht wegen der nächsten Olympischen Spiele. Im Nachhinein wünsche ich mir, wir hätten unsere Finger nicht in diesen Morast gesteckt. Tun wir wenigstens jetzt das Richtige. Wozu hab ich mir sonst die Mühe gemacht, extra einen Brief an Roosevelt aufzusetzen?«

Nach seinen Worten breitete sich Schweigen in der Runde aus. Krüger wischte sich Schweißperlen von der Stirn und entledigte sich umständlich seiner Krawatte.

»Glauben Sie denn allen Ernstes, dass Hitler die Weltherrschaft anstrebt?«, fragte Gillessen.

»Ja«, erwiderte Grotekamp kurz angebunden. »Vielleicht nicht für sich selber, aber für die germanische Edelrasse, bekanntermaßen sein Lieblingsthema. Berlin letzten Sommer, das war nur das Vorspiel auf dem Theater. 33 Goldmedaillen, auch dank unserer schäbigen Mithilfe, geschenkt. In ein paar Jahren wird es um 33 Länder gehen, und eins nach dem anderen kommt dazu. Nur die Amerikaner sind in der Lage, diesem Wahnsinn ein Ende zu bereiten.« Er entnahm seinem silbernen Etui eine neue Zigarette, zündete sie an und sog energisch den Rauch in seine Lungen ein.

»Haben Sie für mich auch eine?«, fragte Krüger.

Grotekamp hielt ihm das Etui hin. »Bitte. Vielleicht hilft es.«

Krüger nickte, griff sich eine Zigarette und ließ sich von Grotekamp Feuer geben. Erneut schwiegen die drei. Die Wanduhr in der Diele nebenan ließ vier helle Glockentöne und danach zwölf tiefe, nachhallende Schläge vernehmen. In diesem Moment klangen sie wie die Glocken des Jüngsten Gerichts in ihren Ohren.

»Meine Güte, Grotekamp«, seufzte Krüger, mit einem bemüht lockeren Unterton, als wollte er das allgemeine Unbehagen auflösen. »Haben Sie's denn nicht 'ne Nummer kleiner? Sie malen ja immer schwärzer, je länger wir über Hitler diskutieren.«

»Aus gutem Grund«, entgegnete der Angesprochene.

»Aus guten Gründen hatten wir uns auch geschworen, keine Monstren zu erschaffen. Egal, ob deutsche oder amerikanische.«

»Das gilt nach wie vor. Es wäre ja nur die Ultima Ratio, bevor alles zu spät ist.«

»Warum stimmen wir nicht einfach ab?«, schlug Gillessen vor. »Wir sind zu dritt, somit ist die Sache klar. Ein Patt ist ausgeschlossen.«

Krüger klatschte zustimmend in die Hände. »Jawohl, machen wir endlich Schluss mit der Rederei. Die Mehrheit entscheidet, und damit basta. Also, wer ist dafür, das Mikrofiche und alle sonstigen Unterlagen ins Feuer zu werfen?«

Seine Frage war noch nicht ganz ausgesprochen, als er schon den Arm erhob. Weil sein rechtes Schultergelenk infolge einer Kriegsverletzung in seinem Radius beschränkt war, wirkte es fast wie ein Hitlergruß. Keiner folgte seinem Beispiel.

»Und der guten Ordnung halber, wer ist dafür, dass Dr. Grotekamp den Film seiner Kontaktperson in Washington zuspielt?«

Zwei Arme schnellten in die Höhe.

»Na schön«, resümierte Krüger. »Ich stelle hiermit fest, dass eine Zweidrittelmehrheit entschieden hat, die Substanz den Amerikanern zu überantworten.«

Die drei Wissenschaftler sahen sich wortlos an. Krüger verzog zweifelnd das Gesicht. »Glauben Sie mir, es ist besser so«, beschwor Grotekamp seinen Kollegen.

»Jaja«, bekam er zur Antwort. »Das war ein demokratischer Beschluss, nicht wahr? Also, Ende der Debatte.«

»Es ist gut, wenn wir alle dahinterstehen«, sagte Grotekamp. »Noch mal zum Test: Wie lautet der Schlüssel? Herr Dr. Gillessen?«

Gillessen nannte den Zahlencode.

Grotekamp nickte befriedigt. »Gut, wir drei haben die Zahl im Kopf. Sollte der Film in die falschen Hände geraten, kann niemand etwas damit anfangen. Aber ich bin sehr zuversichtlich, dass er in die richtigen gelangt.«

»Trinken wir darauf«, sagte Gillessen. »Ich habe einen sehr guten Courvoisier im Schrank. Napoléon, zwölf Jahre alt.«

»Ja, trinken wir darauf«, antworteten die beiden anderen unisono.

Gillessen klopfte seine Pfeife aus, öffnete die Wohnzimmervitrine und entnahm ihr eine Kristallkaraffe mit Cognac und drei Weinbrandschwenker. Während er die goldbraune Flüssigkeit im Schein der Deckenlampe in die Gläser goss, blickte er seine Kollegen an und sagte leise: »Möge es nie dazu kommen.«

Sie alle wussten, was gemeint war.

»Möge es nie dazu kommen«, wiederholten seine Kollegen ernst, und bevor sie anstießen, fügte Grotekamp hinzu: »Mir geht es nicht ums Rechthaben. Gebe Gott, dass ich falschliege. Wohlsein.« Mit feinem Klirren trafen sich die Glasränder und besiegelten seine Worte.

1

Über 80 Jahre später

»Zum letzten Mal: Die Fanny gehört mir!«

Den rechten Arm abgewinkelt, die Faust drohend erhoben, bewegte sich der Hüne mit dem Jägerhut auf Christian zu. »Ich meine es ernst. Wenn du nicht deine Finger von ihr lässt, bringe ich dich um!«

»Und du glaubst, das ändert irgendwas?« Christian stemmte die Arme in die Hüften und verzog spöttisch den Mund. »Mach dich doch nicht lächerlich! Fanny hat … Fanny will … würde … Herrgott! Scheiße!«

Er fasste sich an die Stirn, als hätte er einen Migräneanfall, drehte sich zum Kamerateam um und winkte heftig ab.

»Stopp!«, ertönte eine ungehaltene Stimme. Klaus Beckmann, Regisseur der TV-Vorabendserie »Schicksalswege«, verließ seinen Posten und stapfte durch den Schnee auf die Kontrahenten zu. Seine rechte Hand wedelte mit dem Skript.

»Michi, was ist mit dir los?« Halb besorgt, halb freundschaftlich knuffte er seinen Star und hielt ihm den Text vor die Nase. »Du verhaust dich doch sonst nicht am laufenden Band! Schlecht geschlafen, oder was?«

»Quatsch.« Michael Fromberger, als Darsteller des Christian Sebald das zentrale Gesicht der Serie, schüttelte energisch den Kopf. »Mit mir ist alles in Ordnung.«

Es klang nicht überzeugend. Wie zur Bestätigung hob er erneut die Hände und presste sich beide Daumen an die Schläfen. »Ist vielleicht der Föhn«, sagte er entschuldigend.

»Föhn?« Beckmann blickte zum Himmel über der Schwarzentenn-Alm, an dem sich milchiges Blau mit dünnen Wolkenfeldern abwechselte. Für den späteren Nachmittag waren Plusgrade und Regen vorhergesagt. »Du spinnst ja«, gab er zurück. »Wir haben ganz normales Tiefdruckwetter.«

»Fühlt sich für mich aber nicht so an. Irgendwie bin ich heute nicht frei im Kopf.«

»Ja, das merke ich. Brauchst du 'ne Pause ... vielleicht einen Kaffee?«

Fromberger schüttelte erneut den Kopf, so vehement, dass seine rotbraune Mähne herumwirbelte. »Naa, bloß koan Kaffee!« Wie immer, wenn er grantig wurde, verfiel er in seine heimische Mundart. »Mir is' eh scho zu warm.«

»Zu warm? Mach keine Witze.«

»Doch, es *ist* warm. Scheißwetter. Lass mich mal kurz durchschnaufen.«

»Okay, dann schnauf halt durch. Und danach versuch bitte, dich auf deinen Text zu konzentrieren. Hier«, er tippte auf die Stelle im Skript, »›Fanny hat sich längst entschieden, oder glaubst du etwa, sie würde mit einem Mörder zusammen sein wollen?‹«

»Es ist ein komplizierter Satz, das musst du zugeben.«

»Na und? Bist du Profi oder nicht?«

Florian Winzer, der Hüne mit dem Jägerhut, im richtigen Leben Ensemblemitglied der Münchner Kammerspiele, stand mit zweifelndem Gesicht daneben. »Und wenn wir Take drei nehmen?«, fragte er. »Der war doch fehlerfrei und gar nicht so schlecht.«

»›Gar nicht so schlecht‹ ist dasselbe wie ›gar nicht gut‹«, widersprach Beckmann. »Entweder wir machen es perfekt oder wir lassen es. Also, Michi, komm, reiß dich zusammen.«

Die beiden Schauspieler nickten stumm und nahmen ihre ursprünglichen Positionen wieder ein. Beckmann stapfte zurück zum Aufnahmeteam.

»Können wir loslegen?«

»Alles klar«, bestätigte Fromberger und reckte den Daumen hoch. Beckmann warf erneut einen Blick zum Himmel. Die Wolken wurden dichter. Er holte tief Luft und schickte ein stummes Stoßgebet nach oben. Lieber Gott, lass die Szene im Kasten sein, bevor das Dreckwetter kommt. Dann gab er seiner Assistentin ein Zeichen.

»Achtung, wir drehen!«, rief die Regieassistentin, und das Team spulte die übliche Routine ab.

»Ton läuft!«

»Kamera eins läuft!«

»Kamera zwei läuft!«

»Schicksalswege, Folge dreizehn, Einstellung neun, Take sieben«, sagte der zweite Kameraassistent und betätigte die Synchronklappe.

»Und bitte!«, gab Beckmann das Kommando.

Florian Winzer erhob seine Faust. »Zum letzten Mal: Die Fanny gehört mir!«

Super, dachte Beckmann. Das klang noch eine Spur drohender als in den sechs Takes zuvor.

»Ich meine es ernst. Wenn du nicht deine Finger von ihr lässt, bringe ich dich um!«

So, jetzt dein Auftritt, Michi. Versieb es nicht schon wieder.

»Und du glaubst, das ändert irgendwas? Mach dich doch … mach doch … Oh Scheiße, was ist das?«

Ja, Scheiße, dachte Beckmann wütend. »Stopp! Zefixhalleluja, das darf ja wohl nicht wahr sein!«

Fromberger schien ihn überhaupt nicht wahrzunehmen. »Was ist das?!«, wiederholte er, nun schreiend, und fuchtelte mit beiden Händen in der Luft herum, als wollte er einen Hornissenschwarm abwehren.

»Was ist *was*?«, fragte Winzer konsterniert, während Beckmann erneut auf die Schauspieler zustürmte.

»Michi! Bist du völlig meschugge?«

Michael Fromberger starrte ihn mit weit aufgerissenen Augen an. Seine Pupillen verdrehten sich, und in seinem Gesicht stand nackte Panik. »Da … da!«

»Was? Wo?« Beckmann packte seinen Darsteller am Arm, aber der riss sich los und fing plötzlich an zu rennen, ziellos, stolpernd und rutschend im pappig feuchten Schnee. »Hilfe«, schrie er mit überschnappender Stimme, »ich verbrenne! Helft mir doch!«

»Der ist verrückt geworden«, sagte Winzer und blickte ihm verstört nach. Beckmann schwieg, auch die Mitglieder des Aufnahmeteams beobachteten die Szene stumm wie in Schockstarre. Die traumhafte Bergwelt ringsum wirkte plötzlich wie die Kulisse eines Horrorfilms.

Michael Fromberger hatte seine Jacke in den Schnee geworfen, riss sich das Hemd auf und versuchte vergeblich, es ebenfalls loszuwerden, auf seiner kopflosen Flucht vor etwas Unsichtbarem, das in ihm selber war. 50, 100 Meter, dann trugen ihn seine Füße nicht mehr. Er begann zu torkeln, erbrach sich schwallweise, als hätte er einen Vollrausch, und kreiselte mit verdrehten Beinen um die eigene Achse, bis er der Länge nach in den Schnee fiel und reglos liegen blieb. Ein vielstimmiger Aufschrei ertönte.

»Michi!!« Beckmann und Winzer rannten zu der Stelle, beugten sich über den reglosen Körper und drehten ihn auf den Rücken. Frombergers Anblick ließ beide zusammenfahren. Was da lag, glich einem Zombie. Das Gesicht war wachsbleich, der Mund stand offen, und sein toter Blick verlor sich im Nichts, während die Augäpfel regellos herumirrten, als hätten sie sich aus dem Kopf gelöst.

»Hey, Michi!«, rief Beckmann, tätschelte ihm die linke Wange und zog seine Hand erschrocken zurück. »Oh verdammt, ist der heiß!«

»Du meinst, er hat Fieber? So plötzlich?«

»Ja, fühl doch selber!«

Winzer berührte vorsichtig Frombergers Stirn und zuckte ebenfalls zurück. »Oh Gott! Der kocht ja fast!«

»Dreh bitte nicht durch!« Beckmann versuchte vergeblich, seine aufsteigende Panik zu unterdrücken. »Ganz ruhig. Immerhin atmet er noch.«

»Ja, stimmt«, sagte Winzer. »Aber … ganz komisch.«

Erst jetzt wurde Beckmann bewusst, dass Fromberger in flachen, hechelnden Zügen Luft einsog und ausstieß. »Ja, ich seh's. Scheiße, ist das Schnappatmung oder was? Keine Ahnung, was man da macht.«

»Als Erstes stabile Seitenlage«, schlug Winzer vor. »Das ist aus der Fahrschule bei mir hängen geblieben. Los, hilf mir.«

Er winkelte Frombergers rechten Arm an, kreuzte ihn mit dem linken vor der Brust, und gemeinsam legten sie den schlaffen Körper auf die Seite. Dann schlug Winzer die Beine des Bewusstlosen übereinander und überstreckte dessen Hals.

»So erstickt er nicht, falls er wieder kotzen muss«, erklärte er.

»Okay, sieht richtig aus«, konstatierte Beckmann aufatmend. Seine eigene Führerscheinprüfung lag fast 30 Jahre zurück; zu Erster Hilfe hätte man ihn nicht fragen dürfen. »Sag den anderen, sie sollen sofort den Rettungsdienst rufen. Oder nein, ich kümmere mich darum.«

Er fingerte nach dem Smartphone in seiner Anoraktasche und prüfte die Netzverbindung. Nur ein mickriger Balken ganz links auf der Skala, aber der würde für einen Notruf ausreichen. Mit zitternden Fingern tippte er die 112 auf seinem Telefon ein. Die Leitstelle meldete sich nach wenigen Sekunden, und Beckmann bemühte sich, seine Stimme unter Kontrolle zu bringen, während er das Vorgefallene schilderte.

»Verstanden. Der Rettungshubschrauber wird in zehn Minuten bei Ihnen sein. Lassen Sie den Mann so lange in stabiler Seitenlage, der Arzt wird dann das Nötige veranlassen.«

Inzwischen hatte sich fast das gesamte Aufnahmeteam um die Stelle versammelt. »Sollten wir ihn nicht besser in die Almhütte bringen?«, drängte der Mann mit der Handkamera.

»Oder wenigstens ins Wohnmobil«, mischte sich einer der Lichttechniker ein. »Im Schnee erfriert er uns womöglich, so ohne Jacke.«

»Bei *der* Körpertemperatur?« Beckmann schüttelte heftig den Kopf. »Er glüht ja förmlich. Ich finde, wir sollten ihn nicht unnötig bewegen. Sagt auch der Mann vom Rettungsdienst. Womöglich hat er ein … ein Hirnaneurysma oder so …«

»Ein was?«

»Ach, vergiss es, hab ich nur mal aufgeschnappt. Jedenfalls ist es besser, wenn er liegen bleibt. Wir haben doch Isomatten dabei. Das muss reichen, bis der Notarzt hier ist. Verfluchter Mist aber auch!«

Keine acht Minuten später warf das Echo der Berghänge ein anschwellendes knatterndes Dröhnen zurück. Über dem nahen Fichtenwald erschien ein Hubschrauber. Er blieb sekundenlang in der Luft stehen und sank dann langsam in Fontänen aufspritzenden Altschnees auf die Alm herunter.

Fromberger lebte, aber sein Atem ging hektisch, seine Augen blickten noch immer ins Leere, und in unregelmäßigen Abständen durchliefen krampfhafte Zuckungen seinen Körper. Beckmann hatte seine Jacke zusammengerollt und ihm unter den Kopf gelegt. Winzer, der zweite Kameramann und die Regieassistentin standen mit bangen Gesichtern daneben.

Der Notarzt näherte sich in Begleitung von zwei Sanitätern, die eine Trage mit Notfallausrüstung transportierten. »Dr. Klapproth«, stellte er sich vor, als er die Gruppe erreicht hatte. »Was genau ist passiert?«

Beckmann zuckte die Schultern. »Keine Ahnung. Herr Fromberger ist plötzlich durchgedreht, hat wirres Zeug geschrien und ist weggerannt. Dann hat er gekotzt, und auf einmal lag er da und rührte sich nicht mehr.«

»Ohne erkennbaren Anlass?« Dr. Klapproth kniete sich neben Fromberger und horchte auf seine Atemgeräusche.

»Ja, da war überhaupt nichts. – Das heißt … irgendwie wirkte er schon vorher … ein bisschen seltsam. Neben der Spur, verstehen Sie? Ich dachte, er ist vielleicht übermüdet oder so.«

»Das dürfte leider etwas ernster sein«, entgegnete der Arzt. Er prüfte mit einer Lampe Frombergers Pupillen, tastete nach dem Puls, maß Blutdruck und Temperatur.

»Pupillenerweiterung, 42 Grad Fieber, Hypertonie, extrem beschleunigter Puls«, fasste er zusammen. »Sieht nicht gut aus. Er weist Symptome einer akuten Intoxikation auf. Das ist alles, was ich im Moment sagen kann.«

»Und was heißt das genau?«, fragte Beckmann angstvoll.

»Drogenüberdosis, wahrscheinlich Amphetamin«, erklärte Dr. Klapproth knapp, während er einem seiner Helfer winkte. »Ringerlösung, schnell!«

Beckmann und seine Teammitglieder vernahmen den Befund wie vom Donner gerührt.

»Amphetamin? Das gibt's doch nicht!«, entfuhr es Beckmann.

»Sieht ganz danach aus.«

Der Sanitäter öffnete den Notfallkoffer und bereitete das Infusionsbesteck vor. Dr. Klapproth legte dem Bewusstlosen einen Venenzugang, schloss den Beutel an, und während die Kochsalzlösung in Frombergers Kreislauf rann, begann sich dessen hektischer Atem leicht zu beruhigen.

»Ich hatte schon mehr solcher Fälle«, kommentierte der Arzt. »Wir können von Glück sagen, dass der Mann noch lebt. Offensichtlich ist er völlig dehydriert.«

Er verabreichte Fromberger eine Spritze in den Oberarm, fühlte erneut seinen Puls, nickte und gab seinem zweiten Begleiter ein Zeichen, die Trage zum Abtransport vorzubereiten. Inzwischen hatten sich auch einige Gäste der Schwarzentenn-Alm eingefunden, alarmiert durch den Hubschrauberlärm. Die Gruppe stand um die Szene herum wie Trauergäste um ein offenes Grab.

»Zur Sicherheit werde ich noch ein EKG machen«, sagte Dr. Klapproth, »aber dazu müssen wir seinen Oberkörper entkleiden. Wir packen ihn jetzt in den Helikopter …«

»Und wo fliegen Sie ihn hin?«, wollte Beckmann wissen.

»Ins Krankenhaus Agatharied. Die sind auf alle Notfälle vorbereitet. Keine Sorge, wir werden ihn schon durchbringen.«

Was soll er auch sonst sagen, dachte Beckmann. Folge 13 ist jedenfalls im Arsch. Und wenn Michi nicht überlebt? Stirbt die ganze Sendereihe, aus und Amen.

»Schicksalswege«, murmelte Florian Winzer.

»Wie bitte?«, fragte der Arzt.

»So heißt die Serie, die wir hier drehen. Kommt mir inzwischen vor wie ein böses Omen.«

2

Alles Bemühen des Ärzteteams hatte den Patienten nicht retten können; in der Notaufnahme des Krankenhauses war Michael Fromberger gestorben, gerade mal 29 Jahre alt. Hauptkommissar Markus Kling saß an seinem Schreibtisch in der Polizeiinspektion Miesbach und las noch einmal den Obduktionsbericht durch. Demnach hatte sich Fromberger mit einer illegalen Droge aufgeputscht, die überdies halluzinogen war. Und tückisch, weil die volle Dröhnung erst mit einer guten Stunde Verzögerung einsetzte. Paramethoxyamphetamin, kurz PMA. Der Name klang so teuflisch, wie die Wirkung es war.

Sofort nach Bekanntgabe des Laborbefunds hatte sich das Münchner Drogendezernat der Sache angenommen, denn es war naheliegend, dass Fromberger sich das Zeug in irgendwelchen Münchner Schwarzmarktkreisen besorgt hatte. Und das vermutlich, ohne zu ahnen, was man ihm da angedreht hatte.

»Aus freien Stücken schluckt so etwas niemand«, hatte der zuständige Kollege vom Münchner Präsidium erklärt. »Er dachte wahrscheinlich, es ist Ecstasy. In Osteuropa wird das manchmal mit PMA gepanscht, weil das viel billiger ist. Aber eben auch lebensgefährlich. Die Opfer dehydrieren, weil sie aufhören zu trinken, kriegen Krämpfe und fallen ins Delirium. Und zu allem Überfluss bekommen sie extrem hohes Fieber, weil ihre Temperaturregulierung nicht mehr funktioniert. Sie werden buchstäblich zu Tode gekocht.«

Grauenvoll, dachte Kling. Den Medien gegenüber hatte man sich so drastische Formulierungen zwar wohlweislich verkniffen; in der Pressemitteilung des Präsidiums Oberbayern Süd war als Todesursache »Ischämischer Schlaganfall infolge akuter Hyperpyrexie« angegeben, aber die Boulevard- und Gesellschaftsreporter waren ja nicht blöd. Ischämisch, akute Hyperpyrexie – beides konnte man auf die Schnelle googeln und sich seinen eigenen Reim darauf machen. »TV-Star im eigenen Saft gekocht«, lautete dementsprechend der Aufmacher des Platzhirschs. Die Sensationsgier des Verfassers troff aus jeder Zeile des Berichts. Seit Tagen beherrschte Frombergers Tod die Schlagzeilen, nicht nur in der Region, sondern in ganz Bayern und darüber hinaus. Immerhin gehörte »Schicksalswege« zu den erfolgreichsten Vorabendproduktionen, die der Sender in den letzten Jahren ins Programm genommen hatte. Zu allem Überfluss hinterließ Fromberger zwei Geliebte, zuvor eher B- oder C-Promis, die sich in den einschlägigen Blättern publikumswirksam ausweinten.

Kling hatte keine einzige Folge der Serie gesehen. Solche Schmonzetten ersparte er sich aus Prinzip, der Fall Fromberger selbst hätte ihn allerdings brennend interessiert. Einen Tag nach dem Vorfall auf der Alm hatte es ein zweites Opfer gegeben, eine 23-jährige Fabrikantentochter aus Sankt Quirin; die Sache zog also größere Kreise. Das gepanschte Ecstasy stammte zweifellos aus derselben Quelle wie bei Fromberger. Aber wo war die? Aus den sichergestellten Resten der Chemikalie hatte sich keinerlei Hinweis auf deren Herkunft ergeben, und die Befragten im Familien- und Freundeskreis der Betroffenen waren aus allen Wolken gefallen, als sie die Todesursache erfahren hatten. Der Spürhund in Markus Kling zerrte schon an der Leine, um Witterung nach Indizien aufzunehmen. Doch da war nichts zu machen; hier ging es um ein Drogendelikt mit vermutlich internationalen Verwicklungen, und das fiel in die Zuständigkeit des Münchner Kommissariats 82. Die Miesbacher Kripo blieb außen vor. Vielleicht war es besser so. Markus Kling befand sich gerade auf Wohnungssuche. Er stand kurz vor einem erfolgreichen Mietabschluss und damit auch vor dem Umzug, da wäre ein Haufen komplizierter Ermittlungsarbeit eher zur Unzeit gekommen. Seine neue Liebe, Veronika Sommer, die er im Zusammenhang mit dem Fall Menzl im Vorjahr kennengelernt hatte, war nicht nur zielstrebig, sondern auch entwaffnend pragmatisch.

»Was meinst du, wollen wir nicht zusammenziehen?«, hatte sie schon nach sieben Monaten gefragt. »So ist das doch auf die Dauer kein Zustand. Und überhaupt … Für zwei Wohnungen Miete zu zahlen ist für mich rausgeworfenes Geld.«

Ja, das klang absolut vernünftig. Und wenn nicht mit Vroni, mit wem sonst hätte Kling auf Dauer zusammenleben wollen? Nach den diversen Beziehungskisten der letzten Jahre, allesamt nach ein paar Wochen oder Monaten auseinandergegangen, war sie die Erste, die sein Ideal vom Junggesellendasein ernsthaft ins Wanken gebracht hatte. Es war eben meist kompliziert gewesen, die Balance zwischen Frauen und Freiheit zu finden. Er liebte beides.

Bei Vroni fanden die Gegenpole endlich zueinander. Zum einen war sie schön, warmherzig, offen und verständnisvoll. Zum anderen, und das war das Tüpfelchen auf dem i, teilte sie seine sportlichen Vorlieben: Mountainbiking, Bergwandern, Skifahren, Schwimmen. Es war fantastisch, das alles jetzt mit einer Frau tun zu können, die sich fast hundertprozentig mit seiner Wunschvorstellung deckte. Mit Vronis Eltern hatte er sich ebenfalls auf Anhieb gut verstanden; der Vater war Revierförster, die Mutter Naturfotografin, und beide verband ein immenses Wissen über die Tier- und Pflanzenwelt der Alpen. Das gefiel Kling außerordentlich gut.

Es fragte sich nur, bis zu welcher Konsequenz er sich in dieses Leben einfügen wollte. Oder konnte. Beim ersten Mal war Vronis Vorstoß mit der gemeinsamen Wohnung über ihn gekommen wie ein rutschendes Schneebrett auf einem Skihang, und er war ihm erfolgreich ausgewichen. Beim zweiten Versuch war ihm das schon weniger gut gelungen, beim dritten hatte er sich langsam mit dem Gedanken anzufreunden begonnen. Zusammenziehen – komisches Wort –; er fremdelte noch damit, aber bedeutete es wirklich, seine Freiheit aufzugeben? Eigentlich nein. Wir müssen deswegen ja nicht gleich heiraten, hatte Kling sich beruhigt. Also probieren wir es halt aus.

Die Suche nach einer passenden Mietwohnung hatte sich hingezogen, doch schließlich waren sie über einen Tipp aus Vronis Bekanntenkreis auf ein Objekt gestoßen, das nahezu vollständig bot, wovon sie träumten. Knapp 90 Quadratmeter in Gmund, nahe dem Bergfriedhof, wo sich ein schöner Ausblick bot, wenn auch nicht auf den Tegernsee. Für Vroni hatte den Ausschlag gegeben, dass ihre zwei Katzen, Bonnie und Sunny, über den Balkon problemlos ein und aus gehen konnten. Man brauchte nur eine Katzentreppe anzubringen. Ein anderer praktischer Vorteil bestand darin, dass die Wohnung in etwa gleich weit von ihrem jeweiligen Arbeitsplatz entfernt lag. Für Vroni und das Team der Gemeindeverwaltung hatte sich dort alles zum Besseren verändert, seit die Grundstücksaffäre der »Tegernsee-Connection« bereinigt war. Kreuth hatte einen neuen Bürgermeister, Mitte 60, altersmild und beliebt. Es hatten noch ein paar weitere Personalwechsel stattgefunden mit dem erfreulichen Ergebnis, dass Vroni bald darauf zur Büroleiterin avanciert war. Eine Entwicklung, die auch der privaten Haushaltskasse guttun würde.

Am 1. Juni, etwa eineinhalb Jahre nach ihrer ersten gemeinsamen Nacht, würde das künftige Domizil bezugsfertig sein. Wenn sie denn den Zuschlag bekamen. Der Besitzer hatte allerdings durchblicken lassen, dass ihm ein Beamter im gehobenen Dienst und eine Verwaltungsangestellte als Mieter überaus sympathisch seien. Die Chancen standen also nicht schlecht.

Noch eine Dreiviertelstunde bis zum Ende der Spätschicht. Viel würde sich heute nicht mehr tun. Markus Kling würde also pünktlich und entspannt nach Tegernsee fahren, um Vronis beruflichen Aufstieg mit einem Abendessen im Westerhof-Café zu feiern. Dachte er.

Das Klingeln des Telefons auf seinem Schreibtisch machte ihm jäh einen Strich durch die Rechnung.

»Hallo, Markus«, meldete sich die Kollegin Eva Krainer aus der Zentrale. »Du, ich hab hier den Manager von

Michi Fromberger in der Leitung, einen Herrn Borell. Klingt ziemlich aufgewühlt. Mit dem Fall warst du doch befasst.«

»Ja, vorübergehend, am Rande. Und was will der Mann?«

»Eine wichtige Aussage machen, sagt er. Angeblich kennt er die Hintermänner.«

»Was?« Markus Kling war elektrisiert. »Das wäre ja … Okay, stell ihn durch. Oder warte, sag Lenz Bescheid. Er soll rüberkommen und mithören.«

»Lenz ist schon weg.«

»Dann … Schick mir Murad, der müsste noch da sein.«

Mit seinem Kollegen Murad Özkan bildete Kling ein eingespieltes Duo, spätestens seit der Aufklärung der spektakulären Brandserie im Jahr zuvor. Die beiden verstanden sich exzellent und dachten ähnlich, was die Herangehensweise an schwierige Fälle betraf.

Als Özkan das Büro betrat, war der Anruf gerade durchgestellt worden. Kling schaltete den Lautsprecher ein.

»Ja, hallo? Bin ick jetzt in der zuständigen Abteilung, die mit dem Fall Fromberger zu tun hat?«

Borell klang rau und sprach mit unüberhörbarem Berliner Akzent. Saupreiß, würden die Alteingesessenen sagen. Einer von diesen Neureichen, die das Tegernseer Tal Stück für Stück okkupierten und in Anlagevermögen umwandelten.

»Ja, bei mir sind Sie richtig«, bestätigte Kling wahrheitswidrig. Warum sollte er diesen fetten Fisch gleich dem K 82 überlassen? Erst mal abwarten, was er zu sagen hat.

»Ja, also …«, fuhr der Anrufer zögernd fort, »mein Name ist Rainer Borell, ick bin seit zwee Jahren der Manager von Michael Fromberger.«

»Ja, ich weiß.«

»Und … äh … ick will … ick möchte …«

Pause. Es wirkte, als bereute Borell seinen Anruf und würde innerlich auf die Stopptaste drücken.

»Ja, was denn nun?«, drängte Kling. »Sie möchten zu dem Fall aussagen? Bitte, ich höre.«

»Ja … also, es ist nämlich so … Ick hab ihm det Ecstasy besorgt.«

»Was?! Sie selber?« Das wurde ja immer toller.

»Ick selber, ja.«

»Das fällt Ihnen reichlich früh ein. Wir ermitteln seit Tagen, was das Zeug hält, und heute rücken Sie damit heraus.«

»Ick weeß«, antwortete Borell zerknirscht. »Ehrlich gesagt, ick musste mit mir kämpfen … Aber det Gewissen hat mir dann keine Ruhe gelassen.«

»Aha, das Gewissen. Drei Tage, nachdem Sie Herrn Frombergers Tod verschuldet haben.«

»Nein! Ick meine …« Borells Stimme nahm einen flehenden Tonfall an. »Det war so ’ne Art Freundschaftsdienst. Der Michi und ich, wir waren ja auch privat … Und er brauchte immer irgend’nen Stoff … verstehen Sie?«

»Nicht ganz.«

»Er konnte nicht ohne Drogen, wenn er in Hochform sein wollte. Da fehlte ihm der Kick. Ja, ick habe ihm Ecstasy-Pillen beschafft. Schon ’ne janze Weile. Na ja, die sind doch harmlos!«

»Harmlos? Ist das Ihr Ernst?«

»Ick meine, nicht lebensgefährlich«, schob Borell hastig nach. »Die nehmen doch viele, wenn se jut drauf sein wollen.«

»Ich zum Beispiel nicht.«

»Ja … klar … Aber wat er da zuletzt jeschluckt hat, war ja keen Ecstasy. Det hat jemand jepanscht, det war pures Gift! Davon wusste ich nichts, det müssen Sie mir glauben!« Jetzt klang die Stimme schrill.

»Dass Sie nichts davon wussten, glaube ich Ihnen gern«, erwiderte Kling sachlich, obwohl 10.000 Volt in ihm vibrierten. »Sie hatten wohl kaum vor, Ihren Goldesel umzubringen. Ihnen ist klar, dass Sie gegen das Betäubungsmittelgesetz verstoßen haben, oder?«

»Jaja. Sicher.«

»Und auch, dass Sie dieses Geständnis mindestens ein Jahr hinter Gitter bringt? Es sei denn, Sie liefern uns brauchbare Hinweise auf den Dealer oder die Bande, die dahintersteckt.«

»Det will ick ja! Ick sag Ihnen allet! Namen, Telefonnummer, Treffpunkt, was Sie wollen.«

Bingo! Kling spürte, wie sein Spannungsmesser einen weiteren Sprung nach oben vollführte.

»Aber bitte nicht am Telefon«, sagte Borell.

»Dann kommen Sie halt persönlich vorbei und erzählen uns, was Sie wissen.«

»Nein! Nein! Womöglich beobachtet mich jemand und dann …«

»Wieso glauben Sie das?«

»Det erklär ick Ihnen später. Kommen Sie zu mir. Am besten gleich.«

»Geht klar«, sagte Kling. »Ich fahre sofort mit einem Kollegen zu Ihnen, wenn Sie mir die Adresse durchgeben. Sind Sie allein?«

»Ja, ick bin … Seit meiner Scheidung bin ick Single. Außer mir ist niemand im Haus.«

Unwillkürlich schoss Kling seine eigene Zukunft durch den Kopf; in Sekundenbruchteilen lief ein imaginärer Film ab – Zusammenziehen, Heirat, Scheidung, Single, allein im Haus … Cut! Energisch rief er sich zur Ordnung und sagte: »Gut, wir sind in einer halben Stunde bei Ihnen.«

»Aber um Himmels willen nicht in einem Streifenwagen!«

»Die Kriminalpolizei kommt niemals im Streifenwagen«, belehrte ihn Kling. »Und Uniformen tragen wir auch nicht, also keine Sorge.«

Borell nannte seine Adresse, und Kling beendete das Gespräch.

»Wow!«, platzte Özkan heraus, der den Dialog atemlos verfolgt hatte. »Wenn der uns wirklich die Hintermänner liefert … Das würde ja bedeuten …«

»Wir könnten dem K 82 die Lösung auf dem Silbertablett servieren«, nahm Kling ihm die Worte aus dem Mund. »Und wir hätten bei der Staatsanwaltschaft einen Stein im Brett.«

Kling kannte die Staatsanwältin, die mit dem Fall Fromberger befasst war. Melanie Böse. Der Nachname passte überhaupt nicht zu ihr; sie hatte eine gewinnende, freundliche Art, und obendrein sah sie umwerfend aus. Kling war ihr erst einmal begegnet, vor fast zwei Jahren, und sie hatte ihn schwer beeindruckt. Leider war sie schon verheiratet und Mutter von zwei fast erwachsenen Kindern. Das hatte ihm ein Kollege aus dem Münchner Präsidium verraten. Er hätte sonst womöglich versucht, mit ihr zu flirten, trotz des Altersunterschieds, denn sie war zu jener Zeit bereits Mitte 40 gewesen.

Kling instruierte die Kollegen, den Einsatz vorerst nicht nach München zu melden. Danach verließen die beiden das Büro und stiegen in den Dienstwagen. Özkan nahm hinter dem Steuer Platz. »Das Navi zeigt 22 Minuten an«, sagte er, während der BMW vom Hof fuhr und in die Carl-Fohr-Straße einbog. »Mit Blaulicht wären wir schneller.«

Kling winkte ab. »Nicht nötig, dem K 82 sind wir eh schon um Längen voraus. Sag, was du willst, aber ein bisschen fühlt sich das für mich an, als würde der SV Miesbach gegen den FC Bayern in Führung gehen.«

Im selben Moment fiel ihm siedend heiß ein, dass er dabei war, ein Eigentor zu schießen. Seine Verabredung mit Vroni. Vor Euphorie und Diensteifer hätte er sie um ein Haar vergessen. Das hätte den Haussegen in spürbare Schieflage gebracht, weit mehr, als die jetzt fällige Absage es tun würde. Pläne konnten durchkreuzt werden, deshalb machte Vroni kein Drama daraus. Dass Polizeiarbeit kein Nine-to-five-Job war, verstand sie sehr gut und nahm die Folgen in Kauf.

»Ich muss schnell was regeln«, sagte Kling und suchte nach ihrer Nummer auf dem Handy.

Özkan erriet seine Gedanken. »Deine neue Freundin, oder? Die Vroni.«

»Ja. Zum Glück ist es erst das zweite Mal, dass ich sie versetzen muss. Nächste Woche ziehen wir zusammen, dann wird alles etwas einfacher.«

»Ah ja, das hattest du schon angedeutet. Willkommen im Club!«

»Nein, nein, nein!«, wehrte Kling ab. »Von Heiraten war nicht die Rede, falls du das meinst. Meine Eltern nerven mich seit Wochen damit, aber das ist überhaupt kein Thema.«

»Wart's ab«, sagte Özkan und grinste.

3

Rainer Borell wohnte in einer abgeschiedenen Seitenstraße im Bad Wiesseer Ortsteil Abwinkl. Die Abenddämmerung war hereingebrochen, als Özkan und Kling die Reihe der rustikal wirkenden, aber mit Sicherheit Millionen teuren Villen des Viertels abfuhren. Goldenes Licht, das sich aus den Fenstern ergoss, und die Kulisse der zartviolett schimmernden Schneegipfel verliehen der Szenerie die Atmosphäre einer Kitschpostkarte.

»Nicht schlecht«, bemerkte Kling. »Um sich diese Gegend leisten zu können, muss man bestimmt sehr viel Kohle verdienen.«

Über die Person Rainer Borell hatte er auf die Schnelle im Internet recherchiert und erfahren, dass der Manager neben Michael Fromberger noch ein paar weitere Stars unter seinen Fittichen hatte. 20 Prozent der Gage als Vermittlungsprovision – so viel war ja durchaus üblich –, und Borell sackte vermutlich jedes Jahr eine siebenstellige Summe ein. Ecstasy zu verticken, hatte er folglich kaum nötig; es war offenbar eine reine, wenn auch unverantwortliche Gefälligkeit gewesen. Eine entscheidende Frage war, wen er außer Fromberger noch beliefert hatte. Obwohl – unmittelbare Gefahr bestand für die Betroffenen kaum, denn die tödlichen Vergiftungen und deren Presseecho dürften die Konsumenten selbst im letzten Winkel Niederbayerns alarmiert haben.

Sie erreichten das Grundstück und stiegen aus. Borell bewohnte ein prachtvolles Anwesen in unmittelbarer Seenähe, von außen kaum einsehbar durch die hohen Hecken und die weitläufige Gartenanlage. Eine Überwachungskamera schien es nicht zu geben. Özkan betätigte die Klingel neben dem hölzernen Tor der Zufahrt und wartete auf Antwort aus der Gegensprechanlage.

Eine halbe Minute verging. Keine Reaktion. Ganz in der Nähe war das Aufheulen eines Automotors zu hören. Das Geräusch entfernte sich schnell.

Özkan klingelte erneut, zweimal hintereinander. Nichts tat sich. »Vielleicht erledigt er gerade ein dringendes Bedürfnis«, mutmaßte er.

»Ach Quatsch!«, erwiderte Kling. »Irgendwas stimmt nicht. Ich ruf jetzt die Nummer an, unter der er sich bei uns gemeldet hat. Wenn er dann nicht rangeht …«

Borells Nummer war bereits im Diensthandy gespeichert. Kling drückte auf das Wählsymbol und wartete. Nach dem sechsten Klingeln ertönte ein Klicken, und eine aufgenommene Ansage in einwandfreiem Hochdeutsch folgte. »Guten Tag, dies ist der Anrufbeantworter von Rainer Borell. Ich bin zurzeit nicht erreichbar. Bitte hinterlassen Sie …«

Kling brach den Anruf ab und steckte das Handy ein. »Keine Antwort.«

»Und? Was denkst du?«, fragte Özkan.

Kling sog mit einem tiefen Atemzug die Luft ein und stieß sie scharf wieder aus. »Na ja, überleg mal. Da will jemand eine brisante Aussage machen, wir fahren sofort hin, und dann stellt er sich tot. Oder schlimmer, vielleicht *ist* er tot.«

»Du meinst …«

»Genau das. Los, wir steigen über das Tor und sehen nach.«

Das niedrige Gatter war leicht zu überwinden. Auf dem vornehmen Zufahrtsweg knirschte Kies, als die beiden auf die Villa zugingen. Etwaige Fußspuren würden sich hier kaum sichern lassen.

»Wirkt alles völlig normal«, bemerkte Özkan. Hinter mehreren Fenstern des Hauses brannte Licht, und nichts an dem Gebäude wies auf ein unbefugtes Eindringen hin.

Kling schüttelte den Kopf. »Ich würde eher sagen, es wirkt unheimlich. Da ist etwas oberfaul.«

Auch am Hauseingang gab es keine Kamera, allerdings einen Türspion. Kling unternahm einen letzten Klingelversuch direkt an der Haustür. Der noble Glockenschlag von Big Ben ertönte. Bim-bam, bim-bam, bim-bam, bimbam, acht feierliche Töne. Keine Reaktion.

»Versuchen wir's hinten über die Terrasse«, entschied Kling. Er spürte, wie seine Nerven sich spannten; das Vorzeichen einer unheilvollen Ahnung, die immer untrüglicher wurde. Er zog seine Dienstwaffe aus dem Holster, entsicherte sie und bedeutete Özkan, es ihm gleichzutun.

Mit vorsichtigen Schritten, die Pistolen im Anschlag, bewegten sie sich um das Haus herum und gelangten auf die rückseitige Terrasse. Ein abgedeckter Swimmingpool mit Schneeresten auf der Persenning dämmerte still der noch fernen Saison entgegen. Alles schien friedlich und normal. Doch dann verriet eine fehlende Spiegelung in der Fensterfront, dass wirklich etwas nicht stimmte: Die Schiebetür des Wintergartens stand bis zum Anschlag offen. Aus dem Zimmer dahinter war eine krächzende Stimme zu hören: »Hallo, hallo! Sag mal was!«

»Herr Borell? Sind Sie da?«, rief Kling und nahm Deckung an der Hauswand, während er gleichzeitig versuchte, in die Tiefe des Wintergartens zu spähen.

»Sind Sie da? Sind Sie da?«, wiederholte die Stimme.

»Das ist ein Papagei oder so was«, raunte Kling seinem Kollegen zu, der auf der anderen Türseite verharrte. »Komm, lass uns reingehen.«

Als sie das Haus betraten, begrüßte sie tatsächlich ein Graupapagei, der in einem großen, von der Decke herabhängenden Rundkäfig aufgeregt auf seiner Stange hin und her trippelte. Dabei wiederholte er unablässig dieselbe Aufforderung. »Hallo, hallo! Sag mal was! Jakob, sag doch mal was!«

»Aptal hayvan!«, rief Özkan entnervt auf Türkisch. Als Antwort kam nur ein unverständliches Krächzen.

»Was hast du gesagt?«

»Blödes Vieh. Der ist ja total überdreht.«

An den Wintergarten schloss sich ein Wohnzimmer an oder besser gesagt ein Wohnsaal von palastartigen Dimensionen. Kling schätzte die Grundfläche auf mindestens 80 Quadratmeter, ein Drittel mehr, als seine gesamte Singlewohnung umfasste. Und in diesem Anwesen lebte der Mann ganz allein, unfassbar. Die Einrichtung verriet nicht gerade einen kultivierten Geschmack, alles eine Spur zu protzig und zu neureich. Ein herumstehender Servierwagen, zweistöckig mit einer Batterie leerer Wein-, Sekt- und Whiskyflaschen beladen, ließ darauf schließen, dass hier kürzlich ein Gelage stattgefunden hatte. Oder Borell war schlicht und einfach ein Säufer.

»Hallo? Ist da jemand?«, rief Özkan laut. Keine Antwort. Vom Geplärr des Vogels abgesehen herrschte Totenstille.

»Herr Borell?«, versuchte es Kling.

»Herr Borell, Herr Borell?«, kam das Papageienecho.

In der Diele fanden sie ihn endlich. Der untersetzte, glatzköpfige Mann lag auf dem Rücken, die gebrochenen Augen starr zur Decke gerichtet. Quer über seinen Hals zog sich eine tief eingeschnittene dunkelrote Linie. Die verkrampften Arme und das verrutschte, am Kragen aufgerissene Hemd verrieten einen Todeskampf mit panischer Gegenwehr. Borell konnte noch nicht lange tot sein. Der blutige Speichel, der ihm aus dem Mundwinkel rann, war nicht einmal angetrocknet.

»Oh Scheiße!«, entfuhr es Özkan. »Da ist uns jemand zuvorgekommen.«

»Und das verdammt knapp.« Kling steckte seine Waffe ins Holster zurück, stemmte die Arme in die Hüften und blickte sinnloserweise in der Diele umher. Er fühlte sich, als hätte ihn eine Lawine jäh vom Gipfel ins Tal gerissen. Erst Euphorie über den vermeintlichen Erfolg, jetzt blankes Entsetzen. »Herrgott noch mal!«, entfuhr es ihm. »Ein paar Minuten früher, und wir hätten den Kerl gehabt. Anscheinend ist er über die Terrassentür getürmt, als wir vorne geklingelt haben.«

»Da ist doch eben ein Auto abgefahren. Vielleicht saß er da drin.«

»Ziemlich sicher, würde ich sagen. Und er hat einen Vorsprung von …«, Kling warf einen Blick auf seine Armbanduhr, »mindestens fünf Minuten. Verfolgung zwecklos, der ist über alle Berge.«

»Das denke ich auch. Verdammter Mist.«

Kling zog sein Diensthandy aus der Tasche und verständigte die Einsatzzentrale im Präsidium. Mit einem zweiten Anruf informierte er die Inspektion Miesbach über den Tatbestand und forderte Personal zur Tatortabsperrung und Spurensicherung an.

Özkan hatte sich über den Toten gebeugt, ohne ihn zu berühren, und nahm die Halswunde in Augenschein. »Drahtschlinge, so wie es aussieht. Eine regelrechte Hinrichtung.«

»Ja. Scheußlich.« Kling blickte sich noch einmal suchend um und fand eine Tür, an der eine Männer- und eine Frauengestalt aus gebürstetem Messing prangten. Die Gästetoilette. Neben dem Waschbecken hing ein frisches weißes Handtuch, das er abnahm und über das Gesicht des Toten warf. Das sauber aufgeräumte, unberührte Ambiente und die Grabesruhe im Haus, nur unterbrochen von sporadischem Papageiengekrächze, verliehen der Situation etwas Gespenstisches. Hätte da nicht der verkrampfte Körper mit dem improvisierten Leichentuch gelegen, man wäre kaum auf die Idee gekommen, dass sich hier vor wenigen Minuten ein brutaler Mord ereignet hatte. Es gab keine Anzeichen eines größeren Handgemenges, das dem Erdrosseln vorausgegangen war.

»Saubere Arbeit«, konstatierte Kling nüchtern. »Unser Zeuge kann nichts mehr sagen, und ich wette, wir werden auch kein Handy und kein Festnetztelefon finden. Wenn ich der Mörder wäre, hätte ich beides mitgenommen und in hohem Bogen in den See geschmissen. Für den Fall, dass meine Kontaktdaten da gespeichert waren.«

Özkan nickte. »Darauf kannst du wetten. Wenn das ein Profi war, werden selbst unsere Experten nicht viel finden.«

»Außer DNA-Spuren.«

»Ja, vielleicht. Ein paar Haare oder Hautschuppen. Fürs Erste nützen die allerdings nicht viel. Vielleicht können die Nachbarn irgendwelche Hinweise geben.«

»So abgeschottet, wie die alle in dieser Gegend wohnen? Da sehe ich eher schwarz.«

»Stimmt auch wieder. Mit anderen Worten, wir stehen so dumm da wie vorher.«

»Nicht ganz«, widersprach Kling.

»Aha?«, sagte Özkan erwartungsvoll. »Ich nehme an, du hast schon eine Theorie, die du mir gleich erklären wirst.«

Markus Kling war bekannt für seine Stegreif-Analysen, die ihm beim Team der Polizeiinspektion den Spitznamen »Mr. Holmes« eingebracht hatten.

»Sagen wir lieber, ich habe Hypothesen.«

»Na los, sag schon.«

»Also, eins ist klar: Wenn jemand vor Mord nicht zurückschreckt, ist das nicht irgendein kleiner Dealer. Dann muss eine größere Organisation dahinterstecken.«

»Klingt logisch.«

»Und was den Tathergang betrifft ... Nach Lage der Dinge sehe ich da drei Möglichkeiten. Nummer eins: Irgendwer hat Borells Telefon abgehört und wusste, dass er uns angerufen hat. Allerdings wäre es für ihn extrem riskant, schnell noch vorbeizukommen und Borell umzubringen. Glaub ich also nicht. Nummer zwei: Das Haus ist verwanzt, und jemand hört alles mit, was drinnen gesprochen wird. Kann man untersuchen, ist aber auch nicht wahrscheinlich aus dem genannten Grund. Im Übrigen würde beides voraussetzen, dass der Dealer in der Nähe wohnt. Ist das anzunehmen? Da würde ich intuitiv sagen, nein.«

»Und Möglichkeit Nummer drei?«

»Ganz einfach: Der Mord war seit Tagen geplant, und der Zeitpunkt hat mit Borells Anruf gar nichts zu tun. Das erscheint mir am plausibelsten.«

»Das würde bedeuten, dass wir rein zufällig zur selben Zeit hier waren wie der Täter. Und rein zufällig ein paar Minuten zu lange gewartet haben.«

»Ja, sieht so aus. Falls meine These stimmt.«

»Heilige Scheiße! Manchmal freut man sich über Zufälle, manchmal pfuschen sie einem brutal ins Handwerk.«

Kling zuckte die Schultern. »Der Mensch denkt, Gott lenkt. Was soll's? Lass uns mal den Täterkreis eingrenzen.«

»Genau. Also weiter im Text.«

»Für mich stellt sich das so dar: Borell ruft uns an, kurze Zeit später klingelt es bei ihm, und er öffnet ohne langes Nachdenken, weil er ja denkt, es ist die Polizei. Vor der Tür müssen zwei seriös aussehende, ihm unbekannte Personen gestanden haben, sonst hätte er nicht arglos aufgemacht.«

»Meinst du wirklich?«, fragte Özkan. »Ich denke, es war eher jemand, den er *kannte*. Wahrscheinlich ein Einzelner. Irgendwer aus seinem persönlichen Umfeld, der mit der Bande unter einer Decke steckt. Aber das wusste Borell nicht. Andernfalls hätte der Betreffende wohl kaum erwartet, dass er einfach so ins Haus gelassen wird.«

»Stimmt!« Kling schlug sich mit der flachen Hand gegen die Stirn. »Ja klar! Das ist viel wahrscheinlicher, jetzt, wo du es sagst. Ein Bekannter. Der muss ja auch gewusst haben, dass es keine Überwachungskamera gibt. Auf jeden Fall hat Borell nichtsahnend seinen Mörder ins Haus gelassen. Und der hat sich nicht lange mit Vorreden aufgehalten, sondern kurzen Prozess gemacht.«

»Wahrscheinlich hat er Borell mit einer Schusswaffe bedroht … Oder was meinst du?«

»Ich versuche es mir gerade bildlich vorzustellen.«

»Ist doch klar: Hände hoch, Gesicht zur Wand, und zack, schon ist die Schlinge über dem Hals. Das Ganze kann nur ein, zwei Minuten gedauert haben. Abgeschnürte Kopfschlagader, da ist es schnell aus.«

»Ja. Ziemlich clever. Einen Schuss hätte man vielleicht draußen gehört, und das Projektil wäre bei der Autopsie entdeckt worden.«

»Ich frag mich nur, *warum* Borell umgebracht wurde«, sinnierte Özkan. »Ich meine, wenn sein Tod länger geplant war …«

»Vielleicht hat er sich zu irgendwelchen Drohungen hinreißen lassen. Schließlich war er mit Fromberger befreundet, wie er sagte. Und wenn ihm sein Lieferant statt Ecstasy dieses tödliche Gepansche angedreht hat … Wahrscheinlich war er außer sich vor Wut und Trauer. Das hat er seinen Lieferanten unvorsichtigerweise spüren lassen, und bevor der riskiert, dass Borell singt, lässt er ihn lieber beseitigen. – Klingt das stichhaltig? Oder mache ich einen Denkfehler?«

Özkan rieb sich nachdenklich das Kinn. »Hmm. Es muss nicht so sein, aber die Logik ist jedenfalls unbestreitbar. Glückwunsch, Mister Holmes.«

»Ach, hör doch auf!«, wehrte Kling ab, obwohl er den Namen in Wahrheit nicht ungern hörte. Für ihn war jeder Fall eine Denksportaufgabe, und genau das hatte bei seiner Berufswahl den Ausschlag gegeben.

Özkan wirkte plötzlich geistesabwesend, er schien sich etwas zu überlegen. »Markus, was hast du vorhin gesagt: Wenn jemand das Telefongespräch mitgehört hat, müsste er in der Nähe wohnen?«

»Richtig.«

»Und das glaubst du nicht?«

»Nein. Ich denke, die Organisation oder das Kartell sitzt irgendwo in München, die Lieferanten vielleicht in Tschechien oder der Slowakei.«

»Aber wieso wollte Borell dann nicht zu uns kommen, aus Furcht, dass er möglicherweise beobachtet wird – von einem Dealer in München oder Tschechien? Das passt nicht zusammen.«

Markus Kling brauchte drei Sekunden, um die Tragweite von Özkans Einwand zu begreifen. »Oh verdammt!«, entfuhr es ihm. »Murad, du hast schon wieder recht! Es muss jemanden in dieser Gegend geben, vor dem er Angst hatte. Der ihn hätte beobachten können – der aber nicht sein Mörder ist, denn den hat er ja arglos hereingelassen. Macht schon zwei Leute, die anscheinend ganz in der Nähe operieren. Nicht im Münchner Bahnhofsviertel und nicht im tschechischen Grenzgebiet, sondern direkt hier im Tegernseer Tal. Ein Drogenkartell vor unserer Haustür.«

»Steile These.«

»Trotzdem sehr wahrscheinlich. Du bist ja selbst draufgekommen.« Kling dachte einen Moment nach und seufzte. »Übrigens, nur der Vollständigkeit halber: Es kann natürlich sein, dass wir total danebenliegen und Borells Tod überhaupt nichts mit seiner Drogenbeschaffung zu tun hat.«

»Noch steiler.«

»Klar, aber möglich ist alles. Das erleben wir ja nicht zum ersten Mal.«

Augenblicke später kreiselte blauer Lichtschein über die Wände. Die Streifenwagen, die das Präsidium alarmiert hatte, und die Kollegen von der Spurensicherung waren eingetroffen. Die Arbeit konnte beginnen.

Was in all der Geschäftigkeit unterging, war die Tatsache, dass jemand im Obergeschoss der Villa geräuschlos ein Fenster öffnete, von dort aus in ein Gartenbeet sprang und sich sehr schnell in Richtung Seeufer entfernte.

4

Lorenz »Lenz« Finsinger war wütend. Das kam bei Klings Chef selten vor, und wenn, dann konnte er sicher sein, dass Lenz einen handfesten Grund dafür hatte. Den gab es in der Tat. Das Ergebnis der Spurensicherung war eindeutig; es stellte Kling und Özkan kein gutes Zeugnis aus. Finsinger zählte auf: ein aufgerissenes Schlafzimmerfenster, ein zertrampeltes Beet und Fußspuren im Schneematsch auf dem Rasen. Währenddessen ging Finsinger unablässig im Büro auf und ab, beide Hände in die Hosentaschen gestopft. Es war seine Art, Frust und Ärger in kinetische Energie umzuwandeln.

»Meine Güte, ihr wart so dicht dran«, resümierte er aufgebracht. »Und dann springt der Kerl aus dem Fenster, während ihr im Erdgeschoss seelenruhig auf die Einsatzkräfte wartet. Da habt ihr euch sauber reinlegen lassen.«

»Moment mal«, protestierte Kling, »was hätten wir denn vermuten sollen? Wenn die Terrassentür offen steht – wer soll da auf die absurde Idee kommen, dass der Täter nicht geflüchtet ist, sondern sich oben versteckt, aus dem Fenster springt und womöglich riskiert, sich die Haxen zu brechen?«

»Das widerspricht doch jeder Lebenserfahrung«, sprang Özkan ihm bei.

»Ach, und deswegen kann es nicht sein?«

»Außerdem haben wir ganz in der Nähe das anfahrende Auto gehört.«

»Anfahrende Autos sollen öfter vorkommen«, gab Finsinger sarkastisch zurück. »Leute, wir werden dafür bezahlt, dass wir ein bisschen weiter denken als Lieschen Müller. Und ich bleibe dabei: Es war fahrlässig von euch, nicht das Haus zu durchsuchen. So ein Fehler kann Anfängern unterlaufen, aber ihr seid gestandene Hauptkommissare.«

Man konnte Lenz Finsinger schlecht widersprechen. Als Leitender Hauptkommissar war er nicht nur der Ranghöchste in der Polizeiinspektion, sondern mit seinen mehr als 30 Dienstjahren besaß er auch die mit Abstand längste Erfahrung. Markus Kling sah ein, dass es besser war, nicht weiter nach Ausreden zu suchen. »Okay, shit happens. Unsere Schuld, ich geb's zu.«

Doch Finsinger war noch nicht fertig. »Und außerdem«, fügte er an, »finde ich es schlicht gesagt unkollegial, dass ihr das K 82 nicht sofort informiert habt.«

»Was hätte das in diesem Fall gebracht?«, wagte Özkan einzuwenden.

»Vielleicht nichts, meinetwegen. Aber die erwarten zu Recht, dass man sie auf dem Laufenden hält. Solche Heimlichtuereien verbitte ich mir für die Zukunft. Wir sind hier nicht beim Pokerwettbewerb. Wenn ihr einsame Helden spielen wollt, sucht euch ein anderes Betätigungsfeld. Und bitte in der Freizeit, nicht im Dienst.«

Die Watschn saß. Wenn Melanie Böse von der Extratour Kenntnis erhielt – und davon war auszugehen –, würde das ihre Laune sofort in den Keller befördern.

»Wenigstens scheint es so, dass ihr mit eurer zweiten Vermutung richtiggelegen habt«, fuhr Finsinger in versöhnlicherem Tonfall fort.

»Was meinst du damit?«, fragte Kling.

»Borell hat jemanden ins Haus gelassen, den er offensichtlich kennt. Heute Morgen haben wir einen telefonischen Hinweis von einer Nachbarin bekommen, die kurz vor eurem Eintreffen einen Besucher an seinem Gartentor gesehen hat. Es war ein Mann aus Abwinkl, angeblich hat sie den eindeutig erkannt.«

Das klang durchaus glaubwürdig. Am Tegernsee pflegte man ein ungezwungenes Miteinander, selbst wenn die Grundstücke noch so abgeschottet wirkten. Unangemeldete Besuche bei Nachbarn waren nichts Außergewöhnliches.

Kling hatte dennoch Zweifel. »In der Abenddämmerung?«, gab er zu bedenken. »Es war schon fast dunkel. Und da will sie den Besucher eindeutig identifiziert haben?«

»Sagt sie jedenfalls. Der Mann wird zurzeit in München vernommen.«

»In München?«

»Ganz recht, so wie es sich gehört. Er arbeitet in Ottobrunn, und das K 82 ist in diesem Fall sowieso zuständig.«

Aus mit den lokalen Ermittlungen. Das Silbertablett war nicht nur scheppernd auf dem Boden gelandet, sondern endgültig außer Reichweite. München war am Zug.

»Also gibt es einen Verdächtigen«, sagte Kling und ärgerte sich, dass auch der Anruf dieser Nachbarin an ihm vorbeigegangen war.

»Möglicherweise«, korrigierte Finsinger. »Noch ist überhaupt nichts sicher. Ob der Mann wirklich etwas mit dem Mord zu tun hat, wird sich zeigen.«

5

Die Örtlichkeit war nicht gerade das, was man sich gemeinhin unter einem Konferenzraum vorstellte. Es gab keine Fenster, statt holzgetäfelter Wände umgab die vier Gesprächsteilnehmer mit hellem Kunststoff verblendetes Mauerwerk, und für die Beleuchtung sorgten ungemütliche Kaltlichtröhren. Aber das war Nebensache, denn hier ging es nicht um Repräsentation, sondern um Abschottung. Dafür bot der Schutzraum ideale Verhältnisse; nicht einsehbar, schalldicht, undurchdringlich selbst für Mobilfunk- und Satellitensignale, wenn man die Verkabelung deaktivierte. In diesem Verlies konnte man geheime Treffen abhalten, ohne dass auch nur das geringste Anzeichen davon nach außen drang.

Der Vorbesitzer des Gebäudes hatte den Privatbunker auf dem Höhepunkt des Kalten Krieges einbauen lassen, im Jahr 1980, als letzte Zuflucht bei einem etwaigen Atomschlag. Neben einem Aufenthaltsraum und einem Bad verfügte die unterirdische Anlage über einen eigenen Technikraum, der sie völlig autark machte, einschließlich Batteriezellen, Heizung und Klimatisierung, Luft- und Trinkwasseraufbereitung und einer automatischen Feuerlöschanlage. Draußen radioaktiv verseuchte Wüste, drinnen trautes Heim, im Ernstfall womöglich für Jahre. Sicher naiv gedacht, wie dem jetzigen Bewohner schon bei der ersten Begehung klar geworden war, für seine Zwecke jedoch ideal. Als er das Haus vor dem Einzug umbauen und renovieren ließ, hatte er den Bunker deshalb unverändert gelassen. Das Bad allerdings hatte er zweckentfremdet. Es diente seitdem als Labor. Nur aus diesem Grund gab es hier unten auch ein Ethernet, das die kabelgebundene Kommunikation mit der Außenwelt ermöglichte. Jedenfalls solange oben kein Atomkrieg ausbrach.

Die drei Männer und die Frau saßen um den Tisch und besprachen die Geschäftslage. Ihre angespannten Gesichter verrieten, dass es um größere Probleme ging.

»In Zukunft müssen wir jedenfalls vorsichtiger sein«, sagte der Älteste des Trios. »Den Schock möchte ich nicht noch mal erleben. Wozu haben wir das Labor, wenn trotzdem solche Mega-Pannen passieren?«

»Ich kann nicht eine ganze Charge komplett überprüfen«, entgegnete der hagere Mann neben ihm, dem das Haus gehörte. »Wie soll das funktionieren? Die Stichproben waren einwandfrei.«

»Und wenn wir das Zeug selber herstellen?«, schlug die Frau vor.

Der Hagere machte eine wegwerfende Handbewegung. »Unsinn. Lohnt sich nicht.«

»Na gut«, sagte der Ältere. »Wenn dir nichts einfällt, müssen wir diesen Geschäftszweig halt aufgeben. Zwei Tote sind mehr als genug.«

»Drei Tote«, korrigierte der Jüngste, der den beiden anderen gegenübersaß.

»Ja, klar – Borell. Aber das war unvermeidlich, der hätte uns alle auffliegen lassen. Du bist gerade noch rechtzeitig gekommen.«

»Und er ist voll darauf reingefallen.«

»Ja, dein Maskenbildner ist seine Gage wert. Meine Güte, haben wir Schwein gehabt. Wir hätten alle im Knast enden können.«

»Wird der Mann dichthalten?«, fragte der Hagere.

»Das wird er, schließlich hängt er selber mit drin. Er hat ja für mich gearbeitet, auch als Kurier.«

Eine Pause entstand. In das Schweigen mischte sich das Rauschen eines Ventilators, der den Bunker mit gefilterter Frischluft versorgte.

»Wie geht es nun weiter?«, fragte schließlich die Frau.

»Wie gesagt, einstweilen gar nicht«, erklärte der Ältere kurzerhand. »Schluss mit Ecstasy. Das ist eine strategische Entscheidung, und damit basta. Wenn das mit der Formel hinhaut, ist darauf sowieso geschissen. Peanuts. Dann haben wir ausgesorgt.«

»Und wir heben die Welt aus den Angeln.« Der Jüngste rieb sich mit grimmiger Vorfreude die Hände.

»Auch das. Erst mal muss alles ablaufen wie geplant. Es ist generalstabsmäßig vorbereitet, ein Rädchen greift ins andere. Und am Ende spuckt die Maschinerie das aus, was wir haben wollen.«

»Habt ihr denn eine Idee, wo jetzt die Produktion stattfinden soll?«, fragte der Jüngste. »Ich brauche ziemlich viel, wenn ich meine Leute beliefern will. Die Slowaken hätten das hingekriegt, aber damit ist es ja wohl Essig nach dieser Ecstasy-Pleite.«

»Keine Sorge«, antwortete der Hagere. »Ich hab doch

von meinem alten Kontakt in Holland erzählt. Da besteht nach wie vor reges Interesse. Also lasst mich mal machen, das wird schon. Ich *will*, dass es klappt, capito? Scheitern ist nicht vorgesehen.«

»Bravo.« Der Ältere klopfte mit den Fingerknöcheln auf die Tischplatte. »Lasst uns darauf trinken.«

»Jetzt schon? Im Voraus?«

»Ich bin nicht abergläubisch.«

»Ich auch nicht«, stimmte der Jüngste zu.

»Na gut. Einen doppelten Blutwurz, wie immer?«

»Wie immer. Na los, schenk schon ein.«

Drei Stamperl wurden vollgegossen, nur die Frau wehrte ab und begnügte sich mit einer fingerhutgroßen Menge. »Sorry, ihr wisst ja, mehr krieg ich von dem Zeug nicht runter. Trotzdem, auf gutes Gelingen.«

Ihr Hustenanfall kam wie erwartet, löste allgemeine Heiterkeit aus und veranlasste den Hageren, ihr kräftig auf den Rücken zu klopfen. »Glaub mir, es ist gesund«, versicherte er. »Als Fachmann weiß ich, was ich sage.«

6

Zwei Tage später

Als Anna Kolendowicz vom anschwellenden Ton des Weckers aus dem Schlaf gerissen wurde, war es im Zimmer bereits taghell. Zehn vor sieben. Sie stand auf, zog den Vorhang zurück und blickte auf die sonnenüberflutete Voralpenlandschaft, über der sich ein wolkenlos blauer Himmel spannte. In der Nacht zuvor hatte es strengen Frost gegeben, aber schon jetzt ließ sich die zunehmende Wärme des neuen Märztages erahnen. Anna streckte beide Arme aus, rekelte sich und atmete tief die nach erdiger Frische duftende Frühlingsluft ein.

Selten in ihrem Leben hatte sie sich so wohl gefühlt wie in dieser Prachtvilla in Rottach-Egern am Tegernsee, in der sie vor sechs Monaten, kurz nach dem Krebstod ihres Mannes, eine Einliegerwohnung bezogen hatte. Diese Stelle war ein Glückstreffer, ein Lottoschein mit sechs Richtigen. Der Hausbesitzer, für den sie als Hausdame tätig war, ließ sie weitgehend in Ruhe wirtschaften und mischte sich nicht ein. Auch wegen möglicher Annäherungsversuche brauchte sie sich nicht zu sorgen, denn ihr Arbeitgeber Heinrich Walter Gillessen hatte sie schon beim Einstellungsgespräch darüber aufgeklärt, dass er homosexuell war. Im ersten Moment hatte ihr diese Enthüllung einen leichten Schock versetzt; als gläubige Katholikin empfand sie gleichgeschlechtliche Liebe als falsch und wider die göttliche Ordnung, aber die großzügige Entlohnung und das luxuriöse Ambiente, das ihr geboten wurde, wogen alle moralischen Bedenken auf. Zumal Gillessen momentan offenbar keine männlichen Bekanntschaften pflegte. Einige Zeit vor ihrem Arbeitsbeginn hatte er sich mit seinem sehr viel jüngeren Lebensgefährten überworfen und ihn nach einem heftigen Streit vor die Tür gesetzt. Der Bruch musste so hart gewesen sein, dass es nichts zu kitten gab; jedenfalls hatte danach keinerlei Kontakt mehr zwischen den beiden stattgefunden.

Zum Hintergrund des Zerwürfnisses hatte sich Gillessen nie geäußert. Anna vermutete, dass sein Partner ihn betrogen hatte, doch das war reine Spekulation. Gillessens Schuld konnte es jedenfalls nicht gewesen sein, dachte sie, denn sie hatte ihn stets als einen angenehmen, kultivierten und freundlichen Menschen erlebt. Die eindrucksvolle Sammlung von Gemälden und Antiquitäten, mit der er seine Villa in ein Museum verwandelt hatte, zeugte von einer großen Liebe zur Kunst und einem immensen Horizont. Bedrückend, bisweilen sogar beängstigend, waren nur seine chronischen Schlafstörungen, mit denen er offenbar seit Jahrzehnten zu kämpfen hatte. Die Tabletten, die er regelmäßig einnahm, halfen nur wenig dagegen. Nicht selten schreckte Anna mitten in der Nacht hoch, weil Schritte auf der Treppe oder polternde Geräusche sie geweckt hatten. Dann wusste sie, dass Gillessen eine seiner Unruhephasen durchlitt, und konnte sich ausrechnen, dass er erst im Morgengrauen zur Ruhe kommen würde. Meist schlief er anschließend bis zehn oder elf, was für sie den Vorteil hatte, dass sie sich in aller Ruhe den Vorbereitungen auf das Frühstück und anderen morgendlichen Verrichtungen widmen konnte.

In den letzten Monaten hatte sich Gillessens Verfassung allerdings merklich verschlechtert. Immer wieder ließ er Anzeichen depressiver Verstimmungen erkennen, die zuletzt in einer regelrechten Todessehnsucht gipfelten. Jedenfalls hatte Anna das sehr deutlich so empfunden.

»Was soll ich denn noch auf dieser Welt?«, hatte der alte Mann eines Tages aus nichtigem Anlass gehadert. »Mit dem Aktiengeschäft habe ich abgeschlossen, meine Freunde sind fast alle tot, außer Andy, und den kann es auch jeden Tag erwischen. Am liebsten wäre ich mit dabei.«

»Herr Gillessen! So was Sie dürfen nicht sagen!« Entsetzt schüttelte Anna den Kopf. Sie empfand seine Worte fast als Gotteslästerung.

»Mit über 80 Jahren darf ich das«, entgegnete Gillessen trotzig. »Was wissen Sie denn schon vom Alter! Manchmal möchte ich nur noch schlafen, schlafen, schlafen ... für immer und ewig. Ich habe genug erlebt, und wenn einem der Sinn verlorengeht, kann ruhig Schluss mit der Vorstellung sein.«

»Sie haben doch so gut hier! Ist nicht Sinn genug, in so eine wunderschöne Umgebung zu leben?«

Etwas Besseres als diese Plattitüde fiel ihr nicht ein. Unwillkürlich hatte sie ihre eigene Zukunft vor Augen und schämte sich gleich darauf für den Gedanken, dass mit dem Tod ihres Arbeitgebers auch für sie Schluss mit der Herrlichkeit sein würde. Das war selbstsüchtig, sie sah es ein. Trotzdem konnte sie nicht verhindern, dass sie nach dieser Episode mehrmals von Albträumen heimgesucht wurde; erst recht, weil Gillessens düstere Anwandlungen zunehmend Anlass zur Besorgnis gaben.

Es klingelt an der Haustür, mitten in der Nacht. Anna hält sich die Ohren zu und versucht wieder einzuschlafen. Es klingelt weiter, es klingelt Sturm, unaufhörlich. Sie wühlt sich schlaftrunken aus den Federn, tastet sich die Treppen aus dem Dachgeschoss in die Diele hinunter und öffnet die Haustür gerade so weit, wie es die Sicherheitskette zulässt. Durch den Spalt erkennt sie einen Mann in Polizeiuniform. Er weist sich aus, sie lässt ihn herein. »Frau Kolendowicz? Ich muss Ihnen leider die traurige Mitteilung machen, dass Herr Gillessen tot ist. Er hat sich heute Nacht vor einen Zug geworfen, jede Hilfe kam zu spät.«

Dieser Traum hatte sich in unterschiedlichen Varianten mehrfach wiederholt, beim letzten Mal war Anna mit Gillessens sterblichen Überresten im Leichenschauhaus konfrontiert gewesen. Danach hatte sie sich einsam mit einem Koffer im Regen auf der Landstraße wiedergefunden, obdachlos, ohne Geld und ohne Ziel.

Tatsächlich wäre ihre Perspektive im Ernstfall dürftig; sie war inzwischen über 50, hatte weder Kinder noch eine Berufsausbildung, und ihre karge Witwenrente konnte man eher als Almosen bezeichnen. Ihre einzige Schwester, die mit ihrer Familie eher schlecht als recht im polnischen Toruń lebte, würde ebenfalls nicht viel für sie tun können. So setzte sie ihre ganze Hoffnung darauf, dass Gillessen seine Depressionen mit ärztlicher Hilfe in den Griff bekommen würde. Dr. Bruno Conradi, Gillessens

Hausarzt, der regelmäßig zu Besuch kam, kannte ihre Befürchtungen. »Ich werde ihm keinesfalls noch mehr Medikamente verschreiben«, hatte er gesagt. »Es könnte sonst dazu führen, dass die Nebenwirkungen unkontrollierbar werden. Die bessere Alternative sind Tiefenentspannungstechniken.«

»Aha, und was bedeutet genau?«

»Eine Form von Hypnose. Ich bin darin ausgebildet. Keine Sorge, wir werden Herrn Gillessen schon den Lebensmut zurückgeben.«

Anna hätte zu gern gewusst, wie so eine Hypnosesitzung ablief, aber Dr. Conradi gestattete ihr nicht, dabei zu sein. »Das könnte den Erfolg zunichtemachen, verstehen Sie? Ich muss mich vollkommen auf den Patienten konzentrieren, und umgekehrt gilt das genauso.«

Sie empfand sein Verhalten als Geheimnistuerei, und je öfter sie vor verschlossener Tür stand, desto größere Zweifel machten sich in ihr breit. Was geschah dort in Gillessens Allerheiligstem, seinem privaten Salon? Wie viel verstand Dr. Conradi wirklich von der angepriesenen Methode? Er war Internist, das wusste sie, und hatte eine psychologische Zusatzqualifikation erworben. Reichte das aus, um Depressionen zu bekämpfen? Schon einige Male hatte sie Gillessen gegenüber angeregt, er solle den Rat eines erfahrenen Therapeuten suchen, doch er hatte ihren Ratschlag jedes Mal brüsk abgewehrt. »Dr. Conradi hat mein hundertprozentiges Vertrauen. Ich brauche keinen anderen Arzt, und damit basta.«

Alle Zutaten zum Frühstück waren gerichtet, der Kaffee durch die Maschine gelaufen. Anna Kolendowicz blickte auf die Küchenuhr. Inzwischen war es zwanzig nach elf; eigentlich hätte Gillessen ihr längst im Morgenrock Gesellschaft leisten müssen, wie er es immer zu tun pflegte. Sie spürte eine leise Beklemmung, als sie aus der Küche in die Diele trat und lauschte. Vom Obergeschoss her waren keine Geräusche zu vernehmen.

»Herr Gillessen?«, rief sie ungewollt laut. »Sind Sie wach?«

Keine Antwort. Unwillkürlich jagten ihr die Traumbilder durch den Kopf. *Er hat sich heute Nacht vor einen Zug geworfen … Jede Hilfe kam zu spät … mein herzliches Beileid …* Annas Herzschlag beschleunigte sich; sie atmete tief durch, zwang sich zur Ruhe und stieg die Treppe hinauf.

»Herr Gillessen?«, wiederholte sie und klopfte an die Tür seines Schlafzimmers. Keine Reaktion. Inzwischen raste ihr Herz, und es gelang ihr nicht, es zu beruhigen. Zaghaft und bebend vor Angst drückte sie die Klinke herunter. »Herr Gill…«

Was sie sah, ließ ihr den Atem stocken. Heinrich W. Gillessen lag mit wächsernem Gesicht und offenem Mund in seinem überbreiten Boxspringbett, den Kopf unnatürlich nach hinten verdreht, und rührte sich nicht.

»Nein!«, schrie Anna und stürzte auf das Bett zu. »Nein! Herr Gillessen!« Sie berührte ihn an der Schulter, bewegte und drückte sie sacht. Der Körper war eiskalt und steif. Heinrich W. Gillessen war tot.

Anna fühlte sich, als wäre ihr ein heftiger Stromschlag in die Kniekehlen gefahren. Hilflos sank sie neben dem Bett in sich zusammen, geschüttelt von Schmerzen und Gefühlsaufwallungen, die sich schließlich in einem heftigen Weinkrampf entluden. Keine S-Bahn. Kein Polizeibesuch, kein »herzliches Beileid« mitten in der Nacht. Gillessen war im Bett gestorben, einfach so.

Oder doch nicht?

Erst als Anna ihr Schluchzen und Zittern einigermaßen unter Kontrolle gebracht hatte, bemerkte sie eine leere Medikamentenschachtel und ein halbvolles Glas Wasser auf dem Nachttisch, daneben vier Blister, zerdrückt und ebenfalls leer. Tavor. Es war Gillessens Schlafmittel. Am Abend zuvor war die Schachtel noch fast voll gewesen; er musste alle Tabletten auf einmal geschluckt haben. Und nicht nur das. Auf dem Tischchen der Sitzgruppe, ein paar Schritte vom Bett entfernt, lag ein Glas in einer Rotweinpfütze, daneben stand eine halbvolle Weinflasche. Die Szenerie sprach Bände.

Mit bleiernen Beinen schleppte sich Anna hinüber zum Sekretär, auf dem Gillessens Telefon stand. Aber da war nur die Basisstation mit der leeren Ladeschale; das Mobilteil fand sie nicht. Sie ging wieder zu Gillessens Bett zurück, suchte den Teppichboden ab und entdeckte das Gerät schließlich zwischen Bett und Nachttisch auf dem Boden. Es sah aus, als wäre es Gillessen aus der Hand geglitten, ohne dass er noch die Kraft oder den Willen gehabt hätte, es aufzuheben. Hatte er vor seinem offensichtlichen Freitod jemanden angerufen – oder anzurufen versucht? Anna drückte die Taste mit dem Telefonprotokoll. Nein, als letzter abgegangener Anruf stand die Nummer seiner Bank in der Liste, 15 Uhr am vergangenen Nachmittag.

Aber hier, 23:32 Uhr: Gillessen hatte zu diesem Zeitpunkt ein Gespräch angenommen. Anonym, keine Nummer. Was hatte das zu bedeuten? Stand es womöglich in Zusammenhang mit seinem Tod? Für Rätselraten war jetzt keine Zeit. Anna wechselte vom Protokoll ins Telefonbuch und wählte die Nummer des Hausarztes.

»Praxis Dr. Conradi, grüß Gott«, meldete sich die Sprechstundenhilfe mit einer Munterkeit, die in makabrem Gegensatz zu dem Geschehenen stand. Anna wollte antworten, doch sie hatte ihre Gemütsverfassung unterschätzt. Die Stimme blieb ihr weg; was sie herausbrachte, war nur ein schluchzendes Gestammel. Nach mehreren vergeblichen Anläufen gelang es ihr endlich, den Sachverhalt ansatzweise zu erklären.

»Mein Gott, wie schrecklich«, sagte die Sprechstundenhilfe hörbar geschockt. »Ich gebe Herrn Dr. Conradi sofort Bescheid. Lassen Sie einstweilen alles so, wie es ist. Er ist in zehn Minuten bei Ihnen.«

Die Wartezeit kam Anna vor wie eine Ewigkeit, das Unwirkliche der Szenerie tat ein Übriges dazu. Die strahlende Frühlingssonne, die zwischen den Vorhängen hindurchschien und blendende Muster an die gegenüberliegende Wand malte, gab dem Totenbett eine Anmutung von absurdem Theater. Draußen flirrendes, blühendes Leben, hier drinnen eine Gruft.

Als Dr. Conradi endlich eintraf, hatte sie sich so weit gefasst, dass sie ihn ohne erneuten Tränenausbruch an der Haustür begrüßen konnte. Wenigstens der Schock eines nächtlichen Herausklingelns durch die Polizei war ihr erspart geblieben, ebenso wie der Horror, womöglich eine grausam zugerichtete, verstümmelte Leiche identifizieren zu müssen. Der Besuch des Arztes hatte demgegenüber etwas Beruhigendes. Der leicht übergewichtige Mittfünfziger mit dem grau melierten Haarkranz und der akkurat sitzenden Fliege am Hemdkragen war ein Typ, der seinem Gegenüber sofort Vertrauen einflößte.

»Glauben Sie mir, mir geht das genauso nahe wie Ihnen«, sagte Dr. Conradi, während sie die Treppe hinaufstiegen. »Herr Gillessen war für mich ein sehr guter Mensch, immer aufgeschlossen und kooperativ. Ich bin untröstlich, dass ich ihm nicht helfen konnte.«

»Und wie geht jetzt weiter?«, fragte Anna hilflos.

»Ich werde eine Leichenschau durchführen und dann den Totenschein ausstellen. Anschließend wird alles seinen behördlich geregelten Gang nehmen.«

Als sie das Schlafzimmer betraten, hatte das Gesicht des Toten eine fast graue Farbe angenommen und bildete einen gespenstischen Kontrast zu Gillessens schneeweißen Haaren. Anna hatte nichts in dem Raum verändert. Dr. Conradi erfasste die Situation mit einem Blick. »Mein Gott!«, rief er kopfschüttelnd aus. »Dabei hatte ich ihm ausdrücklich davon abgeraten, Alkohol zu trinken, wenn er Lorazepam einnimmt!«

»Lorazepam?«

»So heißt der Wirkstoff, Tavor ist nur der Markenname. Jedenfalls … Er muss es mit voller Absicht getan haben. Das Medikament allein wäre kaum tödlich, auch nicht bei 40 Tabletten.«

»Also war es … war es …?« Sie traute sich nicht, das Wort auszusprechen.

Der Arzt nickte ernst. »Suizid. Sieht ganz danach aus. Mein Beileid, Frau Kolendowicz.«

Er nahm das Untersuchungsbesteck aus seiner Arzttasche, beugte sich über das Bett und begann mit der Untersuchung des Leichnams. Anna beobachtete gebannt und schweigend, wie er Gillessens Augenlider anhob und eine kleine Lampe auf die Pupillen richtete.

»Keine Pupillenreflexe«, murmelte Dr. Conradi. »Totenstarre hat eingesetzt ... deutlich erkennbare Leichenflecken ... Der Todeszeitpunkt lässt sich daraus nicht exakt bestimmen, er dürfte ungefähr zehn bis zwölf Stunden zurückliegen. Todesursache vermutlich Atemstillstand.«

»Atemstillstand?«, wiederholte Anna verständnislos. »Wieso? Er hat sich doch umgebracht!«

»Ja, mit allen Vorbehalten. Aber das ändert nichts. Eine Überdosis Lorazepam in Verbindung mit Alkohol kann dazu führen, dass der natürliche Atemreflex unterdrückt wird, und dann stirbt man irgendwann an Sauerstoffmangel. Ich würde allerdings auch eine Wechselwirkung nicht ausschließen. Hat Herr Gillessen vielleicht Medikamente genommen, von denen ich nichts weiß?«

Anna sah den Arzt fragend an. »Sie meinen, andere Schlafmittel?«

»Ich denke eher an Analgetika.«

»Ana... was?«

»Schmerzmittel. Das wäre ein zusätzliches Risiko, besonders bei Opioiden.«

»Nein.« Anna schüttelte den Kopf. »Nein, das hätt ich mitbekommen. Herr Gillessen war ja sonst auch gesund, ich meine, soviel ich weiß. Mindestens seit halbes Jahr ist er zu kein andere Arzt gegangen, nur zu Ihnen.«

»Und das wissen Sie ganz sicher?«

»Ja. Sonst hätt er mir erzählt.«

»Gut, also Lorazepam plus Alkohol, vorbehaltlich Autopsie. – Übrigens, haben Sie einen Abschiedsbrief gefunden?«

»Nein … Ich hab aber auch nicht gesucht.«

»Na ja. Vielleicht findet die Polizei einen.«

Das Wort jagte Anna einen jähen Schrecken ein. »Polizei? Wieso? Sie meinen, jemand …?«

Dr. Conradi blickte sich prüfend im Schlafzimmer um. »Nein. Fremdverschulden ist mehr als unwahrscheinlich. Trotzdem bin ich bei Selbstmord verpflichtet, die Polizei zu verständigen. Die Leiche muss gerichtsmedizinisch untersucht werden. Erst bei der Obduktion lässt sich zweifelsfrei feststellen, was er alles im Blut hat. Was ich in den Totenschein eintrage, ist nur vorläufig.«

»Also kann doch was anderes gewesen sein!«

»Liebe Frau Kolendowicz«, sagte Dr. Conradi und legte beruhigend seine Hand auf ihre, »bitte machen Sie sich keine unnötigen Gedanken. Herrn Gillessens Ableben ist traurig genug, der Rest sind Formalitäten. Ich kann mir kaum vorstellen, dass sich an meinem Befund etwas Wesentliches ändern wird.«

Damit zog er sein Mobiltelefon aus der Tasche und rief eine gespeicherte Nummer an.

7

20 Minuten später klingelte es an der Haustür. Auf dem Monitor der Überwachungskamera waren zwei Uniformierte zu sehen. Mit einem Stoßseufzer der Erleichterung öffnete Anna die Tür. Am liebsten wäre sie beiden zugleich um den Hals gefallen, so verlassen und trostbedürftig fühlte sie sich.

»Grüß Gott, Oberwachtmeister Anton Schwegerl von der Polizeiinspektion Miesbach«, stellte sich einer von ihnen vor. »Das ist mein Kollege Franz Bachmaier. Wir wurden wegen eines Todesfalls angerufen, vermuteter Suizid. Sind wir hier richtig?«

»Er hat sich umgebracht!«, rief Anna, noch immer außer sich, und mit ihren Worten kam das Zittern zurück. Zugleich schossen ihr Tränen in die Augen.

»*Wer* hat sich umgebracht?«, fragte Schwegerl ruhig.

»Herr Gillessen«, schluchzte sie. »Mein Chef.«

»Und Sie sind …?«

»Anna Kolendowicz.« Der sachliche Tonfall des Beamten hatte ihr aufgewühltes Inneres etwas besänftigt. »Ich kümmere mich um Haus von Herr Gillessen und Wäsche und alles. Ich hab ihn gefunden, oben in sein Schlafzimmer. Bitte, kommen Sie.«

Als die drei das Schlafzimmer betraten, stand Dr. Conradi noch immer am Bett des Toten und machte sich Notizen. Sie stellten sich gegenseitig vor, und Conradi gab den Streifenpolizisten einen kurzen Abriss des Geschehens.

»Also mutmaßlich Selbsttötung mittels Schlaftabletten in Verbindung mit Alkohol«, fasste Schwegerl zusammen.

Conradi nickte. »Ja, nach dem ersten Augenschein. Obwohl ... Ganz sicher bin ich mir nicht mehr. Selbst mit Rotwein kombiniert und bei seinem hohen Alter muss eine Überdosis Lorazepam nicht tödlich sein. Offenbar hat er nur einen Drittelliter getrunken. Und er hatte eine sehr gute körperliche Konstitution. Herz, Kreislauf, Atemfunktion, alles in Ordnung.«

»Zeigen Sie mal«, sagte Bachmaier. Er streifte sich Handschuhe über, nahm die Weinflasche vom Tischchen der Sitzgruppe und betrachtete das Etikett. »Katoh Pavie ... Saint Emiliohn ...«, las er ab. »Sieht teuer aus.«

»Und klingt auch so«, ergänzte Schwegerl. »Gib her ... Das heißt ›Chateau Pavie Saint Émilion Grand Cru‹. Französisch mangelhaft.«

»Schmarrn, ich kann überhaupt kein Französisch.«

»Ist ja auch wurscht.« Schwegerl betrachtete das Etikett genauer. »13 Prozent Alkohol, wie bei Rotwein üblich. Dazu die Packung Schlaftabletten. Und Sie meinen, daran allein ist er nicht gestorben, Herr Doktor?«

»Jedenfalls nicht zwingend.«

»Woran sonst?«

»Womöglich hat er noch etwas anderes geschluckt, um sicherzugehen. Hier ...« Dr. Conradi zeigte auf eine kleine silberne Pillendose, die mit geöffnetem Deckel auf dem Tischchen lag. Sie war leer. »Wer weiß, was da drin war.«

Anna war überrascht. Wieso fiel ihr die Dose jetzt erst auf? Hatte sie sich wirklich die ganze Zeit dort befunden?

»Es scheint jedenfalls komplizierter zu sein als angenommen«, sagte Schwegerl. »Ich denke, den Fall können wir nicht allein abschließen. Vielleicht muss die Leiche in die Gerichtsmedizin. Ich sag den Kollegen in Miesbach Bescheid, die sollen jemanden von der Kriminalpolizei vorbeischicken.«

»Aber ... aber ...«, stammelte Anna, »warum Polizei? Doktor sagt, keine fremde Schuld.«

»Ja, danach sieht es momentan aus. Trotzdem müssen wir sichergehen.«

»Es ist halt der vorgeschriebene Dienstweg, wenn ungeklärte Umstände vorliegen«, erklärte Bachmaier. »Zerbrechen Sie sich nicht unnötig den Kopf. Sobald die Gerichtsmedizin die Selbsttötung bestätigt hat, wird der Leichnam zur Bestattung freigegeben, und die Familienangehörigen können alles Weitere veranlassen. Sind die schon verständigt?«

»Herr Gillessen hatte kein Familie«, sagte Anna leise. »War einsamer Mann. Ich denke, er hat sich Tod gewünscht.«

8

Finsingers Standpauke wirkte noch nach, aber wenigstens konnte Markus Kling eine kleine Genugtuung für sich verbuchen: Die Nachbarin musste sich vertan haben; der Mann, den sie glaubte, gesehen zu haben, hatte zur fraglichen Zeit in einer späten Besprechung mit seinen Betriebskollegen in Ottobrunn gesessen. Somit stimmte Klings Vermutung, dass es bei so spärlichem Tageslicht kaum möglich war, jemanden eindeutig zu erkennen. Der abendliche Besucher blieb vorerst ein Phantom. Immerhin hatte sich das K 82 der Hypothese angeschlossen, die Kling und Özkan am Tatort gemeinsam entwickelt hatten: Der Mörder musste jemand aus dem Bekanntenkreis von Borell sein, und vermutlich wohnte er nicht weit von ihm entfernt.

Markus Kling hatte außerdem eine weitere, wenn auch nicht sehr wahrscheinliche Variante ins Spiel gebracht: Was, wenn Borells Tod gar nichts mit der Drogenaffäre zu tun hatte? Ohne handfeste Indizien war schließlich eine ganze Reihe anderer Mordmotive vorstellbar: Hass, Rache, Eifersucht, Erpressung, Geldgier … Ein Gedankenspiel, sicher, aber wenn man einen Treffer landen wollte, wäre es fahrlässig, nicht alle Möglichkeiten in Betracht zu ziehen. Man würde das Privat- und Berufsleben des Managers gründlich durchleuchten müssen, um die verschiedenen Optionen nach und nach systematisch ausschließen zu können. Auch mit dieser Überlegung hatte Kling ein paar Pluspunkte zurückgewonnen. Das Motiv würde vermutlich eine Hauptrolle bei der Aufklärung spielen. Für einen breit angelegten DNA-Test gab es zu wenig eindeutige Spuren; in Borells Haus verkehrten täglich Leute, und von allen blieben mikroskopisch kleine Partikel zurück. So kam die Polizeiinspektion Miesbach doch noch zu ihren Ermittlungen, wenngleich sich das Team wenig Hoffnungen machte, in Borells Bekanntenkreis auf irgendwelche neuen Anhaltspunkte zu stoßen. Tatsächlich hatten die sechs bislang geführten Gespräche zu nichts geführt. Die Chance auf einen Durchbruch schwand zusehends.

Dafür war vor wenigen Minuten eine neue Meldung hereingekommen: In Rottach-Egern hatte sich ein alter Mann in seinem Haus das Leben genommen. Zumindest sprachen alle Umstände dafür. Trotzdem gab es ein paar ungeklärte Fragen, deshalb hatten die zuständigen Streifenkollegen die Hilfe der Kripo angefordert.

Markus Kling machte sich auf den Weg zu der angegebenen Adresse, diesmal begleitet von Jungkommissarin Simone Lechner, die aus Königsbrunn bei Augsburg stammte und erst vor wenigen Monaten ihren Dienst in der Polizeiinspektion Miesbach angetreten hatte. Obwohl die Familie schon zwölf Jahre zuvor nach Oberbayern gezogen war, hörte man ihr noch immer die allgäuerisch eingefärbte Mundart an. Ein bisschen gewöhnungsbedürftig, fand Kling, der zwar unverfälschtes Bairisch reden konnte, wenn er wollte, aber mit Hochdeutsch aufgewachsen war.

Simone war eine Augenweide; dunkle Locken, lebhafte braune Augen und eine Figur wie von einer Teilnehmerin bei Germany's Next Topmodel. Leider – oder zum Glück – war sie erst 22 und hatte zudem einen festen Freund; damit schied es von vornherein aus, mit ihr zu flirten. Mehr wäre es auch auf keinen Fall geworden. Kling hatte sich geschworen, dass seine Beziehung mit Vroni von Dauer sein sollte. Sehr zum Leidwesen seiner Kollegin Annette Weiss, die sich ihrerseits seit seinem Dienstantritt vergeblich Hoffnungen auf ihn gemacht hatte.

»Was tun wir jetzt eigentlich in der Wohnung?«, fragte Simone, während sie über die Fehnbachstraße in Richtung Tegernsee fuhren.

»Weiß ich selber noch nicht genau«, antwortete Kling. »Erst mal verschaffen wir uns ein Bild der Lage, dann werden wir hoffentlich sehen, ob das ein Fall für die Staatsanwaltschaft ist. Wenn ja, wird die vermutlich eine Autopsie anordnen.«

Der Hausarzt des Toten öffnete, als die beiden Kripobeamten klingelten, und stellte sich und die anderen Anwesenden vor. Gillessens Haushälterin servierte den Polizisten Schwegerl und Bachmaier gerade eine Kanne mit frisch aufgebrühtem Kaffee in der Empfangshalle. Die zierliche Frau wirkte dienstbeflissen und bemerkenswert gefasst; womöglich hatte ihr der Arzt ein Beruhigungsmittel gegeben.

Markus Kling und Simone Lechner waren stehen geblieben und sahen sich in dem galerieartigen Vestibül mit großen Augen um. »Also, wir können jetzt ins Schlafzimmer«, drängte Dr. Conradi.

»Ja, natürlich«, sagte Kling zögerlich, während er einen Warhol-Siebdruck musterte, der John Lennon in psychedelischer Farbgebung zeigte. Es fiel ihm schwer, sich vom Anblick der versammelten Kunstwerke loszureißen.

»Beeindruckend, nicht?«, stellte Conradi fest, dem das neugierige Staunen der Kommissare nicht entgangen war.

»Ja. Alle Achtung. Die Sammlung muss ja ein Vermögen gekostet haben.«

»Vielleicht weniger, als Sie denken«, antwortete der Arzt.

»Herr Gillessen war schlau«, erklärte Anna Kolendowicz. »Hat erzählt, dass er Sachen für nicht viel Geld gekauft hat und heute sind sehr teuer. Wie bei Aktien, sagt er.«

Kling fühlte sich an das Museum der Phantasie in Bernried erinnert, nur dass Gillessens Kunstgeschmack noch deutlich breiter aufgestellt gewesen war als der von Lothar-Günther Buchheim. Offensichtlich hatte der Mann aus allen möglichen Stilrichtungen und Epochen zusammengekauft, was ihm gerade gefallen hatte; Gemälde, Skulpturen und andere Kunstgegenstände. Eklektizismus pur, wenngleich auf höchstem Niveau. Das war in der Tat eindrucksvoll, zugleich hatte es für Kling etwas Beklemmendes. Es erschien ihm als Reichtum um des Reichtums willen. Vielleicht würde irgendein Museum das alles erben, dann könnte sich wenigstens ein größeres Publikum daran erfreuen. Doch jetzt war keine Zeit, sich darüber Gedanken zu machen. Es ging darum, einen Todesfall aufzuklären.

»Wahrscheinlich ist es blinder Alarm«, erklärte Dr. Conradi, während er mit den beiden die Treppe ins

Obergeschoss hinaufstieg. »Ihre Streifenkollegen meinten trotzdem, dass der Leichnam gerichtsmedizinisch untersucht werden muss.«

»Ja«, sagte Kling, »sonst hätten sie uns nicht gerufen. Aber wieso? Gibt es irgendwelche Ungereimtheiten?«

»Ja und nein. Ich hatte den Verdacht geäußert, dass die Überdosis vielleicht nicht die alleinige Todesursache war. Auch nicht in Verbindung mit dem Wein. Tavor ist zwar ein starkes Beruhigungsmittel, allerdings nicht direkt das Mittel der Wahl, wenn man sich umbringen will. Und in diesem Fall war es durchaus indiziert. Ich habe es Herrn Gillessen selber verschrieben. Auf Rezept bekommt man es in jeder Apotheke.«

»Und was ist mit dem Wein? Könnte der mit irgendetwas versetzt worden sein?«

»Darauf bin ich noch gar nicht gekommen«, sagte der Arzt. »Gute Frage. Auf jeden Fall habe ich in Herrn Gillessens Schlafzimmer eine leere Pillendose entdeckt. Frau Kolendowicz hatte sie angeblich noch nie gesehen. Vielleicht steckt in ihr des Rätsels Lösung – oder vielmehr steckte.«

Das Schlafzimmer lag im Halbdunkel, die Sonne war bereits am Ostfenster vorbeigezogen. Gillessens Leichnam ruhte auf dem Bett wie in tiefem Schlaf, nur die graue Gesichtsfarbe verriet, dass er tot war. Markus Kling und Simone Lechner besahen sich die wenigen Indizien, die den Tatbestand des Freitods untermauerten.

»Wenn Herr Gillessen noch etwas anderes genommen hat, was könnte das gewesen sein?«, fragte Simone.

»Ein Antiepileptikum zum Beispiel«, sagte Conradi. »Ich wüsste bloß nicht, wo er das hätte herhaben sollen. Ich habe ihm jedenfalls keins verschrieben, das wäre bei seinem Krankheitsbild ein eklatanter Kunstfehler. Es kommen auch noch andere Wirkstoffe infrage.«

»Gut, das wird sich ja in der Gerichtsmedizin klären lassen«, sagte Kling.

»Nicht unbedingt«, widersprach Conradi. »Meines Wissens gibt es Substanzen, die sich post mortem kaum noch nachweisen lassen. Gamma-Hydroxybuttersäure zum Beispiel, auch Liquid Ecstasy genannt.«

Markus Kling horchte auf. »Sagten Sie Ecstasy?«

»Ja, allerdings ist das eine irreführende Bezeichnung. K.-o.-Tropfen wäre passender.«

»Ah ja, ich verstehe. Die bewahrt man aber nicht in einer Pillendose auf.«

Der Arzt zuckte die Schultern. »War nur ein Beispiel. Falls Sie vorhaben, das Haus zu durchsuchen, finden Sie vielleicht etwas in der Richtung.«

»Jetzt warten wir erst mal das Ergebnis der Autopsie ab«, sagte Kling. »Ich denke, das ist nicht mehr als eine Formsache. Fremdverschulden lässt sich ja wohl ausschließen.«

»Ganz bestimmt«, bekräftigte Frau Kolendowicz, die ihnen inzwischen ins Schlafzimmer gefolgt war. »Herr Gillessen und ich waren allein zu Haus seit gestern. – Ach …« Sie fasste sich mit einer Hand an die Stirn. »Da fällt mir noch was ein. Auf Telefon von Herr Gillessen war ein unbekannter Anruf, kurz vor seinem Tod.«

»Das ist allerdings interessant«, sagte Kling. Hatte Gillessen eine niederschmetternde Nachricht oder eine Drohung erhalten, durch die er sich zu einer Kurzschlusshandlung hatte hinreißen lassen? »Lassen Sie mal sehen.

Unbekannt bedeutet ja nicht, dass wir nicht herausfinden, wer da angerufen hat.«

Frau Kolendowicz reichte ihm das schnurlose Telefon, und er klickte sich durch das Anrufprotokoll. Dann schüttelte er den Kopf. »Nein, da ist nichts. Hier, der letzte Anruf mit Nummernanzeige kam gestern um 17:05 Uhr von der Praxis Dr. Conradi, die ist in der Kontaktliste gespeichert.«

»Stimmt«, bestätigte der Arzt, »das war ich selber. Es ging um eine Terminbestätigung.«

»Davor steht ein Eintrag ohne Nummer, aber das war *vorgestern* um 23:20 Uhr. Sind Sie sicher, dass Sie Datum und Uhrzeit richtig abgelesen haben, Frau Kolendowicz?«

»Ja! Ganz sicher!«, beharrte Anna Kolendowicz, doch im nächsten Moment wirkte sie kleinlaut. »Ich war durcheinander wegen Tod von Herr Gillessen, vielleicht ich habe mich geirrt …«

»Okay, wir werden zur Sicherheit prüfen, wer hinter diesem Anruf steckt. Ich bezweifle allerdings, dass das im Zusammenhang mit Herrn Gillessens Freitod relevant ist. Den Wein und die Pillendose nehmen wir mit und lassen sie im Labor untersuchen.«

Markus Kling forderte telefonisch einen Leichenwagen an, anschließend informierte er die Staatsanwaltschaft über den mutmaßlichen Suizid. Gut möglich, dass er es wieder mit Melanie Böse zu tun haben würde. Kling nahm sich vor, für diesen Fall einen besonders guten Eindruck zu machen.

Auf der Rückfahrt zur Inspektion ging er das rekonstruierte Geschehen im Geist noch einmal durch. Ein krimineller Hintergrund schied offensichtlich aus, dafür waren die Indizien zu eindeutig. Um sich zielsicher umzubringen, hatte Gillessen anscheinend genau das getan, wovor sein Arzt ihn gewarnt hatte: eine Überdosis Tavor mit Rotwein heruntergespült. Und dazu womöglich irgendein Zeug genommen, das man hoffentlich bei der Autopsie würde bestimmen können. Und trotzdem …

»Weißt du was?«, fragte er Simone unvermittelt, die neben ihm auf dem Beifahrersitz saß. »Irgendetwas gefällt mir an der ganzen Geschichte nicht.«

Sie blickte ihn von der Seite an. »Kannst du das ein bisschen genauer ausdrücken?«

»Im Moment nicht. Es ist nur so ein Gefühl.«

Die zwei Drogentoten der letzten Tage ließen ihn einfach nicht los; sein Gehirn versuchte immer wieder unbewusst, einen Zusammenhang herzustellen, wo höchstwahrscheinlich keiner war. Ecstasy, PMA, Tavor, K.-o.-Tropfen … Seine Gedankenspuren verschlangen sich ineinander wie das Gleiswirrwarr auf einem Rangierbahnhof. Und dann, mit einem Mal, stand die Frage glasklar vor seinem inneren Auge: War es nicht denkbar, dass Gillessen ein Mittel eingenommen oder bekommen hatte, das seinen Todeswunsch unmittelbar ausgelöst hatte? Er war nicht sicher, ob es das gab, aber falls ja, könnte so ein Auslöser der Schlüssel sein.

Wie nah er damit an der Lösung des Falles war und wie knapp er sie trotzdem verfehlte, ahnte zu diesem Zeitpunkt niemand.

9

Drei Monate später

Vielleicht wäre es das Klügste gewesen, sich sofort mit Nachdruck nach einer anderen Beschäftigung umzusehen. Der Arbeitsmarkt für Journalisten sah nicht gerade rosig aus, und jeder verlorene Tag bei der Jobsuche war einer zu viel. Aber Jens Lienhardt hatte einfach keine Lust. Nach über sieben Jahren Stress, ungeregelten Arbeitszeiten und meist unbezahlten Überstunden erschien es ihm als angenehmere Aussicht, das ungewohnte neue Leben erst einmal zu genießen.

Vor zwei Wochen hatte sein Ex-Arbeitgeber, ein Münchner Regionalsender, seinen Betrieb eingestellt und den TV-Kanal abgeschaltet. Der kleine Ableger hatte seiner Muttergesellschaft immer weniger Gewinn eingespielt und schließlich durchgehend rote Zahlen geschrieben. Medienüberangebot, Zuschauerschwund, zurückgehende Werbeeinnahmen, das Übliche. Vielleicht lag es auch am Programm, bei dem man sich zunehmend fragte, welche Zielgruppen es noch erreichen sollte. Der Medienkonzern, dem der Sender gehörte, hatte jedenfalls keine andere Wahl mehr gehabt, als die Reißleine zu ziehen und sich von seiner defizitären Tochter zu trennen. Kaufinteressenten gab es keine, somit blieb nur die Schließung.

In der Folge wurde Lienhardt zusammen mit 20 Kolleginnen und Kollegen vor die Tür gesetzt. Immerhin war ihm der Abschied durch ein sattes Finanzpolster versüßt worden; die Abfindung plus Arbeitslosengeld würde reichen, um mindestens zwölf Monate lang komfortabel zu leben. Die Miete für die Holzkirchener Wohnung trug sowieso zur Hälfte seine Freundin Lisa, mit der er seit zwei Jahren zusammenlebte. Seine Rückkehr in die Tretmühle konnte also warten. Freiheit! Es war ein Gefühl, das wie der Rückflug in eine längst vergangene Zeit anmutete, federleicht, vertraut und dennoch seltsam fremd. Wie bei einem Wellensittich, fand Lienhardt, der nach langer Gefangenschaft im Vogelbauer plötzlich in die Außenwelt entlassen wird. Er war jetzt 36, und die letzte Phase echter Unabhängigkeit hatte er in den wenigen Monaten zwischen Abitur und Studium erlebt. An diese unverhoffte Neuauflage musste er sich erst einmal gewöhnen.

Mit Entzugserscheinungen war vor allem der plötzliche Wegfall des täglichen automatischen Funktionierens verbunden; seit Ewigkeiten hatte er ja nichts anderes gekannt: Anpacken, Durchziehen, Abhaken, nächste Aufgabe. Das Vakuum, das sich mit dem Mehr an freier Zeit aufgetan hatte, füllte sich nur langsam mit einem Mehr an Gedanken. Es war wie ein kaum merklicher Tidenhub, doch ganz allmählich fand er sein inneres Gleichgewicht wieder; diesmal nicht als Hängepartie zwischen einem Stresspol und dem nächsten, sondern als Rückkehr zu Selbstreflexion und Selbstbestimmung. Und je tiefer Lienhardt in sein befreites Ich eintauchte, desto mehr spürte er, dass es ihm guttat. Gab es nicht genügend elementare Fragen, die er sich selten oder – wenn er ehrlich war – noch nie gestellt hatte? Jetzt konnte er sich frei und ohne äußeren Druck damit befassen. Welche Rolle, zum Beispiel, hatte er in der Gesellschaft gespielt? Was hatte er der Allgemeinheit gebracht, gab es einen greifbaren Mehrwert über den Tag und sein eigenes Bankkonto hinaus? Oder hatte er bislang nur für sich selbst gelebt? Seine TV-Beiträge über Promigeschichten, regionale Events, Intrigen und Skandale im Kleinformat – schnell konsumiert, Stunden später schon wieder vergessen und am nächsten Tag restlos irrelevant. Es war Beschäftigung und Broterwerb, nichts weiter. Vielleicht, hoffte Lienhardt, würde seine berufliche Pause zu einer geänderten Weichenstellung führen, einer Gelegenheit, etwas Sinnvolleres mit sich anzufangen. Seine Fähigkeiten waren schließlich nicht auf einen einzigen Bereich beschränkt; mit Sicherheit fanden sich andere Möglichkeiten, sie nutzbringend einzusetzen. Bis jetzt war ihm dazu allerdings nichts eingefallen.

10.30 Uhr. Durch das Fenster der Wohnküche warf die Sonne gleißend helle Lichtsprenkel an die gegenüberliegende Wand. Lienhardt ließ die Jalousie halb herunter. Nach dem Frühstück hatte er auf seinem Tablet noch eine Weile die Tageszeitung durchgesehen, ebenso die spärlichen Stellenangebote der verschiedenen Jobportale, nur interessehalber. Nichts Passendes dabei, aber es war ja auch egal. Es war sogar erleichternd. Er hatte ein wenig Mitleid mit Lisa, die jetzt wie jeden Tag ihre Briefings und Meetings in der Marketingabteilung einer Modekette absolvierte; klar, es musste sein, aber momentan sträubte sich alles in seinem Kopf gegen den Gedanken an Arbeit. Trotz gelegentlicher Abstinenzsymptome, die ihn wie ein plötzlicher Juckreiz aus dem Nichts überfielen.

Er wischte weiter auf dem Touchscreen herum, landete bei einer Newsseite und überflog sie gelangweilt. Doch dann fiel ihm eine Kurzmeldung ins Auge, die schon der räumlichen Nähe wegen sein Interesse weckte.

Rottach-Egern: Millionenschwere Kunstsammlung kommt unter den Hammer
Er galt als schwerreich und geheimnisumwittert: Der im März dieses Jahres verstorbene Großinvestor Heinrich W. Gillessen verbrachte seine letzten Lebensjahre zurückgezogen in seiner Villa am Tegernsee. Jetzt soll sein Nachlass, der eine Vielzahl kostbarer Kunstwerke und Antiquitäten umfasst, im Auktionshaus Wensauer in Rottach-Egern versteigert werden. Gemäß seinem letzten Willen kommt der Erlös einer Klinik in den USA zugute.

Lienhardt kannte den Namen Gillessen, er konnte sich gut an die Todesnachricht im Bayernteil der Süddeutschen Zeitung erinnern. Der alte Mann, so hieß es, hatte an Depressionen gelitten und sich mit einer Überdosis Schlaftabletten ins Jenseits befördert.

Was mochte es bei der Auktion zu ersteigern geben? Und was hatte dieser Gillessen mit einem amerikanischen Krankenhaus zu tun? Lienhardt wurde neugierig und gab den Namen Wensauer in die Suchmaske ein. Umgehend landete er auf der Homepage des Auktionshauses, und wenige Klicks später fand er Informationen zu Gillessens Nachlass. Gesetzliche Erben schien der

Verstorbene nicht zu haben, daher die testamentarische Verfügung zugunsten der Klinik. »Spring Lake Medical Center« hieß die Einrichtung. Was Gillessen dazu bewogen hatte, sie zum Alleinerben zu bestimmen, ging aus dem Text nicht hervor.

Am unteren Seitenrand waren ein Termin zur Vorbesichtigung und ein Link angegeben, unter dem man den Katalog einsehen konnte. Lienhardt öffnete ihn, und schon die erste Abbildung ließ sein Herz höherschlagen: Es war ein prachtvolles, unglaublich detailreiches Modell des historischen Luftschiffs LZ 129 Hindenburg im Maßstab 1:180. Silbern glänzende Aluminiumhülle, vier Motorgondeln mit Propellern, sogar das Innere der Führergondel war originalgetreu nachgebildet. So ein Modell als Dekoration, dachte Lienhardt, das wäre ein sensationeller Blickfang in der Wohnung. Andererseits, die Hakenkreuze an den Seiten- und Höhenrudern ... So viel Detailtreue schien ihm doch abgeschmackt. Waren Nazisymbole heutzutage nicht sowieso verboten, selbst an historischen Modellen?

Der Beschreibungstext unter dem Bild lieferte die Erklärung. Es handelte sich um eine handgefertigte Kostbarkeit aus den 1930er-Jahren, und das spiegelte sich auch im Einstiegspreis: 6.000 Euro. Nein danke, dachte Lienhardt. Sicher würden sich irgendwelche Nazi-Nostalgiker finden, die diese Summe oder noch mehr für eine solche Rarität hinblätterten, doch für ihn kam das definitiv nicht infrage. Weniger der Hakenkreuze wegen; die konnte man überkleben, aber der angesetzte Betrag war utopisch.

Er wischte sich weiter durch den Katalog. Was dieser Gillessen in seinem Leben alles angehäuft hatte, war schier unglaublich. Eine klare Linie konnte Lienhardt dabei nicht erkennen, was eine gewisse Seelenverwandtschaft zwischen dem Verstorbenen und ihm selbst vermuten ließ. Ein Fabergé-Ei war aufgeführt, allein das mit achtstelligem Schätzwert; eine Münzsammlung und eine Kollektion historischer Armbanduhren, beides für separate Auktionstermine vorgesehen; Gemälde von Georg Baselitz, Neo Rauch, Jasper Jones, Keith Haring und anderen, vorwiegend amerikanischen Künstlern; Projektskizzen von Christo, Tagli von Lucio Fontana, frühe Originalgrafiken von Joseph Beuys sowie etliche Antiquitäten in Form von Kleinmöbeln und kunsthandwerklichen Gegenständen, keine davon unter 120 Jahre alt. Die angegebenen Preise waren dementsprechend schwindelerregend; schon beim reinen Überschlagen kam Lienhardt auf eine Summe, für die man einen Langstrecken-Airbus hätte kaufen können.

Es fanden sich aber auch einige Ausnahmen. Besonders eine kunstvoll gearbeitete Reiseschatulle aus der Spätbiedermeierzeit weckte Lienhardts Interesse. Nicht schlecht, fand er, die war geradezu ein Schnäppchen: 1.200 Euro, falls auf der Aktion nicht auch dieser Preis in astronomische Höhen getrieben würde. Oder hatte sich da ein Fehler eingeschlichen, war womöglich eine Null zu wenig angegeben? Er hatte wenig Ahnung von echten Antiquitäten, aus seiner Sicht passte die Beschreibung jedenfalls nicht so recht zu der offensichtlichen Kostbarkeit: Ahorn-Maserfurnier, Fadenintarsien und Perlmutteinlagen, ein Fach unter dem Deckel mit verschiedenen Dosen, Kästchen und Tiegeln, darunter ein herausnehmbarer Einsatz und ganz unten eine ausziehbare Schublade …

verdammt raffiniert gemacht. Ein echter Hingucker. Und etwas Nettes zum Spielen.

Kurzerhand entschied er sich, die Auktion zu besuchen, vielleicht mitzubieten, jedenfalls bis zu einer selbst gezogenen eisernen Grenze. Er war nicht der Typ, dem das Geld übermäßig locker saß; trotzdem juckte es ihn hin und wieder, er gab einem spontanen Impuls nach und erwarb Dinge, die bei reiflicher Überlegung so dekadent wie entbehrlich waren. Nice to have, schön anzusehen, mehr aber nicht. So wie das gläserne Saxophon, der kunstvoll geschnitzte Tukan oder die asiatische Wohnzimmerlampe mit den zwei Elefantenköpfen, die auf einem gedrechselten Beistelltisch neben der Vitrine stand. Und eben diese Schatulle.

Im Geist sah sich Lienhardt schon als letzter Bieter, dem der Zuschlag erteilt wurde: zum Ersten … zum Zweiten … und zum Dritten! Die Vorfreude versetzte ihm einen Kick. Zwar konnte man an der Auktion auch online teilnehmen, doch das hätte seine Neugier nicht befriedigt. Er zog es vor, mitten im Leben zu sein, wann immer sich die Gelegenheit bot. Für die Auktion waren insgesamt vier Termine anberaumt; einer für Gillessens Antiquitäten, ein zweiter, weitaus umfangreicherer, für die Sammlung an Gemälden und Grafiken, zwei weitere für die Münzen und Uhren. Der erste Termin war am 16. Juni, also blieben Lienhardt noch fünf Tage Zeit, es sich anders zu überlegen.

»Du spinnst ja total!«, entgegnete Lisa kopfschüttelnd, als er ihr beim Abendessen von seiner Entdeckung berichtete. »Wo sollen wir mit dem Ding denn hin? Sieh dich doch um, die ganze Wohnung ist voll mit Krempel und Firlefanz!«

Lienhardt sah sie indigniert und verständnislos an. »Krempel und Firlefanz? Das sind kunstgewerbliche Raritäten! Und in mein Arbeitszimmer würde das ›Ding‹, wie du es nennst, mit Sicherheit gut passen. Im Übrigen weiß ich ja nicht mal, ob ich es kriege. Womöglich bietet da jemand die fünf- oder zehnfache Summe, damit wäre ich sowieso aus dem Rennen.«

»Na schön, meinetwegen.« Es klang eher spöttisch als überzeugt. »Es ist *deine* Abfindung, die du verplemperst, und du musst wissen, was du tust.«

»Ja, weiß ich.« Demonstrativ erhob sich Lienhardt von seinem Stuhl und schaltete die asiatische Lampe mit den Elefantenköpfen ein. Warmes rötlich gelbes Licht breitete sich aus und verlieh der beginnenden Dämmerung einen eigenwilligen Zauber.

»Na? Finde ich nicht immer schöne Sachen? Die Lampe gefällt dir schließlich auch.«

Lisa seufzte und trank den letzten Schluck von ihrem Multivitamindrink. Dann grinste sie, wie es schien fast gegen ihren Willen. »Du bist unverbesserlich. Aber … na ja …«

»Was na ja?«

»Irgendwie gefällt mir das ja an dir. Ein Mann völlig ohne Marotten … Ich weiß nicht, ob ich den lieben würde.«

Das klang schon wieder sehr versöhnlich. Nein, eher ein wenig mehr als das. Es konnte noch ein prickelnder Abend werden.

10

»Gute Nachrichten, Leute«, sagte der Hagere aufgeräumt, als sich die vier im Bunker versammelt hatten. »Die Produktion steht, das Vertriebsnetz auch.«

»Über deine Holländer?«, fragte der Jüngste.

»Ja. Und die komplette Organisation läuft über das Darknet, wie gehabt. Da kann uns also niemand in die Suppe spucken. In ein paar Tagen haben wir die Formel, dann legen wir sofort los. Deine Hausaufgaben hast du ja gemacht, oder?«

»Klar, was dachtest du denn?«

»Ich frag bloß zur Sicherheit.«

»Er ist eben Perfektionist«, schaltete sich die Frau ein. »Seid froh, dass er alles doppelt und dreifach absichert. Der kleinste Fehler, und die Sache ist ohne uns gelaufen. Ein ganzes Jahr Vorbereitung …«

»Brauchst du mir nicht zu sagen«, unterbrach sie der Älteste. »Ich hab schließlich alle Register gezogen, bis zum *grande finale*, tätää!« Er breitete theatralisch die Arme aus.

»Ist ja gut. Wir waren ein Superteam, und wenn wir es bleiben, können wir bald alle unsere Nasen vergolden.«

»In der Hand haben wir's allerdings nicht«, entgegnete der Jüngste. »Kommt mir vor wie bei diesen Marssonden, wo man nur abwarten kann, ob bei der Landung alles glattgeht. Weil … Wie lange brauchen da die Funksignale?«

»Bis zu 20 Minuten, glaub ich«, sagte der Hagere und grinste. »Mach dir mal nicht ins Hemd. Wir haben es mit einem Menschen zu tun und nicht mit stupider Technik.«

»Eben das macht mir ein bisschen Sorge. Menschen sind unberechenbar.«

»Ach Quatsch, das läuft schon, keine Sorge. – So, und jetzt stoßen wir darauf an.«

Er öffnete einen Wandschrank und nahm eine halbvolle Flasche Blutwurz samt Gläsern heraus.

»Für dich wieder nur die Hälfte, Mareike, oder?«

Die Frau verzog das Gesicht. »Ich brauch das Zeug überhaupt nicht. Na gut, höchstens halbvoll.«

Niemand der vier glaubte an höhere Mächte, aber konnte es gerade dieser fehlende Schluck sein, der mit der unbemerkten Lücke in ihrem Plan korrespondierte?

Die Gläser klirrten. Die Marssonde war unterwegs.

11

Zur gleichen Zeit, als Jens Lienhardt seinen dahinfliegenden Gedanken nachhing, sah Markus Kling mit gespannter Vorfreude einem anderen Flug entgegen. Leo Kroneder, sein Schulfreund vom Rosenheimer Gymnasium, hatte ein neues Hobby für sich entdeckt: Paragliding. Gut für Leos rastloses Ego, das nach immer neuen Kicks und Hochgefühlen gierte, eher weniger gut für die häusliche Harmonie. Seine Frau Laura, mit der er seit fünf Jahren Tisch, Bett und Arbeitgeber teilte, nicht aber seine Abenteuerlust, sah das Experiment mit Gefühlen, die sich nah an der Horrorgrenze bewegten. Schon Mountainbiking – ein Sport, den Markus Kling mit Leo seit Jahren gemeinsam ausübte – empfand sie als halsbrecherisch; der Sturzflug von einem Berggipfel mit nichts als einem Stück Nylonstoff über dem Kopf erschien ihr wie heller Wahnsinn. Das Erstaunliche war, dass die beiden sich trotzdem unbeirrt die Treue hielten und seit Kurzem sogar über Nachwuchsplanung diskutierten.

Ob sich Leos Eskapadenhunger dadurch dämpfen ließ? Man konnte nur spekulieren. Kling stellte sich vor, was ihm als nächste Steigerung einfallen würde; womöglich eine Privatpilotenlizenz. Zuzutrauen war es ihm. Dann allerdings könnte er sich den Ehefrieden vermutlich endgültig abschminken.

Erst im Mai hatte Leo seine Grundausbildung mit dem Gleitschirm abgeschlossen; der »beschränkte Luftfahrerschein« berechtigte ihn zu selbstständigen Starts und Landungen. Schon vor Wochen hatte er versucht, auch seinen alten Freund für die Fliegerei zu erwärmen, aber Markus Kling hatte abgewinkt. Zu aufwendig, zu viel Planung und Vorbereitung – man musste die Zeit, die der Polizeialltag ließ, ja nicht bis zum Anschlag mit Aktivitäten vollstopfen. Zum Glück war Vroni der gleichen Ansicht. Was Freizeit und Fitness betraf, genügten ihr die bisherigen Sportarten vollauf.

Zumindest war es Leo gelungen, die beiden zu einem Tandemflug zu animieren. »In der Gleitschirmschule gibt es ein paar Leute mit Passagierfluglizenz«, hatte er erzählt. »Wie wär's, wenn wir bei Gelegenheit mal alle drei vom Wallberg aus starten würden? Ich solo, ihr jeweils auf dem Vordersitz mit einem Piloten dahinter? Ist das ein Vorschlag?«

Das war in der Tat einer. »Angenommen«, hatte Kling spontan geantwortet, stellvertretend auch für Vroni, die erwartungsgemäß begeistert zustimmte.

Sandra Kling dagegen zeigte sich weniger erbaut, als ihr Sohn von dem Wochenendplan berichtete. »Darfst du so was überhaupt?«, fragte sie besorgt. »Ich meine, das ist doch gefährlich. Erlaubt das dein Chef?«

»Natürlich, warum denn nicht? Die Freizeit ist meine Privatsache. Schließlich darf ich ja Ski fahren, und das ist mindestens genauso riskant.«

»Wirklich? Bist du sicher?«

»Absolut. Lies mal die Unfallstatistik. Klar, wenn ich auf den Mount Everest steigen würde, wäre das etwas anderes. Das könnte man mir wahrscheinlich als Dienstvergehen ankreiden – abgesehen davon, dass es illusorisch ist.«

Eineinhalb Wochen zuvor hatten Markus Kling und Veronika Sommer ihr neues Domizil bezogen, die Wohnung am Gmunder Osterberg, der in Wirklichkeit nicht mehr als ein Hügel war. Inzwischen hatte sich Kling an die neue Situation nicht nur gewöhnt, sondern fand sie durchaus angenehm. Ganz zu Anfang war in ihm ein Gefühl wie Lampenfieber hochgekrochen, das bis zur ersten Nacht im gemeinsamen Schlafzimmer angehalten hatte. Es war jetzt eben mehr als das Zusammensein mit einer Frau; es war eine neue Rolle als Lebensgefährte – oder zumindest Lebensabschnittsgefährte. So etwas zu proben war unmöglich, man musste es ausprobieren. Der zehntägige Urlaub, den Vroni und er im letzten Sommer gemeinsam in Kroatien verbracht hatten, war schließlich nicht mit dem Alltag vergleichbar und als Testzeitraum sowieso viel zu kurz.

Leo und Laura betraten die neue Wohnung zum ersten Mal, als sie die beiden zum Gleitschirm-Dreier abholten. Wie es bei solchen Gelegenheiten unvermeidlich war, begann ihr Besuch mit einer Führung durch die Räumlichkeiten, und sie sparten nicht mit Komplimenten.

»Wirklich schick, Markus«, sagte Leo, während er seinen Blick schweifen ließ. Dabei rieb er sich versonnen seinen Dreitagebart, mit dem er sein lichter werdendes Haupthaar kompensierte, und sah aus, als wollte er Stück für Stück den Versicherungswert der Einrichtung kalkulieren. »Auf jeden Fall viel wohnlicher als deine alte Bude in Miesbach.«

»Und schön hell«, ergänzte Laura.

»Ja, das hat uns auch sofort gefallen«, bestätigte Kling. »Allerdings fehlen die Jalousien, die werden erst nächste Woche fertig. Und wie ihr seht, sind wir immer noch am Einrichten. Mindestens zehn Kartons warten darauf, dass wir sie auspacken.«

»Sechs Kartons«, korrigierte Vroni sachlich. »Übertreib nicht so. Da sind hauptsächlich Bilder drin, deswegen wirken die Wände im Moment etwas kahl.«

»Ach so?« Laura begutachtete die Wandflächen, während Hauskatze Bonnie schnurrend um ihre Hosenbeine strich. »Ist mir gar nicht aufgefallen. Aber jetzt, wo du es erwähnt hast …«

»Wenn ihr neue Sachen anschafft, denkt an die Hausratpolice«, riet Leo. »Nicht dass ihr auf einmal unterversichert seid.«

»Eins nach dem anderen. Bis wir so weit sind, vergehen bestimmt noch Wochen. Wie das halt so ist, wenn beide Partner berufstätig sind.«

»Wem sagst du das«, seufzte Leo. »Bei uns hat es damals ein ganzes Jahr gedauert, bis alles an seinem Platz war. – Apropos Beruf, gibt es etwas Neues aus der kriminalistischen Abteilung?«

»Was willst du hören?«

»Na, irgendwelche spektakulären Fälle halt.«

»Da kann ich dir nichts Weltbewegendes bieten, jedenfalls nicht aus den letzten Wochen. Lass mal überlegen … Wir hatten zwei Einbruchsdiebstähle, diverse Betrugsfälle und eine Wirtshausschlägerei.«

»Ja, was wäre Bayern ohne Wirtshausschlägerei?«, frotzelte Leo und grinste.

Kling blieb ernst und schüttelte den Kopf. »Nein, du, darauf kann ich gern verzichten. Zumal das keine Folklore war, sondern eine ziemlich blutige Angelegenheit. Wir ermitteln wegen gefährlicher Körperverletzung, Strafmaß bis zu zehn Jahre.«

»Öha! Um was ging's denn da überhaupt?«

»Cherchez la femme. Muss ich mehr sagen?«

»Nein, schon kapiert. Und dieser grässliche Mord vor ein paar Monaten – der Drahtschlingen-Killer, so waren doch die Schlagzeilen … Was ist denn daraus geworden?«

»Nicht mehr meine Baustelle«, antwortete Kling schulterzuckend.

»Wieso?«

»Die Staatsanwaltschaft schließt mittlerweile kategorisch aus, dass es ein anderes Motiv gab, als den Mann als Zeugen zu beseitigen. Es ist ein offenes Geheimnis, dass er mit irgendwelchen Dealern zu tun hatte. Somit handelt es sich um einen Fall aus dem Drogenmilieu, und dafür sind die Kollegen in München zuständig. Wir dürfen nur die Wasserträger spielen. Tja, so ist das halt.«

»Höre ich da so was wie Eifersucht heraus?«

»Das tust tu. Ist ja wohl logisch, dass ich lieber meine eigene Nase in den Fall stecken würde.«

»Aber die Münchner haben auch nichts herausgefunden, oder?«

»Leo, du weißt, über Details zu laufenden Ermittlungen darf ich nichts ausplaudern. Um deine Frage kurz und bündig zu beantworten: stimmt.«

»Schöne Scheiße.«

»Das kann man laut sagen. Dieses Herumeiern bringt schlechte Presse, und wenn ich etwas hasse, dann die

Schlagzeile ›Polizei tappt weiter im Dunkeln‹. Nicht weil das jemand so schreibt, sondern weil leider immer mindestens ein Körnchen Wahrheit drinsteckt.«

»Und dieser Gillessen, der sich umgebracht hat?«, mischte sich Laura ins Gespräch ein. »Wart ihr damit nicht auch befasst?«

»Ja, aber da gab es nicht viel zu ermitteln. Der Fall ist längst zu den Akten gelegt.«

»Ich frage nur, weil Gillessen Kunde bei unserer Assekuranz war. Sehr exklusiv, mit Spezialversicherung, VIP-Betreuung und so.«

»Ach, da schau her!«, sagte Kling überrascht. »Die Welt ist wirklich klein.«

»Wir haben das selbst erst vor Kurzem erfahren«, ergänzte Leo. »Ein Kollege hat Laura davon erzählt. Nächste Woche soll Gillessens Kunstsammlung versteigert werden. Das wird noch mal eine knifflige Sache, die Police läuft schließlich weiter.«

»Das Auktionshaus muss übrigens ganz in der Nähe sein«, sagte Laura. »Wenn ihr Zeit habt, könnt ihr ja vorbeischauen. Der Termin ist am 16. Juni, wenn ich mich richtig erinnere.«

»Vielleicht finden wir da etwas Passendes für die Wohnung?«, ließ sich Vroni vernehmen. Das konnte sie nur im Scherz meinen.

»Ja, einen Picasso oder so was«, gab Kling sarkastisch zurück.

»Oder einen Lichtenstein?«, schlug Laura vor.

»Klar, könnte ich mir gut in der Diele vorstellen. Vorher brauchen wir allerdings einen Lottoschein mit sechs Richtigen. Aber im Ernst, die Auktion würde mich schon interessieren. Die Uhrzeit wisst ihr nicht zufällig?«

»Nicht genau«, antwortete Leo. »Ich glaube, irgendwann am späteren Nachmittag.«

»Hm.« Kling überlegte. »Für Vroni wäre das sicher machbar …«, Vroni nickte zustimmend, »… bei mir hängt es vom Dienstplan ab. Mal sehen, vielleicht klappt es ja. – Jetzt lasst uns mal langsam aufbrechen.«

»Genau«, pflichtete Leo ihm bei und blickte auf seine Armbanduhr. »In 20 Minuten wollen wir uns mit euren Piloten treffen, also auf geht's. Wir können alle zusammen mit meinem Auto fahren. Platz hab ich genug.«

In der Tat hätten in Leos Geländewagen zur Not auch sieben Passagiere gepasst, selbst mit dem überdimensionalen Rucksack im Gepäckraum, der die Gleitschirmausrüstung enthielt.

»Was kostet eigentlich so ein Schirm?«, wollte Kling wissen, als sie im Auto saßen und in Richtung Rottach-Egern starteten.

»Ach, der ist gar nicht sonderlich teuer. Meinen habe ich für 800 Euro gebraucht bekommen. Topzustand, super gepflegt. Dazu kommt natürlich noch ein bisschen Zubehör, Helm, Variometer und je nach Startplatz ein Windsack. Den brauchen wir am Wallberg aber nicht. Alles in allem ist das jedenfalls keine große Sache. – Übrigens, seht mal …« Er deutete auf den tiefblauen, nur von einigen Schäfchenwolken durchflockten Himmel, dessen Spiegelung auf der Wasserfläche dem See ein fast karibisches Flair verlieh. »Ich schätze, wir werden heute eine fantastische Thermik haben. Weißblau vom Feinsten.«

»Dann bleiben wir länger in der Luft?«, fragte Vroni, die mit Laura auf der Rückbank saß, und drehte den Kopf zur Seitenscheibe, um einen besseren Blick auf die Wetterlage zu erhaschen.

»Gut möglich. Einen Rekordflug werden eure Piloten sicher nicht machen, das ist ja auch eine Geldfrage. 30 bis 40 Minuten Dauer sollten allerdings schon drin sein.«

Die Ortsdurchfahrt von Reitrain lag hinter ihnen, und Leo bog in die Wallbergstraße ein. Rechts am Hang lag unübersehbar das protzige Anwesen, das Ilja Gerassimow bewohnt hatte, der russische Großinvestor, dessen hochfliegende Immobilienpläne seinerzeit in einem Desaster geendet hatten. Kling sprach das Thema nicht an; er hatte keine Lust, eine Diskussion über die alte Sache in Gang zu bringen.

Am Treffpunkt »Fliegerherz«, direkt gegenüber dem Landeplatz, luden sie die beiden Tandem-Piloten, die sich als Norbert und Andreas vorstellten, samt Rucksäcken ins Auto und fuhren gemeinsam aufwärts zur Seilbahn-Talstation. Laura blieb allein auf der Wiese zurück, um ein Video von den Landeanflügen zu machen. Das Farbmuster der Schirme hatte sie sich vorsorglich auf einem Zettel notiert.

Markus Kling würde zusammen mit Norbert ein Tandem bilden. Er schätzte seinen Piloten fünf oder sechs Jahre älter als er selbst, vielleicht Ende 30 oder Anfang 40. Mit der üppigen dunklen Mähne und dem Vollbart, die sein sonnengebräuntes Gesicht umrahmten, sah er beinahe aus wie Reinhold Messner in der Blütezeit seiner Gipfelstürme.

Nachdem Kling die Fahrkarte für seine Bergfahrt erstanden hatte, zwängten sie ihre Rucksäcke und sich selbst in eine der engen Gondeln, die Türen schlossen sich, und das Gefährt bewegte sich rumpelnd aus der Station heraus.

»Darf ich fragen, was du beruflich machst?«, fragte Norbert, als die Gondel am Seil schwebte und gemächlich an Höhe gewann.

»Ich bin Kommissar bei der Kripo in Miesbach.«

»Ah, spannend!«

Kling grinste. »Ja, manchmal schon, aber stell dir das nicht vor wie im Fernsehkrimi. Ein großer Teil der Dienstzeit besteht aus Tüftelarbeit und Dickbrettbohren.«

»Schon klar. Ich seh mir diese ganzen TV-Serien sowieso nicht an. Außer gelegentlich ›Aktenzeichen XY‹. Aber das ist ja kein Krimi, sondern die Realität.«

»Genau. Da merkst du auch, wie langwierig und frustrierend die Ermittlungsarbeit manchmal sein kann. – Und was machst *du*, wenn du nicht fliegst? Oder ist das dein Job?«

Norbert schüttelte den Kopf. »Nein, so weit geht die Leidenschaft dann doch nicht, ist einfach ein schönes Hobby mit gelegentlichem Zuverdienst. Hauptberuflich arbeite ich in der Werbung. Genauer gesagt, als Kreativdirektor in einer Münchner Agentur.«

»Aha. Und was macht man da genau?«

»Ja, wie soll ich sagen …? Ich koordiniere ein Team von Grafikern und Textern, bin Coach und Ideengeber und sorge dafür, dass bei der Arbeit ein präsentables Ergebnis herauskommt.«

»Finde ich auch spannend.«

Norbert lachte. »Wie man's nimmt. Routinearbeit gibt es bei uns ebenfalls zur Genüge. Manchmal ist es ein ganz schöner Knochenjob. Und nervig. Vor allem, wenn du es mit Kunden zu tun hast, die dauernd herummäkeln und alles besser wissen.«

Kling konnte ein Grinsen nicht unterdrücken. »Du, das kommt mir bekannt vor. Staatsanwaltschaft, Innenministerium … So weit sind wir gar nicht auseinander.«

12

Am Starthang nahe der Heilig-Kreuz-Kapelle herrschte der übliche Trubel eines Sommerwochenendes. Dutzende Schaulustige warteten mit schussbereiten Handys und Kameras auf die Starts, um den Anblick der davongleitenden Schirme vor dem Seepanorama einzufangen. Markus Kling hatte selbst eine Reihe solcher Aufnahmen auf seiner heimischen Festplatte; heute würde er zum ersten Mal die Rolle des Beobachters mit der des Protagonisten tauschen. Ein seltsames Gefühl.

»Wir haben tatsächlich eine Superthermik, aber auch ziemlich viel Wind«, erklärte Norbert. »Kann sein, dass es dich nachher zurückreißt, wenn der Schirm aufsteigt. Dann stemm dich nicht dagegen, sondern geh ein paar Schritte rückwärts, sonst schmeißt es dich auf den Rücken.«

»Okay.« Kling nickte und beobachtete Leo, der einige Meter entfernt mit geübten Griffen seinen Schirm ausbreitete, das Gurtzeug anlegte und die Schließen kontrollierte, bevor er den Schirm mit dem Gurtzeug verband und sich zum Abflug bereit machte. Ein letzter prüfender Blick, ein kurzer Anlauf, und er glitt wie schwerelos hinaus ins Blau. Ringsum reckten sich mit Smartphones bewaffnete Arme in die Höhe.

Als Nächste war Vroni mit ihrem Piloten Andreas an der Reihe. Während sich die beiden auf den Start vorbereiteten, packte Kling seinen Rucksack aus. Norbert setzte ihm den Helm auf und legte das Gurtzeug an. Als sie ihre Position am Schräghang eingenommen hatten, hängte er die Tragegurte des Schirms ein, und sie warteten, bis Vronis Gespann nach kleineren Anlaufschwierigkeiten sicher davongesegelt war.

»Okay, wir können«, sagte Norbert. »Bist du bereit?«

»Alles klar!« Kling reckte den Daumen nach oben.

»Dann los!«

Zwei, drei Schritte hangabwärts, rauschend stieg der orangerote Schirm über ihnen auf, und wie angekündigt packte sie der Gegenwind, als würde ein riesenhafter Puppenspieler an den Fäden von Marionetten reißen. Kling stolperte zurück und hatte Mühe, sich auf den Beinen zu halten.

»Oberkörper nach vorne und laufen!«, rief Norbert, als der Schirm in voller Schönheit über ihnen stand.

Drei entschlossene Vorwärtsschritte, dann lösten sie sich vom Boden, waren in der Luft und schwebten in die Weite des Tegernseer Tals hinaus. Für einen Moment schoss Kling ein Lied der drei Rest-Beatles durch den Kopf, das er aus seiner frühen Jugend kannte. »Free as a bird«. Mehr als diese Zeile fiel ihm nicht ein, es war einfach zu lange her. Aber die vier Worte genügten, und er empfand sie nicht als übertrieben. Dieses Schweben fühlte sich vollkommen anders an, als in einem Flugzeug eingesperrt zu sein und die Landschaft unter sich nur durch eine kleine Sichtluke betrachten zu können. Hier waren sie vom Luftraum umgeben, bildeten einen Teil von ihm und zogen im Zusammenspiel mit Wind und Thermik ihre Kreise.

»Fantastisch!«, rief er Norbert zu. »Kommt mir fast vor wie Vogelflug. Die einzige Steigerung wäre, sich gänzlich ohne Hilfsmittel durch die Luft zu bewegen.«

»So was gibt es leider nur im Traum«, rief Norbert zurück. »Träumst du manchmal, fliegen zu können?«

»Ich denke schon. Tun wahrscheinlich die meisten von uns.«

Das Piepen des Variometers signalisierte, dass ihr Tandem schnell an Höhe gewann; schon nach wenigen Minuten gemächlichen Kreisens waren sie oberhalb des Wallberggipfels. Etliche Bergwanderer, zwergenhaft aus dieser Höhe, hatten sich am Gipfelkreuz versammelt, und einige blickten vermutlich nach oben, um den Pulk der am Himmel vorbeiziehenden Schirme zu verfolgen.

Sie drehten nach Norden ab, und das Tegernseer Tal breitete sich wieder vor ihnen aus. Die Mittagssonne ließ die Wasserfläche in einem leuchtenden Türkis erstrahlen. Am Ortsrand von Rottach-Egern meinte Kling die Prachtvilla von Heinrich Gillessen zu erkennen; gegenüber am westlichen Seeufer musste das Haus von Rainer Borell liegen, aber Bad Wiessee war zu weit entfernt, als dass man Einzelheiten hätte erkennen können.

Norbert zog den Schirm in eine weite Linkskurve, und jetzt öffnete sich der Blick in Richtung Süden. Die vertrauten Berge links und rechts des Weißachtals erhoben sich aus dem sonnendurchfluteten Dunst. Dort hinten, verdeckt vom Leonhardstein und den Ausläufern des Mangfallgebirges, lag die Schwarzentenn-Alm, wo Michael Fromberger seinen tödlichen Fieberanfall erlitten hatte. Drei Schauplätze, drei Tragödien, drei ungelöste Fälle, vereint in einem 360-Grad-Panorama. Wie klein, wie fern und unbedeutend das alles aus der Vogelperspektive wirkte, und doch waren es Schicksale, die nur zu bald nah heranrücken konnten …

Schluss damit, befahl sich Kling energisch. Man konnte seine Gedanken treiben lassen, aber nicht solche; die drohten nur den Genuss zu verderben. Der Dienstalltag würde ihn früh genug wieder vereinnahmen. Nur das Hier und Jetzt, das unendliche Blau und das Rauschen des Windes hatten ein Recht auf seine Gemütswelt. »Free as a bird …« Er sang es in Gedanken vor sich hin, sog das Gefühl intensiv in sich ein und lehnte sich in wohliges Nichtdenken zurück, bis der Schirm nach einem weiten Bogen über den See in den Sinkflug überging und sie langsam in Richtung Erdboden schwebten.

»Achtung, aufrecht stellen!«, rief Norbert, als die Landewiese zehn, zwanzig Meter unter ihnen lag. Sekunden später spürte Kling festen Boden unter den Schuhsohlen; er stand mit dem umgeschnallten Gurtzeug im Gras und sah den Schirm wie eine riesige welkende Blume hinter sich zusammensinken.

»Glückwunsch!«, sagte Norbert und klopfte ihm anerkennend auf die Schulter. »Hat alles wunderbar geklappt.«

Vroni und Andreas befanden sich noch in der Luft, ihr blauer Schirm war dabei, die letzten Höhenmeter zurückzulegen. Kurz danach kam Leo in einer eleganten Steilkurve heruntergeschwebt und landete dicht neben der Gruppe.

»Und? Wie fandet ihr's?«, fragte er, nachdem er sich von seinem Schirm befreit hatte.

»Super!«, platzte Vroni heraus, während sie ihren Helm vom Kopf zog und ihre schwarze Haarpracht schüttelte. »Ich könnte gleich noch mal losfliegen.«

»Zugegeben, mir geht's genauso«, gestand Kling. »Ist schon ein tolles Erlebnis. Aber lass uns mal realistisch bleiben, das wäre für uns ein Hobby zu viel. Mountainbiking, Skifahren, Bergwandern ... Und nebenbei bin ich ja auch noch Kriminalbeamter.«

»Passt scho«, sagte Leo verständnisvoll. »Verbrecher fangen ist wichtiger als fliegen.«

»Ja, die Work-Life-Balance«, seufzte Norbert mitfühlend. »Schwieriger, als einen Gleitschirm zu stabilisieren, was?«

»Ach ... wenn man sich nicht zu viel vornimmt ...«

»Und du, Leo?«, fragte Vroni. »Ich nehme fast an, du wirst dich jetzt voll aufs Fliegen konzentrieren.«

Leo rieb sich seine Bartstoppeln und zögerte mit der Antwort. »Na ja ...«, antwortete er schließlich gedehnt. »Mal sehen, wie lange der Reiz des Neuen anhält. Für diesen Sommer möchte ich jedenfalls jede Gelegenheit nutzen. – Äh, wenn ich darf«, fügte er mit einem Seitenblick auf Laura hinzu, die resigniert abwinkte.

»Schade«, sagte Kling. »Für Mountainbike-Touren zu dritt wird dann wohl nicht viel Zeit übrig bleiben.«

»Na, immerhin hast du ja mich«, sagte Vroni mit leisem Vorwurf in der Stimme.

»Klar.« Er lächelte spitzbübisch, nahm sie in den Arm und drückte sie. »Das hätte ich glatt vergessen.«

13

Lienhardt hatte sein Auto am Salitererweg in Rottach-Egern geparkt und legte die letzten 300 Meter zum Auktionshaus Wensauer zu Fuß zurück. Viertel vor vier, noch 15 Minuten bis zum Beginn der Versteigerung. Er trug leichte Sommerbekleidung und hatte seinen Regenschirm zu Hause gelassen, was sich nun als leichtsinnig erwies. Bei der Abfahrt in Holzkirchen war der Himmel noch dunstig blau gewesen, doch inzwischen hatte er eine drohende Farbe zwischen Bleigrau und Schwarz angenommen. Jeden Moment konnte das Gewitter losbrechen. Instinktiv blickte Lienhardt nach oben und beschleunigte seine Schritte. Sollte es halt regnen, das war jetzt Nebensache. Ein Gefühl von Spannung und Vorfreude stieg in ihm auf; nicht allein wegen der Schatulle, auf die er es abgesehen hatte, sondern auch, weil er zum ersten Mal eine Auktion von so hochkarätigem Format besuchte. Der Journalist in ihm war neugierig, was für Leute sich hier versammeln würden. Internationale Kunsthändler? Multimillionäre? Einkäufer von Museen? Oder würden außer ihm noch weitere ganz normale Zeitgenossen mitbieten?

Auf den ersten Blick sah nichts nach Schickeria aus. Das Auktionshaus Wensauer befand sich in einem zwar wuchtigen, aber schmucklosen dreistöckigen Zweckbau im alpenländischen Stil der 1970er-Jahre, der kaum ahnen ließ, welche Preziosen darin ihre Besitzer zu wechseln pflegten. Als Lienhardt das Foyer betrat, war er regelrecht geblendet von der Fülle des zur Schau gestellten Gepränges: Skulpturen, Antiquitäten, chinesische Vasen, kunstvolle Elfenbeinschnitzereien und andere Schätze lieferten sich einen Wettkampf um den pompösesten Auftritt. Viele Exponate befanden sich in verschlossenen Vitrinen, was auf ihren Wert und ihre Fragilität hindeutete. Das Zeppelin-Modell stand wuchtig mittendrin; aufgrund der imposanten Masse seines silbergrauen Leibs wirkte es eher wie ein Fremdkörper. Das Fabergé-Ei aus dem Katalog dagegen war nirgends zu entdecken. Anscheinend bildete die Ausstellung lediglich einen Querschnitt von Gillessens Kollektion. Die kostbarsten Stücke, Objekte in sechs- und siebenstelligen Preisklassen, würde man sicher nur per Bildschirm präsentieren.

Lienhardt zeigte im Büro seinen Personalausweis vor, ließ sich als Bieter registrieren und betrat dann den Auktionssaal. Etwa 30 bis 40 Personen hatten sich bereits eingefunden, größtenteils Männer, allesamt eher unscheinbar. Die meisten, schätzte Lienhardt, waren vermutlich Unterhändler schwerreicher Auftraggeber, die sich wohlweislich im Hintergrund hielten. Niemand machte den Eindruck, als würde er selbst über ein Vermögen verfügen.

Erwartungsvoll nahm Lienhardt in einer der mittleren Reihen Platz. Jeden Moment musste Dominik Wensauer an der Stirnseite des Saals seinen Auftritt haben, der Besitzer und Geschäftsführer des Auktionshauses in dritter Generation. Vor, neben und hinter Lienhardt herrschte bedeutungsvolles Schweigen. Einige der Besucher machten sich Notizen, andere schienen vor Beginn der Versteigerung noch schnell ihre E-Mails auf dem Smartphone durchzugehen.

Fünf Minuten nach vier erschien Wensauer endlich auf der Bildfläche; ein distinguierter Herr mit vollem, von silbernen Strähnen durchzogenem Haar, gekleidet in einen tadellos sitzenden dunkelblauen Zweireiher mit weißem Einstecktuch. Federnden Schrittes und offensichtlich bester Laune trat er ans Rednerpult und hielt seine Eröffnungsansprache.

»Meine Damen und Herren, herzlich willkommen bei der Auktion des Nachlasses von Herrn Heinrich Walter Gillessen. Die meisten von Ihnen werden es schon den Medien entnommen haben, aber lassen Sie mich den Hintergrund noch einmal zusammenfassen: Der Verstorbene hat mangels gesetzlicher Erben in seinem Testament verfügt, dass sein gesamter Besitz zugunsten des Spring Lake Medical Center in New Jersey versteigert wird. Wer die Geschichte dahinter nicht kennt, wird sich natürlich fragen: Was hat es damit auf sich, welche Beziehungen hatte Herr Gillessen zu diesem Krankenhaus? Nun, die Antwort ist einfach: Er verdankt ihm sein Leben. Die Eltern des Verstorbenen, Walter Gillessen und seine Ehefrau Susanne, befanden sich am 6. Mai 1937 an Bord des Zeppelin-Luftschiffs Hindenburg …«

Im Publikum erhob sich vereinzeltes Raunen und Getuschel.

»Ja, auf genau jener verhängnisvollen Fahrt, an deren Ende der Zeppelin Feuer fing und vollständig ausbrannte. Herr Gillessen senior hat bei der Katastrophe den Tod gefunden. Seine schwangere Ehefrau wurde lebensgefährlich verletzt, aber dem Notfallteam der Klinik ist es gelungen, sie zu retten, samt ihrem ungeborenen Kind. Ohne die Kunst dieser Ärzte wäre Heinrich Walter Gillessen junior nie geboren worden. Er selbst hat mir erzählt, wie schlimm es damals um seine Mutter stand und dass sie nur um Haaresbreite überlebt hat. Deshalb war er dem Spring Lake Medical Center auf ewig dankbar; er hat es zu Lebzeiten mehrmals besucht und auch finanziell gefördert. Und nun habe ich die Ehre, seinen letzten Willen zu vollstrecken und den Erlös dieser wunderbaren Kunstsammlung ebenfalls der Klinik zukommen zu lassen. Ich bitte also um großzügige Gebote, im Sinne des Verstorbenen. Die Versteigerungsbedingungen können Sie aus dem Katalog ersehen, der hier im Saal ausliegt und auch online verfügbar ist. Herzlichen Dank.«

Einige Besucher spendeten diskreten Applaus, der umgehend wieder verstummte. Ohne Verzögerung wandte sich Wensauer dem Katalog zu und stellte auf zwei Großbildschirmen, die das Rednerpult flankierten, den ersten Auktionsgegenstand vor, eine Pendeluhr aus dem 19. Jahrhundert. Keine ausgesprochene Kostbarkeit, das Einstiegsgebot lag bei 700 Euro. »750, 800, höre ich 850? 880 werden online geboten, wer bietet 900? – Niemand? 880 zum Ersten, zum Zweiten und … zum Dritten.« Das Hämmerchen fiel, die Pendeluhr hatte einen neuen Besitzer.

Zu Lienhardts Überraschung kam das Hindenburg-Modell schon wenig später an die Reihe, trotz des relativ hohen Einstiegspreises. Er hatte eigentlich erwartet, dass es eine dramaturgische Steigerung von weniger wertvollen Stücken bis zu Millionen teuren Kunstwerken geben würde. Vielleicht aber waren die Hakenkreuze am Leitwerk des Schiffs dem Auktionshaus so peinlich, dass man es möglichst schnell aus dem Blickfeld entfernen wollte. Für 9.000 Euro erhielt ein Bieter aus dem Saal den Zuschlag.

Nach zwölf weiteren Raritäten wurde endlich eine Reiseschatulle aus der Biedermeierzeit angekündigt. Lienhardts Pulsschlag beschleunigte sich leicht, doch ein prüfender Blick auf sein Handy zeigte, dass es sich nicht um sein Wunschobjekt handelte. Er hatte einen Screenshot von der Katalog-Website gespeichert. Die Intarsien sahen etwas anders aus, der Holzton war heller, und auch die Losnummer stimmte nicht; diese Schatulle hatte die 23, seine die 32.

Eine Besucherin, die weiter vorne saß, zeigte sich sehr erpicht auf genau dieses Stück. Es war, soweit sich das erkennen ließ, eine unscheinbare, schmale Frau, vielleicht um die 50 Jahre alt. Dem Auktionator schien sie bekannt zu sein; zwar gab Wensauer sich ungerührt, konnte allerdings eine Regung des Erstaunens nicht verhehlen, als sie resolut in den Bieterwettkampf einstieg.

»1.400 Euro!«

»1.400«, wiederholte Wensauer. »Wer bietet mehr? 1.500 ... 1.600 ... Höre ich 1.700? Hier kommt ein Onlineangebot, 1.750 ...«

»4.000!«, rief die Frau.

Entgeisterte Stille. Nur ein einzelnes ungläubiges Auflachen war zu vernehmen. Wensauer zog die Augenbrauen hoch und machte für einen Moment einen konsternierten Eindruck, fing sich jedoch sofort wieder.

»4.000 Euro stehen im Raum, bietet jemand mehr?«

Niemand rührte sich.

»4.000 zum Ersten ... zum Zweiten und zum Dritten.«

Das Hämmerchen fiel, die Bieterin stand auf und wandte sich zum Gehen. Als sie an seiner Sitzreihe vorbeikam, stellte Lienhardt fest, dass sie nicht gerade wie jemand aussah, der soeben einen heiß ersehnten Schatz erbeutet hat. Der Gesichtsausdruck der Frau wirkte eher unsicher, fast verschüchtert. Es war überdeutlich, dass sie sich in dieser Umgebung fremd fühlte. Und dann der Sprung von 1.750 auf 4.000 Euro, einfach so, ohne erkennbare Notwendigkeit. Warum hatte sie für die Schatulle einen derart überzogenen Preis geboten? Oder war dieses Ding wirklich so wertvoll, und die Unbekannte hatte von jemandem einen Geheimtipp erhalten? Bei einem Profi und Kunstkenner wie Dominik Wensauer äußerst unwahrscheinlich. Falls sich das Spiel bei Schatulle Nummer 32 wiederholen sollte, würde Lienhardt jedenfalls nicht mithalten können. 4.000 Euro überstiegen sein selbst gesetztes Limit bei Weitem.

Dass mit der Bieterin ein jüngerer blonder Mann und eine schwarzhaarige Frau aus der letzten Reihe den Saal verlassen hatten, hatte er von seinem Platz aus nicht gesehen. Mit wachsender Spannung erwartete er den Aufruf seiner Losnummer. Zuvor kamen noch einige Asiatica und weniger wertvolle Skulpturen unter den Hammer. »Eine weitere Reiseschatulle aus dem Spätbiedermeier«, kündigte Wensauer an, und wie aus der Pistole geschossen erhöhte ein Bieter aus dem Saal den ausgerufenen Wert um 200 Euro. Das konnte ja heiter werden. Doch diesmal blieb der befürchtete Quantensprung aus; das nächste Gebot erhöhte den Preis zu Lienhardts Erleichterung nur noch um 100 Euro, dann tröpfelten Steigerungen um 50 Euro herein. Langsam näherten sich die Gebote dem Betrag, den er sich selbst als Obergrenze gesetzt hatte.

»1.800 Euro!«, rief Lienhardt.

»1.800 Euro sind geboten … 1.800 zum Ersten … Höre ich 1.850?«

Nichts.

»1.800 zum Ersten, zum Zweiten …« Lienhardt ballte unwillkürlich die Fäuste. »Und zum Dritten.«

Gleichzeitig mit dem Hammer fiel Lienhardt ein Stein vom Herzen. Er hatte, was er wollte. War es ein Schnäppchen? Um das zu beurteilen, fehlte ihm die Expertise. 200 Euro unter dem Limit, damit hatte er nach Versteigerung der ersten Schatulle nicht im Entferntesten mehr gerechnet. Den Rest der Auktion ersparte er sich und ging aus dem Saal hinüber ins Büro, um die Formalitäten zu erledigen.

Dass er die Schatulle besser nicht ersteigert hätte, wurde ihm erst sehr viel später klar. Denn Gillessens letzter Wille hatte genau darin bestanden, einen solchen Besitzerwechsel zu verhindern.

14

»Hallo, Frau Kolendowicz, grüß Gott!«

Die Frau im Korridor des Auktionshauses drehte sich überrascht um. »Grüß Gott, Herr …?« Ihr Gesichtsausdruck verriet Nichterkennen.

»Markus Kling von der Kripo Miesbach. Wir sind uns schon mal begegnet.«

»Ach, der Herr Polizist! Jetzt weiß ich wieder.«

Kling nickte. »Genau. Es waren leider tragische Umstände, unter denen wir uns getroffen haben. Darf ich vorstellen: meine Lebensgefährtin Veronika Sommer, und Frau Kolendowicz, Herrn Gillessens letzte Haushälterin.«

»Grüß Gott«, sagte Vroni freundlich. Eine kurze Verlegenheitspause entstand.

»Sie haben etwas ersteigert?«, fragte Frau Kolendowicz schließlich.

»Leider nein«, antwortete Kling und konnte ein Schmunzeln nicht unterdrücken. »Ehrlich gesagt, diese Sachen sind ein kleines bisschen zu teuer für uns. Wir sind aus reiner Neugier gekommen. Ich konnte Herrn Gillessens großartige Sammlung ja schon teilweise bewundern, da wollten wir einfach mal sehen, was noch alles dabei ist.«

»Ja, schöne Sachen, nicht wahr?«

»Überwältigend! Was mich ein bisschen wundert … Verstehen Sie mich nicht falsch, es geht mich natürlich nichts an, aber warum haben Sie so viel Geld für diese

Schatulle ausgegeben? Diese Summe ist sie doch mit Sicherheit nicht wert.«

»Ich weiß nicht«, sagte Frau Kolendowicz und wirkte etwas hilflos. »Aber war wichtig, dass ich sie bekomme. Ich hab sie nicht für mich selbst ersteigert, sondern für Freund von Herr Gillessen.«

»Aha. Der scheint ja gut betucht zu sein.«

»Ich weiß nicht«, wiederholte Frau Kolendowicz, »sein Sohn hat mir Auftrag gegeben. Weil der Vater ist in Kalifornien.«

Ihre Antwort klang verworren und zugleich mysteriös.

»Lebt er dort?«, fragte Vroni interessiert.

»Ja, in San Francisco.«

»Darüber müssen Sie mir mehr erzählen«, schlug Kling vor. »Ich meine, falls es Ihnen nichts ausmacht. Sind Sie mit dem Auto da oder dürfen wir Sie nach Hause bringen?«

»Hab ich kein Auto. Ja, das wäre nett. Muss nur noch bezahlen und Liefertermin ausmachen.«

»Jetzt sagen Sie bloß, Sie bezahlen in bar.«

»Ja. Er hat mir gegeben 4.000 Euro.«

»Und das haben Sie alles auf den Kopf gehauen«, konstatierte Kling kopfschüttelnd.

Frau Kolendowicz blickte ihm ins Gesicht, und in ihrer Miene zeichnete sich ein leiser Zweifel ab. »Ja … Ich meine, das war doch in Ordnung, oder? Es war wichtig, dass er sie kriegt.«

»Sicher ist das in Ordnung«, beruhigte sie Kling. »Ich wollte nur andeuten, dass Sie die Schatulle wahrscheinlich auch viel billiger bekommen hätten. Ein Sprung von über 2.000 Euro, das ist schon happig.«

Als Frau Kolendowicz ihre Banknoten losgeworden war und sie zu dritt das Auktionshaus verließen, waren die Straßen von schmelzenden Eiskörnern und abgerissenen Blättern übersät. Das Unwetter war bereits vorbeigezogen, nur fernes Grummeln und hin und wieder aufflackerndes Wetterleuchten verrieten noch das Brodeln der Atmosphäre. Auch Markus Kling hatte am Salitererweg geparkt. Aufatmend stellte er fest, dass der Toyota dellenfrei war. Der Hagelschauer hatte sich im Rahmen des Üblichen gehalten, und es würde keine Schlagzeilen von golfballgroßen Geschossen geben.

Vroni setzte sich ans Steuer. Kling nahm mit Frau Kolendowicz im Fond Platz, um sich besser mit ihr unterhalten zu können. »Jetzt erzählen Sie mal«, sagte er, als sie in Richtung Rottach-Egern unterwegs waren. »Keine Sorge, das ist keine dienstliche Vernehmung. Vielleicht hilft es mir aber, ein paar Dinge besser einzuordnen.«

»Ja, was Sie wollen wissen?«

»Dieser Freund von Herrn Gillessen, wie heißt der?«

»Andrew Lobovsky. Ich kenn ihn von Telefon, und Herr Gillessen hat paarmal von ihm erzählt. Er nannte ihn meistens Andy. Hat mit Herrn Gillessen an Universität in Amerika studiert … irgendwo bei San Francisco.«

»Meinen Sie vielleicht Stanford?«

»Ja, Stanford, genau. Hat mich interessiert, weil die Familie kommt auch aus Polen, also ich hab ein bisschen nachgefragt. Andrzej Lobovsky, so heißt er eigentlich. Sein Vater war Physiker … oder Chemiker, weiß ich nicht mehr genau.«

»War Gillessens Vater das nicht auch? Irgend so was in der Richtung.«

»Oh, ich weiß nicht. Bitte um Entschuldigung.«

»Bitte, dafür müssen Sie sich doch nicht entschuldigen! Eins wüsste ich noch gern: Kann es sein, dass Heinrich Gillessens Eltern und Lobovsky senior miteinander bekannt waren?«

Frau Kolendowicz schüttelte zögernd den Kopf. »Das … nein, keine Ahnung. Herr Gillessen hat nie viel von früher geredet. Ich wusste nicht mal, dass Vater ist gestorben bei Luftschiffunglück.«

»Okay, ist nicht so wichtig. Auf jeden Fall waren Heinrich Gillessen und Andrew Lobovsky befreundet.«

»Ja, wie gesagt, haben zusammen studiert. Er war Freund von Herr Gillessen, sonst er hatte nicht viele. War sehr einsam zum Schluss.«

Mit diesen Auskünften hätte sich Kling zufriedengeben können, doch das ließ der Ermittler in ihm nicht zu. »Dann haben Sie vielleicht Herrn Lobovskys Adresse?«, fragte er.

»Markus!«, ließ sich Vroni mahnend vom Fahrersitz aus vernehmen. »Lass doch dieses Verhör. Wozu willst du das alles wissen?«

Frau Kolendowicz hingegen schien die Fragerei nichts auszumachen. »Ja«, antwortete sie bereitwillig, »ich hab ja immer die Briefe zur Post gebracht. Die beiden hatten Kontakt, bis …« Sie senkte den Blick und machte eine Pause. »Leider war Herr Lobovsky nie selber bei Herr Gillessen zu Hause, sie haben nur geschrieben und ganz selten mal angerufen.«

»Was ist mit E-Mails?«

»Weiß nicht. Ich glaube, das mochten beide nicht. Jedenfalls … Für Herr Gillessen sind große Reisen zu anstrengend geworden, und bei Herr Lobovsky ging es gar nicht. Er hatte diese Krankheit … Sklero…«

»Multiple Sklerose?«

»Ja, genau. Konnte deswegen nicht mal zu Beerdigung kommen. Stattdessen hat er mir langen Brief geschrieben und hat sich bedankt, weil ich … dass ich …«

»Sie meinen, weil Sie Herrn Gillessen so gut betreut haben.«

»Ja.«

»Und wie sein Sohn heißt, wissen Sie das auch?«

Frau Kolendowicz kratzte sich am Hinterkopf. »Ich muss überlegen … John? Nein, James.«

»James Lobovsky also. Wie hat er Kontakt mit Ihnen aufgenommen, und was hat er Ihnen erzählt?«

»Er hat angerufen. Sagt, mit dieser Schatulle ist gemeinsame Erinnerung verbunden, deswegen sein Vater will sie unbedingt haben.«

»Und das haben Sie ihm geglaubt?«

»Ja, wieso denn nicht? War netter Mann, sehr ehrlich. Und es stimmt ja auch alles, Herr Gillessen hat mir doch erzählt.«

»Ja gut … Ob das alles stimmt, ist eine andere Frage. Sie haben also die Schatulle ersteigert, und jetzt sollen Sie die nach San Francisco schicken?«

»Nein, nein, ganz anders. Herr Lobovsky, ich meine James, hat Geld selber vorbeigebracht. Er meinte, 4.000 Euro müssen reichen.«

»Aha. Das heißt, er wohnt in Deutschland, warum haben Sie das nicht gleich gesagt?«

»Entschuldigung. Ja, er sagt, er arbeitet für Softwarefirma in München. Und er braucht Schatulle schon morgen, weil übermorgen fliegt er zu Vater und nimmt sie mit.«

»Der hat's ja verdammt eilig. Und bei der Firma Wensauer klappt das so schnell?«

»Jaja, hab ich geklärt, das geht. Herr Lobovsky will Schatulle dann bei mir abholen.«

»James Lobovsky«, wiederholte Kling. »Beschäftigt bei einer Münchner Softwarefirma. Mehr wissen Sie also nicht von ihm.«

»Nein, das ist alles.«

»Und bis jetzt kannten Sie ihn nicht? Er war nicht mal bei Herrn Gillessen zu Besuch?«

»Nein.«

»Können Sie ihn denn wenigstens beschreiben?«

»Markus!«, rief Vroni erneut nach hinten. »Jetzt lass es gut sein!«

Frau Kolendowicz fuhr unbeirrt fort. »Vielleicht Mitte 50, graue Haare, viel Bart. Große schwarze Brille. Und er hat amerikanische Akzent.«

Das klang sehr nach Maskerade. Für Kling begann sich ein klares Bild abzuzeichnen: Der Fremde war aus unerfindlichen Gründen heiß auf die Schatulle, wollte aber nicht, dass jemand davon erfuhr. Also ersteigerte er sie nicht selber, gab sich als James Lobovsky aus, erzählte Anna Kolendowicz das Märchen von seinem angeblichen Vater und der gemeinsamen Erinnerung. Und ließ sich die Schatulle aberwitzige 4.000 Euro kosten. Blieb nur die Frage: warum das alles?

Sie waren an Gillessens Villa angelangt. Es hatte wieder leichter Regen eingesetzt, der sich raschelnd seinen Weg durch die Baumkronen bahnte. Vroni hielt in der Einfahrt des parkähnlichen Gartens, und die beiden brachten Frau Kolendowicz im Schutz ihres Regenschirms bis in die Vorhalle. Der einst so prachtvolle Raum war nahezu leer, an den Wänden zeugten dunkle Ränder von den Stellen, wo die Kunstwerke gehangen hatten.

»Trauriger Anblick«, bemerkte Kling und dachte mit Wehmut an die Schätze, die er hier vor wenigen Monaten hatte bewundern dürfen.

»Ja, sieht schrecklich aus«, sagte Frau Kolendowicz. »All die schöne Sachen! Und für Rest kommt Entrümpelfirma.«

»Und Sie selber? Ich meine, Sie haben ja hier gewohnt.«

»Ich muss ausziehen. Am 1. Juli.«

»Wissen Sie denn, was aus dem Haus wird?«

»Ja, das hat Herr Gillessens Makler an Firma verkauft. Die will alles abreißen und Hotel bauen.«

Ach du Scheiße, dachte Kling. »Noch ein Hotel? Als ob's davon nicht schon mehr als genug gäbe.«

Frau Kolendowicz zuckte die Schultern. »Weiß ich nicht. Mir ist sowieso egal, ich ziehe zurück nach Toruń. Herr Gillessen hat mir viel Geld vererbt, davon kann ich in Polen gut leben.«

»Das finde ich nobel«, sagte Vroni. »Also hat doch nicht alles die Klinik bekommen. Dann wünsche ich Ihnen viel Glück in der alten Heimat.«

Sie wollte Frau Kolendowicz die Hand geben und sich verabschieden, aber Markus Kling fiel noch etwas ein. »Haben Sie zufällig eine Telefonnummer von Herrn Lobovsky?«, fragte er. »Ich meine Andrew Lobovsky, den Senior.«

»Ja, hab ich. Wieso?«

»Nur so. Es gibt da ein paar Dinge, die ich ihn gerne fragen würde. Nur interessehalber.«

»Markus!«, sagte Vroni mahnend, dann wandte sie sich schulterzuckend in gespielter Verzweiflung Frau Kolendowicz zu. »Er kann es einfach nicht lassen. Fragen, fragen, fragen. Das ist halt sein Beruf.«

»Ja, Polizei muss immer fragen, nicht wahr? Aber kein Problem.«

In einer Nische stand ein Tischchen mit einem Festnetztelefon. Frau Kolendowicz zog eine Schublade auf und entnahm ihr ein kleines ledergebundenes Buch. »Adressbuch von Herr Gillessen«, erklärte sie, während sie in den Seiten blätterte. »Hier. Andy Lobovsky, Upland Drive, San Francisco. Und die Telefonnummer ... wollen Sie abschreiben?«

»Ich könnte einfach ein Foto machen. Darf ich?«

»Natürlich.«

Kling zog sein Smartphone aus der Tasche; ein elektronisches Klicken, und der Eintrag war gespeichert. »Noch etwas, Frau Kolendowicz: Sie sagten vorhin, Herr Lobovsky holt die Schatulle bei Ihnen ab.«

»Ja. Soll morgen zu mir geliefert werden. Hat gesagt, er meldet sich.«

»Gut. Können Sie mir bitte einen Gefallen tun und mich anrufen, sobald Sie wissen, wann Herr Lobovsky kommt?«

»Ja ... sicher.«

»Danke, damit wäre mir sehr geholfen.« Kling zog eine Visitenkarte aus seinem Portemonnaie und steckte sie Frau Kolendowicz zu. »Hier, da steht alles drauf. Rufen

Sie mich am besten über meine Handynummer an, da bin ich immer erreichbar.«

Wenn alles klappt, dachte er, kann ich dem mysteriösen Herrn Lobovsky selber auf den Zahn fühlen. Wer immer sich hinter dem Namen verbarg, es sprach viel dafür, dass er unlautere Absichten hegte. In Markus Kling stieg die leise Ahnung auf, dass es jetzt erneut spannend werden könnte.

15

Die gemeinsame Wohnung war inzwischen um einiges heimeliger geworden. Es machte jetzt Freude, nach Hause zu kommen, nicht mehr an die Plackerei des Umzugs erinnert zu werden, sondern eingeräumte Regale und erste Wände mit sorgsam aufgehängten Bildern vorzufinden. Auch die Küche war vollständig eingerichtet, sodass Tiefkühl-Fertigkost und Pizzaboten einstweilen ausgedient hatten. Keiner der beiden beanspruchte für sich, große Kochkünste zu beherrschen, aber für eine gepflegte Mahlzeit reichte es allemal. Sie wechselten sich ab, je nach beruflicher Auslastung und verfügbarer Zeit. Heute war Markus Kling mit dem Abendessen dran, das bedeutete eher einfache Kost. Liebend gerne hätte er gelegentlich die Gerichte seiner Mutter nachgekocht, die sie aus ihrer siebenbürgischen Heimat mitgebracht hatte, etwa die legendären Mititei mit den üppigen Beilagen, aber dazu fehlte ihm doch die kulinarische Finesse. Vroni hatte da mehr drauf. Auch Kaiserschmarrn gab es in den eigenen vier Wänden nicht; für seine Lieblingssüßspeise waren einschlägige Wirtshäuser und Berggasthöfe zuständig. Was er selbst am besten konnte, waren Pizzen mit Fertigteig und Spaghetti Bolognese, und Letztere gab es heute.

»Was soll an diesem Lobovsky denn so interessant sein?«, fragte Vroni, während sie die Pastafäden sorgsam mit ihrer Gabel aufwickelte.

»Er gibt Rätsel auf«, antwortete Kling, »und Rätsel sind dazu da, um gelöst zu werden.«

Vroni war sichtlich bemüht, ihre Portion schnell herunterzuschlucken. »Sherlock Holmes!«, entfuhr es ihr mit leicht vorwurfsvollem Unterton. »Mir wird immer klarer, warum dich deine Kollegen so nennen.«

»Ich bin halt neugierig. Na und? Ohne Neugier kannst du in diesem Beruf nichts werden.«

Kling griff nach seinem Weinglas, nahm einen Schluck und stellte es wieder ab. Dann lehnte er sich nach hinten und verschränkte die Hände im Nacken. »Mir geht eine Geschichte im Kopf herum, die keinen richtigen Anfang und schon gar kein richtiges Ende hat«, sinnierte er vor sich hin. »Ich kenne nur den Mittelteil, und der sagt mir, da stimmt etwas nicht.«

»Aha.«

»Deshalb möchte ich gern ein bisschen tiefer bohren. Punkt eins: Gibt es diesen James Lobovsky überhaupt und hat er Frau Kolendowicz wirklich aufgesucht? Falls ja, würde ich ihn fragen, was an der Schatulle so außergewöhnlich ist, dass er einen Mondpreis dafür hinblättert.«

»Vielleicht ist ein Schatz drin versteckt?«, frotzelte Vroni. »Ein Riesendiamant oder so was.«

»Quatsch. Ich denke zum Beispiel an Drogen. Jedenfalls muss es etwas sein, das deutlich mehr wert ist als die 1.200 Euro, die im Katalog standen. Und dieser ominöse Bieter weiß davon, Lobovsky oder wie immer er heißt. Am besten frage ich direkt den Senior, der kann das ja wohl klären.«

»Du willst ihn wirklich anrufen?«

»Natürlich! In San Francisco ist es jetzt …«, er warf einen Blick auf seine Armbanduhr, »kurz nach halb elf. Passt wunderbar.«

»Na schön, wenn du meinst. Aber iss erst mal deinen Teller leer, und anschließend hilfst du mir beim Abräumen. Danach kannst du recherchieren, so viel du willst. Der läuft dir ja nicht weg.«

Nach Beendigung der Mahlzeit war das Geschirr in Rekordzeit in der Küche, danach klappte Kling seinen Laptop auf und suchte erst einmal nach dem angeblich in Deutschland lebenden James.

»Negativ«, sagte er zu Vroni, nachdem er Google befragt, diverse Telefonverzeichnisse, soziale Medien und berufliche Netzwerke durchsucht hatte. In ganz Deutschland schien es nur einen einzigen James Lobovsky zu geben, und der arbeitete als Fondsmanager bei einer Frankfurter Investmentfirma. Im Telefonbuch war Kronberg im Taunus als Wohnort angegeben.

»Kronberg!« Kling schüttelte den Kopf. »Das ist fast 500 Kilometer von hier, und mit Software hat der offenbar nichts zu tun. Ich versuch's noch mal mit mPolice, vielleicht taucht ein James Lobovsky irgendwo als Aliasname auf.«

Er gab den Namen in die Suchmaske seines Diensthandys ein, aber auch die Personenabfrage in der polizeilichen Datenbank brachte kein Ergebnis.

Kling gab es auf. »Also, was Frau Kolendowicz uns da weitergegeben hat, stimmt definitiv nicht. Mir scheint, der kann man alles Mögliche auf die Nase binden.«

»Sie ist halt ein bisschen einfach gestrickt.«

»Genau das wollte ich damit sagen. Jedenfalls ist offensichtlich, dass ihr Besucher eine falsche Identität vorgetäuscht hat. Ich frage mich, ob dieser Lobovsky-Sohn überhaupt existiert. Sie wusste bis vor Kurzem ja gar nichts von ihm.«

»Spielt das denn überhaupt eine Rolle? Ich meine, das ist doch kein Fall für die Kripo. Was willst du damit beweisen und wozu?«

»Weiß ich noch nicht. Aber denk an deinen Ex-Chef Ludwig Menzl, da hatte Lenz große Zweifel, ob meine Aktion was bringt. Zugegeben, juristisch war sie hart an der Grenze … Aber anders wäre der ganze Korruptionssumpf nie aufgedeckt worden.«

»Auch wieder wahr.« Vroni gab sich geschlagen. »Dann tu halt, was du für richtig hältst.«

»Genau das werde ich.«

Kling griff erneut nach seinem Smartphone, öffnete das Foto von Gillessens Adressbuch und notierte sich die Nummer auf einem Block: 001-415, danach folgte eine siebenstellige Zahl. Als er sie eingetippt hatte, geschah vier, fünf Sekunden lang nichts. Stirnrunzelnd horchte er auf das Schweigen. Hatte er die Nummer korrekt abgeschrieben? Gerade wollte er den Versuch beenden und noch einmal auf dem Foto nachsehen, da ertönte das typisch amerikanische trötend vibrierende Wählzeichen, fünfmal, dann endlich meldete sich eine Frauenstimme. »Hello?«

»Hello, this is Inspector Markus Kling of the Bavarian detective squad in Germany. Am I talking to Mrs. Lobovsky?«

»Ahhhm … yes«, die Stimme klang zurückhaltend und misstrauisch. »What is this about?«

»I have a question about your husband's friend, Mr. Gillessen. We need to check on something. Can I speak to Mr. Andrew Lobovsky, please?«

»Yes ...« Erneutes Zögern. »Just a moment, please. He's disabled, you know. It may take a few minutes.«

Es dauerte tatsächlich einige Minuten, bis ihr Ehemann sich meldete. »Andrew Lobovsky speaking.«

»Hello, Mr. Lobovsky, this is Inspector Kling of the Bavarian detective squad in Germany ...«

»Oh, from Bavaria!« Er schien angenehm überrascht; anscheinend hatte seine Frau ihm nichts von Bayern gesagt. »Gruß Gott! Wir können auf Deutsch reden, Inspector. Ich spreche eure Sprache ganz gut.«

»Wunderbar, umso besser.«

Mit einem langgezogenen »Maaaauu« mischte sich Sunny, die sich an Klings Hosenbeine geschmiegt hatte, in das Gespräch ein. Lobovsky hatte es offensichtlich mitbekommen.

»Oh, you have a cat? Eine Katze?«

»Sogar zwei.«

»Amazing! I love cats. – Ja, also, wie kann ich Ihnen helfen?«

»Es geht um Ihren Bekannten Heinrich Gillessen, genauer gesagt um seinen Nachlass.«

»Ach ja, Heinrich, mein alter Freund. Rest in peace. Ich wär so gern zu die Beerdigung gekommen, aber ich bin krank, das geht nicht mehr. Was wollen Sie wissen?«

»Wir überprüfen gerade eine Personenangabe ... ein James Lobovsky, der in Deutschland arbeitet und angeblich Ihr Sohn sein soll.«

»Mein Sohn? In Deutschland? Bullshit. Wer erzählt so was?«

»Der Mann hat das selber behauptet.«

»So eine Quatsch. Ich denke, da hat Sie jemand … wie sagt man auf Deutsch? Verarscht, oder?«

Kling musste unwillkürlich grinsen; gut, dass er mit Lobovsky nur akustisch verbunden war. »Haben Sie denn keinen Sohn?«, fragte er.

»Doch, hab ich. Jimmy wohnt in L.A. und ist seit zwei Jahren … retired … wie sagt man? … in Rente.«

»Das ist allerdings interessant. Er hält sich definitiv nicht in Deutschland auf?«

»Definitely not. Wir haben erst gestern telefoniert, und da war er zu Hause bei seine Frau.«

»Ah ja. Und mit Software hat er vermutlich auch nichts zu tun?«

»Nein, wieso? Er war im Real Estate Business. Immobilien.«

»Dann benutzt also jemand den Namen als Tarnung, so viel ist jetzt klar.«

»Ja. Verhaften Sie den Kerl, das ist ein Betrüger. Was will er überhaupt?«

»Er hat eine Schatulle aus Herrn Gillessens Nachlass ersteigert …«

»A what?«

»Ein … a … Ja, wie heißt das auf Englisch?«

»Casket, glaube ich«, raunte Vroni ihm zu, die das Gespräch gespannt verfolgte.

»A casket. An antique. Angeblich geschah das in Ihrem Auftrag, weil Sie damit eine gemeinsame Erinnerung verbinden.«

Lobovskys Reaktion war ein kurzes, trockenes Auflachen. »Gemeinsame Erinnerung? With a casket? So ein Blödsinn!«

»Mit anderen Worten, der Mann hat die Geschichte von vorne bis hinten erfunden. Weder ist er Ihr Sohn, noch wissen Sie etwas von einer Schatulle. Einer ... casket.«

»Exactly.«

»Dann sage ich Ihnen herzlichen Dank für die Auskünfte. Sorry, dass ich Sie mit dieser Sache belästigt habe.«

»Keine Ursache, Inspector. Es freut mich, wenn ich die Polizei helfen kann.«

Kling verabschiedete sich und legte auf. »Na bitte!«, sagte er mit aufsteigendem Hochgefühl. »Genau, wie ich vermutet habe, irgendwer gibt sich als Andrew Lobovskys Sohn aus. Mit anderen Worten, die Sache stinkt. Muss ich unbedingt weiterverfolgen.«

»Aber nicht mehr heute, ja?«, bat Vroni. »Das hat doch Zeit bis morgen früh.«

»Jaja, natürlich. Ich bespreche mich morgen mit den Kollegen in der Inspektion. Kann sein, dass ein Drogendelikt hinter dem ganzen Zinnober steckt.« Er hielt inne und rieb sich mit einer Hand die Stirn. »Eigenartig ...«

»Was?«

»Irgendwie scheint mich das Thema in letzter Zeit zu verfolgen. Erst dieser Fromberger und die Millionärstochter, dann Rainer Borell, dann Gillessens Giftcocktail und jetzt ...«

»Und jetzt geh ich schlafen«, sagte Vroni resolut. »Es wird langsam spät. Was ist mit dir? Du hast morgen früh doch Dienst.«

»Ja, ich weiß. Noch ein Viertelstündchen. Ich brauch erst mal ein Weißbier, um runterzukommen. Vielleicht auch zwei.«

Während Vroni sich ins Bad verzog, öffnete Markus Kling die Balkontür und trat mit seinem Weißbierglas in die schwülwarme Nacht hinaus. Seine Konversationen mit Anna Kolendowicz und Andrew Lobovsky vibrierten nach. An Schlaf war vorerst nicht zu denken. Das sich aufdrängende Grübeln ließ sich nicht so einfach beiseiteschieben.

Es hatte erneut zu regnen angefangen, friedlich und undramatisch; ein sanftes, beruhigendes Rauschen. Kling atmete tief ein und ließ die meditative Atmosphäre auf sich wirken. Wie ein Begleitfilm zum Rhythmus der Tropfen zogen Bilder in seinem Kopf vorüber: ein Riesendiamant. Kokain. Heroin. Das Beweisstück eines unaufgeklärten Verbrechens. Ein Dokument, das irgendwen schwer belastete ... Möglich war vieles. Aber wenn etwas Derartiges in der Schatulle steckte, wieso hatte es niemand entdeckt? Mit dieser Frage schied eine größere Drogenmenge aus. Es musste ein Gegenstand mit sehr geringen Ausmaßen sein. Vielleicht ein Mikrochip. Oder eine SD-Karte, die Dinger waren auch klein genug.

Das war es! Da klingelten noch ein paar Stichworte mehr: Softwarefirma, Silicon Valley, San Francisco, Stanford. Kling stellte sein Bierglas auf dem Balkontisch ab und schnippte mit den Fingern. Nach Schlaf war ihm jetzt überhaupt nicht mehr zumute.

16

Am nächsten Tag hatte sich Klings Gedankengebäude so weit verfestigt, dass man eine Theorie daraus entwickeln konnte; zumindest war das sein sicheres Gefühl. In der Polizeiinspektion sprach er seinen Chef darauf an. Man musste bei so etwas behutsam vorgehen, denn Lorenz Finsinger hatte einen starken Hang zum Faktischen und war Spekulationen eher abgeneigt. Und trotz aller Ungereimtheiten, die sich in den vergangenen 14 Stunden offenbart hatten – an Fakten fehlte es dabei hinten und vorne.

»Du erinnerst dich an den Fall Gillessen?«, begann Kling vorsichtig.

»Ja, wieso? Der ist doch längst erledigt.«

Ja, schade, dachte Kling. Die Ermittlungen waren geräuschlos abgeschlossen worden; Akte zu, causa finita. Zu schnell für seinen Geschmack, aus verschiedenen Gründen; denn wie vermutet war tatsächlich Melanie Böse als Staatsanwältin damit betraut gewesen. Kling konnte seine Schwäche für schöne und intelligente Frauen einfach nicht ausblenden, obwohl die neue feste Beziehung sie schon deutlich gemäßigt hatte.

»Offiziell gibt es keine offenen Fragen mehr«, bestätigte er. »Aber ich glaube, hinter dem Fall steckt ein bisschen mehr, als wir dachten.«

»Aha?« Finsinger zog die Augenbrauen hoch und sah seinen Kollegen erwartungsvoll an.

»Hör zu«, tastete Kling sich langsam vor. »Gillessens Nachlass wurde gestern versteigert, zumindest ein großer Teil davon.«

»Ja, ich hab so was gehört.«

»Ich war bei dieser Auktion, eigentlich nur aus Neugier. Und dann ist etwas Merkwürdiges passiert: Gillessens Haushälterin, Frau Kolendowicz, hat mitgeboten und eine Biedermeier-Schatulle ersteigert. Zu einem völlig irren Preis, 4.000 Euro.«

»Eigenartig, ja. Und was weiter?« Finsinger hörte interessiert zu, immerhin.

»Ich bin mit ihr ins Gespräch gekommen, und sie sagte mir, dass sie im Auftrag eines gewissen James Lobovsky gehandelt hat. Angeblich der Sohn eines alten Freundes von Heinrich Gillessen. Daraufhin habe ich ein bisschen nachgeforscht und herausgefunden, dass dieser Sohn in Los Angeles wohnt und sich auch dort aufhält. Mit anderen Worten, da ist irgendetwas faul.«

Finsinger schob die Unterlippe vor und setzte eine skeptische Miene auf. »Hm«, sagte er nur.

»Macht dich das nicht stutzig?«, insistierte Kling. »Dass ein Unbekannter diese Schatulle ersteigert hat – zu einem Mondpreis und unter falschem Namen?«

»Ja und? Worauf willst du hinaus?«

»Mein Instinkt sagt mir, dass darin ein Gegenstand versteckt ist. Und zwar einer von sehr hohem Wert.«

»Wie wär's mit dem Heiligen Gral? Indiana Jones und der letzte Kreuzzug. Pass auf, dass du dir nicht noch einen Spitznamen einfängst.« Jetzt hatte der sarkastische Fakten-Finsinger wieder die Oberhand, nicht gut für den weiteren Gesprächsverlauf.

»Meine Güte, kannst du nicht mal ernst bleiben?«, protestierte Kling. »Es könnte eine Speicherkarte sein. Eine SD-Karte, die ist klein, und trotzdem passt eine Menge drauf. Zum Beispiel brisante Informationen, kriminelle Pläne und was weiß ich. Außerdem gibt es noch eine zweite Möglichkeit, die halte ich allerdings für weniger stichhaltig.«

»Nämlich?«

»Dass es um die Schatulle selbst geht. Vielleicht hat sie einen ungeahnten Wert, der dem Auktionshaus entgangen ist.«

»Bares für Rares, meinst du so was? Diese Fernsehsendung?«

»Ja. Danke für den Hinweis. Vielleicht gar nicht so abwegig.«

»Also«, resümierte Finsinger, »was du mir berichtet hast, ist Folgendes: Ein Unbekannter ersteigert eine antike Schatulle zu einem überhöhten Preis. Vielleicht, weil eine SD-Karte darin versteckt ist oder weil sie einen ungeahnt hohen Wert hat. Spannende Geschichte, aber was soll ich damit anfangen? Ich sehe darin nichts Verdächtiges, geschweige denn einen strafbaren Tatbestand.«

»Na gut, vielleicht habe ich zu viel Fantasie.« Kling gab noch nicht auf. »Wir werden sehen, wer am Ende recht behält. Zufällig weiß ich, wo die Sachen versichert sind. Vielleicht kriege ich da mehr heraus.«

»Bitte. Aber wenn das Auktionshaus keine Ahnung hat, warum sollte es die Versicherung wissen?«

»Fragen kostet nichts.«

Kling rief Leo Kroneder an und berichtete ihm von seinem Verdacht. »Kannst du bitte für mich checken, welcher Versicherungswert für das Ding angegeben ist?«, fragte er.

»Klar, kann ich machen, auf die Police und das Inventarverzeichnis habe ich Zugriff. Die Frage ist allerdings, ob dir das wirklich etwas nützt. Womöglich hat sich unser Gutachter geirrt oder ein wichtiges Detail übersehen, dann sagt die Summe gar nichts aus. Jeder Mensch ist fehlbar.«

»Was meinst du mit ›wichtigem Detail‹«?

»Na, nimm doch mal an, die Schatulle wäre im Besitz von König Ludwig oder Fürst Metternich gewesen. Irgendwo befindet sich vielleicht ein verstecktes kleines Wappen, das darauf hinweist, und das wurde sowohl beim Ankauf als auch bei der Inventarisierung übersehen.«

»In diesem Fall wären 4.000 Euro wahrscheinlich sogar ein Schnäppchenpreis. Allerdings würde ich mich fragen, woher der Bieter davon wusste.«

»Ist ja nur eine Theorie«, sagte Leo. »Die Detektivarbeit musst du selber leisten. Wie gesagt, den Versicherungswert kann ich dir kurzfristig durchgeben. Ich melde mich gleich wieder.«

Leos Rückruf brachte keine weitere Erkenntnis. Beide Biedermeier-Schatullen waren mit 1.500 Euro versichert, somit war es reine Spekulation, ob eine davon im Besitz einer historischen Persönlichkeit gewesen war. Kling konfrontierte seinen Chef mit Leos Theorie, hatte jedoch wenig Hoffnung, damit noch einmal Interesse zu wecken. Seine Ahnung bestätigte sich.

»Ja, tolle Geschichte«, sagte Finsinger. »Da könnte man vielleicht einen Roman draus machen, aber was hat all das mit uns zu tun? Solange kein Verdacht auf eine Straftat besteht, kann dieser angebliche Lobovsky machen, was er will. Und wenn er in der Schatulle Napoleons Wappen oder Bismarcks Autogramm finden sollte, herzlichen Glückwunsch. Privat einen falschen Namen anzugeben ist nicht verboten, siehe Paragraph 111 OWiG. Frau Kolendowicz ist schließlich keine Amtsperson.«

»Und einen kriminellen Hintergrund schließt du völlig aus?«

»Ja sicher. Oder siehst du einen Anlass für so eine Vermutung? Bis jetzt ist niemand betrogen oder sonst wie geschädigt worden, folglich kann es uns wurscht sein, warum dieser angebliche Lobovsky die Schatulle haben wollte.«

»Kann es, klar. Trotzdem ist es mir nicht wurscht. Ich will wissen, was dahintersteckt.«

»Du bist also wieder mal auf einem Solotrip«, sagte Finsinger kopfschüttelnd. »Na gut, wenn es dir Spaß macht, kannst du gerne ein wenig herumschnüffeln. Aber bitte privat und diskret, ja? Lass die Polizei aus dem Spiel. Wir sind dazu da, Straftaten aufzuklären, und nicht, um irgendwelche Rätsel zu lösen.«

»Hinter die Straftat komme ich noch, verlass dich drauf.«

»Und anschließend reden wir weiter«, beendete Finsinger trocken die Diskussion.

Wenig später sorgte ein Anruf dafür, dass die dienstliche Realität wieder Oberhand gewann.

»Ein neuer Fall, gerade eingegangen«, verkündete Finsinger. »Einbruchsdiebstahl in Irschenberg. StGB Paragraph 244, nur um noch mal klarzumachen, um was es bei uns geht.«

»Jaja, verstanden«, entgegnete Kling leicht entnervt. »Aber Einbruchsdiebstahl? Am helllichten Tag?«

»Wohl eher nicht. Die Hauseigentümer waren verreist, und als sie heute zurückkamen, haben sie gesehen, was los war. Angeblich ein Schaden in sechsstelliger Höhe. Vielleicht ist es ja auch ein Versicherungsbetrug, also ganz nach deinem Geschmack, Mister Holmes. Du fährst sofort mit Murad dorthin und nimmst den Tatbestand auf. Die Kollegen vom LKA sind auch schon verständigt.«

Der Alltag war endgültig zurück. Einerseits war Kling erleichtert, sich mit etwas Konkretem befassen zu können. Andererseits arbeitete die Faszination des Rätsels um James Lobovsky nach wie vor in seinem Hinterkopf. Die Geschichte war noch nicht zu Ende, dessen war er sicher.

17

Während der Fahrt nach Irschenberg erzählte Kling seinem Teamkollegen von der Auseinandersetzung mit Lorenz Finsinger. »Er ist eben ein Sturkopf«, schloss er seinen Kurzbericht ab.

»Da kann er nicht aus seiner Haut«, bestätigte Özkan. »Er trägt die Verantwortung für unseren Laden, das macht es verständlich. Weißt du eigentlich, dass er dich manchmal beneidet?«

Kling war perplex. »Nein. Wieso? Wer sagt das?«

»Er hat mir das mal anvertraut, während deines Urlaubs. Wir haben über einem Täterprofil gebrütet, und er sagte, ab und an würde er sich mehr von deiner Intuition wünschen. Und von deiner Fantasie. Er ist halt ein Faktenmensch.«

»Das bin ich auch.«

»Klar, Mr. Holmes. Trotzdem hast du dieses ... – wie soll ich sagen? – dieses Bauchgefühl.«

»Na ja. Bei Gillessen hat es zu nichts geführt, und bei Rainer Borell hat es mich ganz schön im Stich gelassen.«

»Ja, aber das war auch zu absurd, was da passiert ist. Wer ist denn so bescheuert und springt aus dem Fenster, wenn er bequem über die Terrasse abhauen kann?«

Wer ist denn so bescheuert ...? Die Frage hallte nach, setzte sich in Klings Gehirn fest und löste urplötzlich etwas aus, wie ein elektrischer Kontakt, der sich in einem Sekundenbruchteil schließt.

»Hey! Das ist es!«

Mit einem abrupten Lenkradeinschlag fuhr er an den Straßenrand und hielt an.

»Der war eben *nicht* bescheuert. Das war ein Stuntman! Mensch, Murad, das ist die Lösung!«

»Du meinst ...?« Vor Überraschung blieb Murad die Frage im Hals stecken.

»Ja klar, genau das meine ich. Scheiße, warum fällt mir das jetzt erst ein? Überleg mal: Wer springt aus drei Metern Höhe aus dem Fenster? Ein Stuntman. Weil er weiß, dass er es kann. Er hat es tausendmal trainiert. Und wer schlüpft dauernd in fremde Rollen und lässt sich dafür maskieren? Na?«

»Worauf willst du hinaus?«

»Borell war im Filmgeschäft, da arbeiten diese Leute schließlich. Fazit: Wahrscheinlich war der Drogendealer ein Stuntman, den er kannte. Und jemand, der das Risiko liebt. Wir hätten ihn ja schnappen können.«

»Aber springen die beim Film nicht immer in Haufen von Kartons oder Matten?«

»Ich denke, das hängt von der Höhe ab. Drei Meter sind doch gar nichts, da tut es Gartenerde.«

Özkan blieb skeptisch. »Na gut, lass es so gewesen sein. Meinst du, das K 82 ist da noch nicht draufgekommen?«

»Das wüssten wir. Nein, die stochern weiterhin im Nebel. Manchmal sieht man eben den Wald vor lauter Bäumen nicht.«

»Oder vor Nebel«, ergänzte Özkan.

»Du sagst es. Also, halten wir fest: Unser Drahtschlingenmörder ist vermutlich Stuntman von Beruf. Und weil er wusste, dass Borell ihn nicht ins Haus lassen würde, nachdem er ihm mit der Polizei gedroht hatte, ist er in der Rolle dieses Nachbarn aufgetreten. Als wir dann auftauchten, hat er sich eiskalt ausgerechnet, dass wir seinen Fluchtweg falsch deuten würden, wenn er die Terrassentür aufreißt. Ein Profi eben. Und … jetzt pass auf, ich sehe da eine bemerkenswerte Parallele: Weil der angebliche James Lobovsky nicht erkannt werden will, hat er sich ebenfalls maskiert, stimmt's? Wenn du mich fragst, sind Lobovsky und Borells Mörder ein und dieselbe Person.«

»Wow. Puh. Das ist eine verdammt gewagte Schlussfolgerung.«

»Bauchgefühl, wie du selber gesagt hast.«

»Hoffentlich funktioniert es diesmal. Okay, das mit dem Stuntman leuchtet ein, damit könntest du punkten. Aber die Personengleichheit? Das ist doch …«

»Ich hab nur ein bisschen weitergesponnen.«

»Also, wenn du *damit* recht haben solltest, kriegst du von Lenz einen Orden umgehängt. Aber erzähl das mal der Staatsanwältin. Ich fürchte, die erklärt dich für verrückt.«

»Bestimmt nicht, wenn ich herausfinde, wer hinter James Lobovsky steckt. Und das könnte heute passieren.«

Klings Diensthandy vibrierte. Auf dem Display erschien Heinrich Gillessens Nummer, die er gespeichert hatte. Anna Kolendowicz!

»Gibt es was Neues?«, fragte Kling gespannt, nachdem er sich gemeldet hatte.

»Ja, Herr Lobovsky hat gesagt, er kommt in zehn Minuten vorbei und holt die Schatulle ab.«

Das war die Nachricht, auf die Kling gewartet hatte, doch in diesem Moment traf sie ihn wie ein kalter Wasserguss. Ach du Scheiße, hätte Kling am liebsten ausgerufen und schaffte es gerade noch, den gedachten Fluch auf »Oh, das passt jetzt schlecht« abzumildern. »Können Sie ihn vielleicht ein bisschen hinhalten, wenn er da ist?«

»Er sagt, er hat nur ganz wenig Zeit.«

»Oder rufen Sie ihn zurück und sagen Sie, es ist etwas dazwischengekommen, er soll Sie später besuchen.«

»Kann ich nicht zurückrufen, Nummer ist nicht angezeigt.«

»Ja … okay, danke«, sagte Kling resigniert. »Dann … Ich weiß nicht, ob das klappt.«

Natürlich war ihm klar, dass es nicht klappen würde. Zehn Minuten, abzüglich des Telefonats vielleicht neun oder acht! Sie waren kurz vor der Autobahnausfahrt Irschenberg. Selbst mit Blaulicht, Sirene und überhöhter Geschwindigkeit wäre die Strecke von hier bis zu Gillessens Haus bestenfalls in 20 Minuten zu schaffen, und diese Möglichkeit verbot sich ohnehin. Also mindestens 30 Minuten. Mit Sicherheit würde sich »Lobovsky« nicht so lange hinhalten lassen, ohne Verdacht zu schöpfen. Aber eine Chance blieb ihm.

»Sie könnten mir einen großen Gefallen tun?«, bat Kling. »Herr Lobovsky kommt ja sicher mit dem Auto. Wenn es möglich ist und nicht zu sehr auffällt, würden Sie bitte das Kfz-Kennzeichen notieren?«

»Was für Kennzeichen?«

»Na, das Nummernschild!«

»Ach so, Nummernschild. Ja, natürlich.«

Kling atmete auf. Jetzt blieb nur zu hoffen, dass Anna sich einigermaßen geschickt anstellen würde. Wenn der angebliche Lobovsky nicht in Gillessens Grundstück einfuhr, sondern auf der Straße vor dem Haus parkte, konnte es schwierig werden. Und das Kennzeichen wäre vermutlich die einzige Spur in diesem ganzen mysteriösen Vorgang, die er weiterverfolgen könnte.

18

Als Dominik Wensauer die Augen öffnete, fand er sich in einem unwirklich anmutenden Raum wieder. Die traumlose Bewusstlosigkeit war abgeschüttelt. Seine Sinne begannen langsam zu funktionieren, und zu seinem Erschrecken signalisierten ihm Schmerzen an Hand- und Fußgelenken, dass jeder Versuch einer Bewegung durch enge Fesseln gebremst wurde. Die harte Pritsche, auf der er lag, machte alles noch schlimmer.

Wo war er? Was war passiert? Mühsam und leicht schwankend richtete er sich auf und musterte die vier Wände, die ihn umgaben. Sie hatten eine weiße Kunststoffoberfläche und waren fast völlig kahl, und das Beklemmendste daran: Sie besaßen keine Fenster. Das diffuse Licht, das die Kammer erhellte, stammte von Leuchtröhren an der Decke. Grauer Teppichboden simulierte einen Hauch von Wohnlichkeit, zwei Schränke und ein leeres Regal täuschten einen Wohnraum vor, doch die verriegelten grauen Stahltüren an den Stirnseiten erzählten eine andere Geschichte. Er musste sich in einer Zelle befinden, vielleicht in einem Bunker. Eine bedrückende Stille lastete auf dem Raum; abgesehen vom gleichmäßigen Rauschen der Lüftungsanlage war kein Laut zu vernehmen.

Allmählich kehrte seine Erinnerung zurück; wie Puzzleteile fügte sich das Geschehen in seinem Kopf zusammen: der Unbekannte, der frühmorgens plötzlich neben ihm im Auto saß. Der Pistolenlauf in seinen Rippen. Der feuchte Lappen im Gesicht, der süßliche Geruch … Danach riss der Film, es gab nichts mehr. Nur noch ein schwarzes Loch. Dann das Erwachen. Und nun die Gewissheit, die sich immer heißer und schmerzhafter in sein Gehirn fraß: Er befand sich in der Gewalt von Entführern.

Was hatten diese Leute vor? Lösegeld erpressen? Das war nahezu absurd. Er war vermögend, zweifellos, aber da gab es im Tegernseer Tal ganz andere Kaliber. Leute, deren Familien selbst eine zweistellige Millionensumme klaglos aufbringen könnten. Und nun ausgerechnet er? Oder ging es gar nicht um Geld?

Hinter einer der Stahltüren war ein klackendes Geräusch zu vernehmen. Kurz darauf schwang die Tür auf, und zwei Männer betraten den Raum. Beide trugen weiße Halloween-Masken, die der Situation einen Anflug von Irrwitz gaben, nicht nur weil es Juni war. Was Adrenalin durch Wensauers Adern schießen ließ, war allerdings etwas anderes: Einer der Männer hielt eine Pistole auf ihn gerichtet und entsicherte sie mit hörbarem Klicken.

»Guten Morgen, Herr Wensauer«, sagte er in sachlich neutralem Ton.

»Was wollen Sie von mir?«, gab Wensauer so grob zurück, wie es seine flatternden Nerven zuließen. »Falls Sie sich einen Millionencoup versprechen, liegen Sie falsch.«

»Tun wir nicht. Wir wollen eine Auskunft von Ihnen.«

»Und deswegen verschleppen Sie mich? Was soll das?« Langsam verwandelte sich Wensauers Angst in Wut.

»Deswegen mussten wir Sie leider hierherbringen«, sagte der andere der Vermummten. »Es geht um einen bestimmten Gegenstand aus der Sammlung, die neulich versteigert wurde.«

»Sie meinen die von Heinrich Gillessen?«

»Genau die.«

»Und was genau wollen Sie wissen?«

»Wer diesen Gegenstand ersteigert hat, und zwar die Biedermeier-Reiseschatulle, Losnummer 32.«

»Das ist Betriebsgeheimnis«, sagte Wensauer trotzig. »Solche Informationen geben wir grundsätzlich nicht raus.«

»Bis jetzt nicht«, entgegnete der Pistolenmann mit harter Stimme. »Aber jetzt werden Sie wohl müssen, sonst helfen wir ein bisschen nach. Also, wer hat das Ding? Ich höre!«

»Meine Güte, das weiß ich doch nicht mehr!«, blaffte Wensauer. »Auf jeden Fall war es kein Stammkunde, sonst könnte ich mich vielleicht erinnern.«

»Dann rufen Sie in Ihrer Firma an und fragen nach. Sagen Sie als Erstes, Sie müssten noch etwas klären und die Angelegenheit könnte länger dauern.«

»Was heißt das? Wie lange wollen Sie mich festhalten?«

»Kommt drauf an«, erwiderte der Mann. »Es kann ziemlich spät werden. Sagen Sie, dass Sie heute wahrscheinlich nicht mehr ins Büro kommen. Das Sekretariat soll Ihrer Frau Bescheid geben. Halten Sie sich genau an diese Anweisung. Kein falsches Wort!«

»Und wenn ich mich weigere?«

»Klar können Sie sich weigern. Fragt sich nur, wie lange Sie das durchhalten.«

»Wir könnten nämlich mit ein paar schmerzhaften Mitteln nachhelfen«, ergänzte sein Komplize. »Und das wollen Sie ja wohl nicht, oder?«

Während er das sagte, zog er ein Schnappmesser aus der Tasche und ließ demonstrativ die Klinge aus dem Heft hervorschnellen. Es gab keinen Zweifel, die meinten es bitterernst. In Wensauers Kopf jagten und überschlugen sich die Gedanken in rasender Schnelle. Würden sie ihn umbringen, sobald sie ihre Informationen hatten? Wenn sie das planten, wären die Masken allerdings nicht nötig, sondern sie könnten ihre Gesichter offen zeigen. Das machte ihm Hoffnung, und er klammerte sich fest an den Gedanken, um seine Angst zu unterdrücken und sie nicht zur Panik ausarten zu lassen.

»Was ist, sind wir uns einig?«, fragte der Messermann mit drohendem Unterton.

Wensauer begriff, dass ihm nichts anderes übrig blieb, als mitzuspielen. »Also gut, ich tue, was Sie wollen«, sagte er resigniert.

»Sehr vernünftig.« Der Mann reichte Wensauer dessen eigenes Handy und schärfte ihm den erwarteten Wortlaut ein. »Und vergessen Sie nicht, die Schatulle ist offiziell Nebensache, danach fragen Sie ganz beiläufig. Also, Sie kennen Ihren Text. Rufen Sie jetzt an, Lautsprecher eingeschaltet! Wir möchten gerne mithören.«

Wensauer tippte auf die Büronummer in seiner Kontaktliste und anschließend auf das Lautsprechersymbol. Er spürte, wie Angst und Anspannung Schweißperlen auf seine Stirn treten ließen.

»Herr Wensauer?«, fragte die Sekretärin überrascht, als er sich meldete. »Wo stecken Sie denn? Wir hatten Sie längst erwartet.«

»Ja, ich weiß, mir ist etwas dazwischengekommen.« Wensauer bemühte sich, seinen Tonfall fest und glaubwürdig klingen zu lassen. »Ich muss noch etwas wegen Gillessens Nachlass klären. Kann sein, dass ich länger wegbleibe und erst sehr spät wieder zurück bin. Sind Sie so freundlich und geben meiner Frau Bescheid?«

»Ja, natürlich. Was soll ich denn sagen? Ich meine, wann kommen Sie nach Hause?«

»Irgendwann heute Abend. Ach, eine Sache noch: Können Sie mir vielleicht sagen, wer den Zuschlag für die Schatulle mit Losnummer 32 bekommen hat?«

»Sie meinen die für Amerika?«

»Genau. Da bräuchte ich den Käufer mit Adresse und Telefonnummer.«

»Oh … Wir haben hoffentlich nichts falsch gemacht, oder? Das war doch mit dem Notar alles besprochen.«

»Nein, nein, machen Sie sich keine Gedanken. Es geht um eine reine Formalie, können Sie bitte nachsehen?«

»Ja klar, einen Moment.«

Drei Minuten vergingen, bis sich die Stimme wieder im Lautsprecher meldete. »Der Käufer ist ein Jens Lienhardt aus Holzkirchen. Nicht in unserer Kundendatei, der war zum ersten Mal da.« Sie nannte Lienhardts Adresse und Mobilfunknummer. Der Mann mit dem Messer schrieb mit, während der andere unverwandt seine Pistole auf Wensauer gerichtet hielt.

»Danke, wir sehen uns morgen«, sagte Wensauer erleichtert. Seine Mitarbeiterin hatte keinen Verdacht geschöpft; das wäre in seiner Lage womöglich fatal gewesen.

»Was haben Sie jetzt mit mir vor?«, fragte er, nachdem das Gespräch beendet war.

»Das erkläre ich Ihnen gern«, antwortete der Mann mit der Pistole. »Erst mal bleiben Sie hier, bis wir haben, was wir wollen. Wenn es so weit ist, bekommen Sie ein Betäubungsmittel, das sie tief und friedlich schlafen lässt, dasselbe wie heute Morgen. Anschließend schaffen wir Sie in Ihr Auto und stellen es auf einem Parkplatz ab. Keine Sorge, Sie werden sehr bald aufwachen. Und dann fahren Sie einfach nach Hause.«

Er nickte seinem Komplizen zu. Dieser verließ den Raum und kam wenig später mit einer braunen Flasche und einem Stück Mull zurück. »Ganz ruhig, Herr Wensauer«, sagte er. »Keine falsche Bewegung, sonst schlafen Sie für immer.«

Bevor er den Stoff durchfeuchtete und ihm ins Gesicht drückte, zuckte eine letzte Eingebung durch Wensauers Kopf: Nach seiner Freilassung würde er sofort diesen Lienhardt warnen. Oder nein, Unsinn, das war Sache der Polizei. Er musste sofort die Notrufnummer 110 anrufen. Hoffentlich war es dann nicht … Der Rest des Gedankens verlor sich im Nebel.

19

Jens Lienhardt war dabei, die Reste seines Frühstücks abzuräumen, als der Anruf einging. Das Display zeigte eine ihm unbekannte Mobilfunknummer an.

»Ja, Lienhardt«, meldete er sich.

»Guten Morgen, Herr Lienhardt«, ließ sich eine Frauenstimme vernehmen. »Ich rufe wegen dieser Schatulle an, die Sie vorgestern ersteigert haben.«

»Äh … wieso?«, fragte Lienhardt verblüfft.

»Eigentlich wollte *ich* sie haben, aber leider habe ich die Losnummern verwechselt und stattdessen die 23 gekauft. Ein dummes Versehen, ein Zahlendreher. Ich könnte mich ohrfeigen.«

Eigenartig, die Anruferin sprach einwandfreies Hochdeutsch. Er meinte sich erinnern zu können, dass die Frau mit dem überzogenen Gebot für die andere Schatulle einen leichten slawischen Akzent gehabt hatte. Außerdem klang diese Stimme unangenehm, seltsam teilnahmslos und kalt.

»Okay, und jetzt?«, fragte er. »Wollen Sie mir ein Tauschgeschäft anbieten, oder was?«

»Nein, es ist viel einfacher. Ich möchte nur eine kleine Dose, die sich in Ihrer Schatulle befindet. Wahrscheinlich in einem Geheimfach.«

»Eine Dose?«

»Präziser gesagt, den Mikrofilm, der darin enthalten

ist. Sie machen die Dose ja sowieso auf, also kann ich's Ihnen auch gleich sagen.«

»Und warum sollte ich mich darauf einlassen?«

»Weil ich Ihnen dafür 2.000 Euro zahle. Dann haben Sie mehr als den Kaufpreis für Ihre Schatulle wieder drin.«

»Moment mal …« Erst jetzt kam Lienhardt zu Bewusstsein, dass die Anruferin Kenntnis von einem Betriebsgeheimnis erlangt hatte. Außer dem Team des Auktionshauses wusste niemand den Namen des Bieters, an den die Losnummer 32 gefallen war. »Woher wissen Sie denn, wer ich bin?«, erkundigte er sich misstrauisch. »Und wer sind Sie überhaupt?«

»Sie fragen zu viel.« Der Tonfall der Frau wurde härter. »Was ist, nehmen Sie das Angebot an?«

»Wie wär's mit 4.000? So viel wurde für die andere Schatulle gezahlt.«

Ein kurzes Zögern, dann die Antwort: »3.000. Mein letztes Wort.«

»Und mein letztes sind 4.000.«

»Also gut, meinetwegen 4.000. Keinen Cent mehr.«

Lienhardt spürte, wie sein Herz ungewollt einen Hüpfer machte. 2.200 Euro Gewinn, praktisch ohne Gegenleistung, das war in der Tat ein exzellentes Geschäft. Fast hätte er spontan zugesagt, aber der Journalist in ihm trat im letzten Moment auf die Bremse. Für so ein verrücktes Angebot musste es einen Grund geben, und der wiederum befand sich auf dem angesprochenen Mikrofilm. Er nahm sich vor, den Streifen zu inspizieren, bevor er ihn aus der Hand geben würde. *Wenn* er ihn überhaupt aus der Hand geben würde.

»Ehrlich gesagt, das kommt mir ein bisschen zu plötzlich«, beschied er der Unbekannten. »Ich … Ich brauche Bedenkzeit.«

»Aha. Und wie lange?«

»Na ja …«

»Sagen wir eine Stunde? Ich würde Sie dann noch mal anrufen. Und es wäre besser, wenn Sie nicht Nein sagen.«

Verdammt, mit der Dame war schlecht zu verhandeln.

»Ehrlich gesagt, zwei Stunden wären mir lieber.«

»Eineinhalb.« Klick. Das Gespräch war beendet.

Lienhardt versuchte, zurückzurufen. Ohne Ergebnis, es wäre ja auch zu schön gewesen. Ein typischer Fall von Call ID Spoofing; die angezeigte Nummer war falsch, jede weitere Kommunikation unmöglich.

Er atmete tief durch und dachte nach. Vor einem halben Jahr hatte er sich das Rauchen abgewöhnt, im Großen und Ganzen ohne Entzugserscheinungen, nun wurde das Verlangen nach einem Zigarillo mit einem Mal übermächtig. Irgendwo im Wohnzimmerbuffet, fiel ihm ein, musste eine angebrochene Packung ein Schattendasein fristen. Zwei, drei oder vier Stück waren übrig geblieben, als er sich geschworen hatte, künftig kein Nikotin mehr in seinen Körper zu lassen. Jetzt brauchte er dringend welches.

Die Packung war tatsächlich noch da; sie enthielt drei Brasil-Mehari's, die inzwischen ziemlich vertrocknet wirkten und vermutlich bitter schmecken würden. Egal. Lienhardt steckte sich eine an und sog begierig den Rauch ein. Er schmeckte grauenhaft, aber der Nikotinkick half. Also mal rekapitulieren, ganz in Ruhe. Was war der Sachverhalt? Die erste Schatulle war für absurde 4.000 Euro weggegangen, offenbar versehentlich, und jetzt war die Bieterin bereit, noch einmal die gleiche Summe draufzulegen, um an diesen Mikrofilm zu kommen. Was dort aufgezeichnet war, musste demnach ein Vielfaches wert sein. Wilde Gedanken spukten ihm durch den Kopf. Eine Schatzkarte? Ein Militärgeheimnis? Enthüllungen, mit denen man jemanden erpressen konnte, womöglich um Millionen? Was auch immer, das könnte eine Story sein. Sinnsuche und Selbstzweifel waren wie weggeblasen, der Journalist gewann die Oberhand. Lienhardts berufliche Neugier war bis zum Siedepunkt angeheizt. Er konnte eben doch nicht aus seiner Haut.

Die Schatulle stand auf dem Buffet, vorerst als Verlegenheitslösung; er hatte sich bislang nicht für einen endgültigen Platz entschieden. Soweit sich ihm bis jetzt erschlossen hatte, besaß das Möbel eine Schublade, einen Innenraum mit herausnehmbarem Einsatz und verschiedenen Fächern sowie einen Deckel, in dem sich ebenfalls einige Fächer befanden. Ein raffiniert gebautes, handwerklich durchdachtes und mit offensichtlicher Liebe gefertigtes Schmuckstück.

Doch wenn die Anruferin recht hatte, war das nicht alles. Irgendwo musste sich ein Geheimfach verbergen, womöglich mit gleicher Raffinesse gefertigt und entsprechend schwer zu finden. Lienhardt nahm alle Einsätze und die Schublade heraus und maß mit einem Zollstock nach, akribisch jede Kante und jeden Winkel, zuerst außen, danach innen. Die Schatulle war ohne Deckel 14 Zentimeter hoch, davon gingen 4,5 für die Schublade ab, blieben 9,5 für den Innenraum. Der Zollstock senkte sich jedoch nur 7,5 Zentimeter ins Innere, bis er auf hartes Holz traf. Ein sicheres Zeichen für einen doppelten Boden. Also musste es einen Hohlraum geben, eine Art Mezzanine. Aber was war der Trick, um dort heranzukommen?

Er tastete die Schatulle von allen Seiten ab, dann bemerkte er plötzlich eine feine, kaum spürbare Fuge unter seinen Fingerspitzen. Sie umrahmte eine ovale Fläche, nicht viel größer als ein Daumennagel, und fügte sich so nahtlos in die Holzmaserung ein, dass sie mit bloßem Auge praktisch nicht zu erkennen war. Eine Taste! Er drückte mit dem Zeigefinger darauf, und ein verborgener Mechanismus gab das Versteck mit leisem Klicken frei. Ein schmaler Spalt erschien, der auf den Hohlraum hinwies. Es kostete etwas Mühe und er musste herumnesteln, doch schließlich gelang es Lienhardt, den Innenboden anzuheben und herauszunehmen.

Wahrhaftig, da war ein Geheimfach, gerade mal zwei Zentimeter hoch und wahrscheinlich zur sicheren Aufbewahrung von Dokumenten gedacht. Und darin lag eine Messingdose von der Größe eines Fingerhuts, die mit Leukoplastband am Boden des Fachs befestigt war. Er löste das Klebeband, hob den Deckel der Dose ab und ließ den Inhalt in seine hohle Hand gleiten. Es war ein zusammengerollter 16-Millimeter-Filmstreifen.

Lienhardt spürte, wie sich seine Erregung den Weg durch Kopf und Glieder bahnte. Es stimmte also, und wie es schien, wusste nur die mysteriöse Anruferin von dem Versteck. Vielleicht hatte auch Gillessen es gekannt, aber der lebte nicht mehr. Welchem Geheimnis war er hier auf der Spur?

Er hielt den Film gegen das Licht, aber es war unmöglich, Details zu erkennen. Dem bloßen Auge bot sich nichts als eine Ansammlung weißer Lichtpunkte und -linien in Mikrobengröße auf schwarzem Untergrund. Er würde ein Lesegerät brauchen, und das bedeutete, die Frau möglichst lange hinzuhalten.

Exakt eineinhalb Stunden nach dem Ende des ersten Telefongesprächs kam der angekündigte zweite Anruf.

»Wie sieht's aus, Herr Lienhardt, haben Sie den Film gefunden?«, fragte die Unbekannte.

»Ja. Der steckte in einem Geheimfach, wie Sie vermutet hatten.«

»Und neugierig, wie Sie sind, haben Sie ihn sich natürlich gleich angesehen.«

»Ja, zugegeben, aber da war nichts zu erkennen. Darf man fragen, was auf dem Film ist?«

»Eigentlich nein. Und bevor Sie sich die Mühe machen, ihn selber zu inspizieren: Sie würden nichts finden, was sich für eine Sensationsmeldung gebrauchen lässt. Es sind nur chemische Formeln darauf, damit können Sie überhaupt nichts anfangen.«

»Na schön. Dann werden Sie glücklich damit.« Das war gelogen und der gleichgültige Tonfall gespielt. Er hatte Zweifel, ob er die Anruferin damit täuschen konnte, doch die fuhr ungerührt fort. »Um mein Glück machen Sie sich mal keine Sorgen. Also, Treffpunkt heute um 18 Uhr im Münchner Hauptbahnhof. Sie haben den Film, ich habe das Geld. Warten Sie in der Nähe von Gleis 25, ganz am Anfang unter dem Anzeigebildschirm.«

»Und wie erkenne ich Sie?«

»Gar nicht. Ich erkenne *Sie*. Von Ihnen kursieren ja jede Menge Bilder im Internet.«

18 Uhr. Damit blieb ihm eine Menge Zeit, um den Mikrofilm unter die Lupe zu nehmen. Lupe – in diesem Fall konnte man das wörtlich nehmen. Er brauchte unbedingt ein Lesegerät, um den Inhalt groß genug anzuzeigen. Gab es so etwas nicht in der Bayerischen Staatsbibliothek? Lienhardt hatte deren riesigen Fundus schon mehrmals für spezielle Recherchen genutzt; im Internet fand sich eben doch nicht immer alles, was man suchte.

Jedenfalls verriet die StaBi-Website, dass dort tatsächlich Mikrofilm-Lesegeräte zur Verfügung standen. Also erst mal nachsehen, was es mit dem mysteriösen Fund auf sich hatte, dann konnte er immer noch entscheiden, ob er sich auf das Angebot einlassen oder die Anruferin versetzen würde. Chemische Formeln, hatte sie gesagt. Was für welche mochten das sein, wenn sie so wild darauf war? Das Rezept für den Jungbrunnen? Die ultimative Schlankheitspille? Oder etwas Militärisches, vielleicht ein neuer Kampfstoff? Letzteres schien eher realistisch. Auf jeden Fall musste es sich um etwas verdammt Wertvolles handeln. Vielleicht fand sich neben den Formeln irgendein Hinweis, was sie zu bedeuten hatten. Wenn ja, wog die Story, die sich damit auftat, womöglich schwerer als die versprochenen 4.000 Euro. Lienhardt sah Bündel von Euroscheinen vor seinem inneren Auge vorbeiziehen. Sehr dicke Bündel.

20

Mit dem Auto nach München zu fahren und auf einen Parkplatz im Univiertel zu hoffen wäre illusorisch gewesen. Lienhardt nahm die S-Bahn bis zum Ostbahnhof, stieg dort in die U5 um und fuhr das letzte Stück mit der U6 bis zur Station Universität. Bis zur Staatsbibliothek waren es von dort nur ein paar Schritte. Die 53 Stufen der Marmortreppe zum Lesesaal nahm er locker im Joggingtempo, ohne außer Atem zu kommen; immer noch topfit, dachte er befriedigt. Beim Pförtner zeigte er seinen Benutzerausweis vor und betrat den Saal, auf dessen halber Länge sich ein Korridor zum Mikrofilm-Archiv befand.

Die schmalen Gänge mit den Regalen, in denen sich Tausende von Schachteln mit Mikrofiches aneinanderreihten, hatten etwas Kafkaeskes an sich. Sie hätten eine Filmkulisse bilden können, das Setting für dystopisch-bedrückende Romane wie »Der Prozess« oder auch Orwells »1984«.

Hinter einem weiteren Durchgang gelangte Lienhardt endlich in den engen Raum mit den Lesegeräten. Außer ihm war niemand hier; bis auf das dezente Murmeln der Klimaanlage herrschte geisterhafte Stille. Er setzte sich vor einen der braun-schwarzen Kästen, schaltete die Beleuchtung ein, zog den Schlitten mit dem Filmträger heraus und legte seinen 16-Millimeter-Streifen ein. Das Bild war bereits scharfgestellt.

Erwartungsvoll schob er den Film hin und her, doch was da weiß auf schwarz auf dem Bildschirm erschien, verwirrte und befremdete ihn zutiefst. Chemische Formeln? Davon war nichts zu sehen. Dafür gab es Unmengen von Bauplänen, Konstruktionszeichnungen und Beschreibungen zum Zeppelin LZ 129 Hindenburg – allesamt bekannte und frei verfügbare Dokumente –, außerdem mathematische Berechnungen, das Ganze garniert mit zahlreichen Kostenkalkulationen, die sich noch in D-Mark beliefen.

War das zu fassen? Es machte den Eindruck, als hätte Heinrich Gillessen zeitlebens davon geträumt, den zerstörten Riesenzeppelin wiederauferstehen zu lassen. Originalgetreu bis zur letzten Schraube. Ein morbider, ja fast makabrer Wunschtraum angesichts der Katastrophe, bei der er fast sein Leben verloren hätte, als er noch nicht einmal geboren war. Und vollkommen irre, dachte Lienhardt kopfschüttelnd, doch die Mittel dazu hätte Gillessen womöglich gehabt.

Hätte. Womöglich. Warum war das Vorhaben, das immerhin sehr konkret wirkte, im Entwurfsstadium steckengeblieben? Möglicherweise war Gillessen vor seinen Plänen zurückgeschreckt, nachdem die Cargolifter AG Insolvenz anmelden musste; eine Firma, die vergleichbar hochfliegende Pläne mit Lastenluftschiffen verfolgt hatte. Lienhardt konnte nur spekulieren, ob der LZ-Nachbau kommerziellen Zwecken dienen sollte. Aber wozu sonst? Von daher war Cargolifter wahrhaftig ein Menetekel. Ein Reinfall vergleichbarer Größenordnung hätte selbst einem schwerreichen Mann wie Gillessen finanziell das Genick brechen können.

Alles in allem war das Ergebnis der Recherche ernüchternd. Diese Wolkenkuckucksheim-Spinnereien waren ja ganz interessant, aber wen juckte so etwas schon? Dabei sprang vielleicht eine Nachricht für den Bayernteil der Lokalzeitungen heraus, und die hatten eh kein Geld für freie Mitarbeiter. Eine Sensationsgeschichte ließ sich daraus beim besten Willen nicht machen. Wahrscheinlich versprach sich die Anruferin deutlich mehr von dem Film und würde sich die Haare raufen, wenn sie den Inhalt sehen würde. 8.000 Euro für solch einen Schmarrn, aus dem Fenster geworfenes Geld aus seiner Sicht. Doch das war ihr Problem. Ihm, Lienhardt, konnte es herzlich egal sein.

Kurz vor 18 Uhr traf er in der Halle des Hauptbahnhofs ein, dem amputierten Gebäudeteil, den die Großbaustelle des neuen S-Bahn-Tunnels übrig gelassen hatte. Gleis 25 befand sich auf der gegenüberliegenden Seite. Wie verabredet begab er sich dorthin und wartete unter dem von der Decke abgehängten Anzeigebildschirm auf die unbekannte Frau.

»Herr Lienhardt?« Eine sonore Männerstimme. Er fuhr herum und erblickte einen Mann mit Vollbart und dicker, schwarz gerahmter Brille, der ihn erwartungsvoll ansah. »Haben Sie den Film dabei?«

»Ich hatte eigentlich eine Dame erwartet«, sagte Lienhardt konsterniert.

»Das hat schon seine Richtigkeit, ich komme in ihrem Auftrag. Hier ist das Geld«, er zog ein Kuvert aus seinem hellen Sommerjackett, »und jetzt her mit dem Film. Damit wären wir quitt.«

Lienhardt reichte dem Unbekannten die Dose mit dem Film und nahm den Umschlag in Empfang.

»4.000 Euro«, sagte der Mann. »Zählen Sie's nach.«

Lienhardt öffnete das Kuvert, prüfte oberflächlich die darin steckenden Scheine und befand alles für korrekt. Er wollte nicht überpenibel erscheinen.

»Ja, ist in Ordnung«, sagte er und hob den Kopf. Sein Gegenüber war nicht mehr da.

21

Als Jens Lienhardt in der Wohnung ankam, war Lisa schon von der Arbeit zurück. Er hatte sie von unterwegs angerufen und ihr den Grund seiner Fahrt nach München erklärt – allerdings ohne zu erwähnen, welche Vermutungen er gehabt hatte und was sich tatsächlich auf dem Mikrofilm befand. Beim Abendessen würde Zeit genug sein, das Thema zu vertiefen. Viel interessanter und eine wirklich gute Nachricht war der mühelos ergatterte Gewinn aus dem Deal. Aber Lienhardt hatte sich zu früh gefreut. Sein Mobiltelefon rührte sich erneut, und auf dem Display erschien die bekannte Fake-Nummer.

»Ja, Lienhardt. Was ist? Gibt es Probleme?«

»Das fragen Sie noch?«, gab die Frauenstimme wütend zurück. »Hören Sie mal, wenn Sie mich für dumm verkaufen wollen …«

»Jetzt hören *Sie* mal!«, unterbrach Lienhardt sie aufgebracht. »Ich habe Ihnen beziehungsweise Ihrem Mittelsmann den Mikrofilm gegeben, der in der Schatulle steckte, und er hat mir 4.000 Euro in die Hand gedrückt. Genau wie verabredet. Also, was wollen Sie?«

»Ich dachte, Sie hätten sich den Film angesehen? Oder etwa nicht?«

»Doch.«

»Na bitte. Das sind Kinkerlitzchen, alles Sachen, die Sie in Hunderten von Büchern nachlesen können. Glauben Sie, dafür zahlen wir eine derartige Summe?«

»Mehr kann ich Ihnen nicht bieten. Ist schließlich nicht meine Schuld, wenn Ihre Formeln nicht auf dem Film sind.«

»Die *müssen* da sein. Herrgott noch mal!« Ihre Stimme klang gepresst, als würde die Frau das Gesicht zu einer Wutgrimasse verzerren und dazu die Fäuste ballen. »Dann sind sie eben auf einem anderen Mikrofilm.«

»Ja, aber auf welchem?« Lienhardt war mit seiner Weisheit am Ende. Er hatte das Innenleben der Schatulle bis zum letzten Winkel erkundet, und mehr hatte es nicht hergegeben. »Im Geheimfach war nur dieser, tut mir leid.«

»Dann halt woanders!«, insistierte die Frau. »Wahrscheinlich gibt es ein zweites Versteck. Haben Sie eine Säge?«

»Nein.«

»Oder wenigstens einen Hammer?«

»Ja.«

»Na also. Machen Sie das ganze Ding zu Kleinholz, dann werden Sie schon etwas finden.«

»Wie bitte?«, entgegnete Lienhardt empört. »Das ist doch wohl nicht Ihr Ernst! Diesem Schmuckstück werde ich nicht einen Kratzer zufügen.«

»Wie wär's mit 1.000 Euro zusätzlich?«

»Nein.«

»2.000?«

»Nein. Ich bin nicht unbegrenzt käuflich. Und schon gar nicht auf Ihr Geld angewiesen.«

»Aber auf unser Wohlwollen. Wenn Sie nicht mitspielen, können wir auch anders. Überlegen Sie es sich gut.«

Das war eine unverhüllte Drohung. Zwei Dinge schossen Lienhardt gleichzeitig durch den Kopf: zum einen, dass er offensichtlich an kriminelle Typen geraten war. Zum anderen, dass die Dimension dieses Falles anscheinend doch über den Bayernteil der Lokalpresse hinausging. Beides war zu erwägen, Gefahr und Chance. Er überlegte fieberhaft und rasend schnell.

»Ein Vorschlag zur Güte«, sagte er schließlich. »Wenn da wirklich ein zweites Geheimfach sein sollte, werde ich das irgendwie entdecken, ohne alles kaputtzumachen.«

»Na gut, versuchen Sie Ihr Glück, egal wie. Aber finden Sie das Fach und den verdammten Film. Ich melde mich in einer Stunde und gebe Ihnen einen neuen Treffpunkt durch.« Klick. Diskussion beendet.

»Wer war das?«, fragte Lisa, die seinen Anteil an dem Gespräch mit wachsender Spannung verfolgt hatte.

»Keine Ahnung«, antwortete Lienhardt wahrheitsgemäß. »Ich hab dir ja erzählt, dass irgendwer unbedingt einen Mikrofilm haben will, der in der Schatulle versteckt war. Ich hab ihn gefunden und geliefert, bin gut dafür bezahlt worden, und nun ist es der falsche.«

»Was war denn drauf?« Ihre Stimme klang besorgt. »Und überhaupt, worauf hast du dich da eingelassen?«

»Erst mal war es ein gutes Geschäft, und zweitens steckt womöglich eine Story für mich drin, was ein noch besseres Geschäft wäre. Also, pass auf: Der Film, den ich verkauft habe, enthielt lauter Konstruktionszeichnungen zur Hindenburg, mit der Gillessens Vater verunglückt ist. Ich hab das leise Gefühl, dass Gillessen junior das Ding nachbauen lassen wollte. Reich genug war er dafür.«

»Das ist ja irre.«

»Finde ich auch. Aber egal, der Plan ist genauso begraben wie Gillessen selbst. Darum geht es gar nicht. Was diese Leute in Wirklichkeit haben wollen, muss auf einem anderen Film sein. Irgendwelche chemischen Formeln, sagte die Frau, die mich angerufen hat.«

»Diese Leute?«, wiederholte Lisa. »Womöglich sind das Geheimagenten. Lass doch die Finger von so was!« Ihre schriller werdende Stimme verriet aufsteigende Angst.

»Geheimagenten? Gutes Stichwort. Das macht die Sache noch interessanter.«

»Bist du verrückt? Überleg mal! Wenn das Russen sind ... vielleicht der KGB ...«

»Der heißt heute SWR, soweit ich mich auskenne.«

»KGB oder SWR«, ereiferte sich Lisa. »Ist das nicht egal? Russen, verdammt! Du weißt doch, was in den letzten Jahren alles passiert ist!«

Lienhardt fiel der slawische Akzent der Bieterin wieder ein. Konnte es sein, dass sie eine russische Agentin war?

»Womöglich wurdest du vergiftet«, schob Lisa nach. »Ist ja schon mehrfach vorgekommen.«

»Quatsch. Bei dem Treffen heute Nachmittag hat mich jedenfalls niemand vergiftet.«

»Und woher willst du das wissen?«

Lienhardt hob demonstrativ die Hände. »Der Mann hat mich nicht mal berührt, nur einen Umschlag mit Geldscheinen übergeben. Und außerdem ... Wenn ich vergiftet worden wäre und morgen tot oder todkrank, wie sollte ich mich da wohl noch einmal mit ihm treffen?«

»Auch wieder wahr«, gab sich Lisa geschlagen.

»Jedenfalls riecht das alles nach einer großen Story. Ich wäre ja blöd, wenn ich da nicht dranbleiben würde.«

Lisa schüttelte energisch den Kopf. »Nein, es wäre blöd, da mitzuspielen. Chemische Formeln, sagst du? Und wenn das ein Supergift ist? Schlimmer als Nowitschok? An deiner Stelle würde ich sofort die Polizei einschalten.«

»Kann ich immer noch machen«, beruhigte Lienhardt sie. »Erst mal muss ich mich vergewissern, ob wirklich ein zweiter Film in der Schatulle steckt. Und zwar, ohne sie zu zerlegen.«

»Und wenn es so ist?«

»Dann sehen wir weiter.«

Es schien wie die Quadratur des Kreises, das ominöse Geheimfach zu finden und die Schatulle trotzdem unversehrt zu lassen. Aber Lienhardt gab nicht auf. Mit verbissenem Eifer machte er sich daran, seine Neuerwerbung ein zweites Mal zu untersuchen; er maß nach, klopfte und spähte, ohne einen Winkel auszulassen. Und dann bemerkte er seinen Fehler: Was er bei seiner ersten Inspektion übersehen hatte, war das Innenfach, in dem die Schublade steckte. Auch hier passten die Maße nicht zusammen; die Schatulle war insgesamt 23 Zentimeter tief, das Schubladenfach hingegen nur 18. In dessen hinterem Bereich musste sich ein abgetrennter Hohlraum verbergen. Lienhardt schob seine Hand in das Fach und versuchte, etwas zu ertasten, das auf einen Öffnungsmechanismus hindeutete. Vergeblich, da war nichts als glattes Holz. In einem letzten Verzweiflungsakt drückte er mit aller Kraft gegen die Rückwand – und als hätte er ein Zauberwort gesprochen, wurde sie plötzlich zu einer Klappe, die nach oben aufschwang. Sesam öffne dich.

Mit weiteren Tastbewegungen stieß er auf zwei Döschen, die, wie seine Fingerkuppen erspürten, ebenfalls mit Leukoplast fixiert waren.

»Yeah!«, schrie Lienhardt triumphierend und so laut, dass Lisa, die seine Fummelei verfolgt hatte, zusammenfuhr. »Da sind sogar zwei Dosen!«

Es stellte sich heraus, dass die neuen Dosen das Gleiche enthielten wie die erste, nämlich Mikrofiches auf 16-Millimeter-Material. Einer davon würde hoffentlich mit dem belichtet sein, worauf seine unbekannten Geschäftspartner aus waren. Und wenn es wirklich die Bauanleitung für einen chemischen Kampfstoff war, wie Lisa angedeutet hatte? Die Akribie, mit der die Filme versteckt worden waren, ließ jedenfalls nichts Gutes ahnen. Und trotzdem, irgendwie passte das alles nicht zusammen. Lienhardt zermarterte sich den Kopf über die Frage, wieso Gillessen dem bedeutungslosen Film mit den Luftschiffplänen die gleiche Sorgfalt gewidmet hatte wie den anderen beiden. Wäre ihm sein verrücktes Vorhaben im Nachhinein peinlich gewesen, hätte er die Unterlagen dazu schließlich einfach vernichten können. Was ihn zu seinem Vorgehen bewogen hatte und welcher Zusammenhang zwischen den drei Filmstreifen bestand, würde wohl für immer ein Rätsel bleiben.

Auch diesmal klingelte das Telefon auf die Minute genau zur angekündigten Zeit. Pünktlich war die Frau, das musste man ihr lassen.

»Also, was ist, haben Sie den Film endlich gefunden?«, drängte sie.

»Sogar zwei.«

»Was?« Eine Pause entstand, die ratlose Verblüffung verriet.

»Ja«, antwortete Lienhardt. »Da waren zwei kleine Messingdosen mit jeweils einem Film. Machen Sie sich selbst einen Reim darauf.«

»Bringen Sie beide mit. Einer muss der richtige sein.«

»Wann und wohin soll ich sie bringen?«

»Morgen, gleicher Ort, gleiche Uhrzeit.« Klick.

22

Diesmal suchte Lienhardt schon morgens die Staatsbibliothek auf. Er musste Zeit gewinnen, um herauszufinden, was es mit den zwei neu entdeckten Filmen auf sich hatte. Ein schneller Blick genügte, um zu erkennen, dass einer von ihnen Klartext enthielt, anscheinend die Kopie eines handschriftlichen Tagebuchs. Der zweite bestand aus einem Wust von kryptischen Buchstabenreihen, gefolgt von unverständlichen Strukturformeln, genau wie die Anruferin gesagt hatte. Nichts, was sich irgendwie hätte verwerten lassen. Lienhardt war ratlos und frustriert. Selbst wenn er Chemiker und in der Lage gewesen wäre, die Formeln zu entziffern – die Erklärung dazu war offensichtlich verschlüsselt und beim besten Willen nicht in eine logische Abfolge zu bringen. Er starrte auf die Buchstabencluster und sprach sie halblaut nach:

VVUJFXVM UPEGOBSN VOFWOQXM FZUCUMWW HHNGSQGI

Nach diesem Schema, immer acht Buchstaben in einer Gruppe, ging es endlos weiter. Zwecklos, den Sinn dahinter zu suchen. Also raus damit und den anderen Film eingelegt, den mit dem Tagebuch. Hier gab es keine Geheimnisse; der Text war in sauberer, gestochen scharfer Handschrift abgefasst und mühelos lesbar. Das Originaltagebuch selbst hatte Gillessen wohl vernichtet, sonst hätte die Öffentlichkeit sicher davon erfahren.

Der erste Eintrag stammte vom November 1980:

Der heutige Tag wird mir für immer im Gedächtnis bleiben, nur das Datum vielleicht nicht. Trotz meiner Abneigung gegen diese Art Chroniken habe ich mich deshalb entschlossen, ein Tagebuch zu führen. Ich weiß mir keinen anderen Weg, denn was ich heute erfahren habe, ist ebenso unfaßbar wie erschreckend. Ich bin ziemlich aufgewühlt, und das Schlimmste ist, daß ich niemandem davon erzählen kann. Wirklich niemandem, jedenfalls nicht jetzt. Aber wenigstens kann ich es aufschreiben. Wer weiß, was noch alles passiert, das ich diesem Tagebuch anvertrauen werde …

»Ebenso unfassbar wie erschreckend.« Jetzt wurde es interessant. Lienhardt hatte endgültig das Gefühl, einer großen Sache auf der Spur zu sein. Einer gefährlichen Sache, da schien Lisa recht zu haben. Vielleicht würde es sich gerade deshalb lohnen, dranzubleiben.

Er vertiefte sich in die Aufzeichnungen und las gebannt, was Heinrich Walter Gillessen im November 1980 erfahren hatte.

23

November 1980

Gillessen war nur kurz außer Haus gewesen. Die Anzeige seines Alibicord signalisierte, dass während seiner Anwesenheit Anrufe eingegangen waren. Das Gerät hatte er ein Jahr zuvor angeschafft, zu einem stolzen Preis von über 3.000 Mark. Es hatte sich als wertvolle Hilfe bei seinen Termingeschäften erwiesen und ihm oft genug einen Informationsvorsprung gesichert.

Er spulte die Bandkassette zurück und hörte die Aufzeichnungen ab. Die erste war eine Anfrage aus London, die zweite kam aus der unmittelbaren Umgebung: »Hallo, Heinrich, ich bin's, Emil Grotekamp. Es wäre nett, wenn du mal zurückrufen würdest, vielen Dank.«

Weiter nichts. Der Anruf war eine Überraschung; von Dr. Grotekamp hatte er seit Jahren nichts gehört. Auf jeden Fall schien es sich um eine private Sache zu handeln, das hatte also Zeit. Am wichtigsten war ihm jetzt, seinen neuen Aktiendeal unter Dach und Fach zu bringen. Es ging um eine noch junge Computerfirma: Sie hieß Apple, hatte ihren Sitz wie so viele andere im Silicon Valley, und der Börsengang war für den 12. Dezember geplant. Als Ausgabepreis wurde eine Spanne von 20 bis 25 US-Dollar genannt. Computer für alle, das war die erklärte Mission des Unternehmens. Es klang wagemutig und riskant, gleichzeitig auch visionär, und Gillessens bewährter Instinkt sagte ihm, dass sich hier ein Zukunftsmarkt auftun könnte. Auch sein Freund Andy in San Francisco hatte ihm zugeraten; er kannte einen der Firmengründer, besaß selber einen Apple-Computer und war davon begeistert. Gillessen war überzeugt, dass sich sein Engagement auf lange Sicht bezahlt machen würde. 20.000 Dollar, dachte er, das wäre überschaubar. So viel konnte man auf Wachstum setzen, selbst angesichts des Risikos, bei einem Scheitern des Unternehmens alles zu verlieren. Aber diese Möglichkeit betrachtete er als höchstens theoretisch.

Er rief seinen Kundenbetreuer bei der Investmentbank an, wo sein Depot verwaltet wurde, und bat ihn, eine entsprechende Kauforder an der NYSE zu platzieren. Der Mann wirkte reichlich konsterniert. »Apple? 20.000 Dollar? 40.000 D-Mark? Sind Sie sicher?«

»Selbstverständlich. Mir ist sehr wohl bewusst, was ich tue.«

»Herr Gillessen«, beschwor ihn der Kundenbetreuer, »ich weiß, Sie haben immer ein gutes Händchen bewiesen, aber da machen Sie meiner Meinung nach einen Fehler …«

»Wieso denn?«

»Denken Sie doch mal nach! Das ist eine Garagenfirma!«

»Das *war* sie. Na wenn schon! Hewlett und Packard haben auch in einer Garage angefangen, und heute ist HP ein Weltunternehmen.«

»Ja, weil HP breit aufgestellt ist! Soviel ich weiß, hat dieser Laden namens Apple nur zwei Produkte auf dem Markt.«

»Und soviel *ich* weiß, ist ein drittes in Entwicklung. Ein ganz großes Ding.«

»Wer hat Ihnen denn das erzählt?«

»Man hat so seine Quellen. Waren Sie mal im Silicon Valley?«

»Nein.«

»Sehen Sie, und ich hatte das Glück, dort ein paar Semester studieren zu dürfen. In Stanford, wie Sie ja wissen.«

»Lange her.«

»Mag sein, aber ich habe bis heute gute Kontakte zu dieser Szene. Glauben Sie mir, da gibt es ein gigantisches unternehmerisches Potenzial. Da brodelt es vor Ideen, gerade auch bei Apple. Und Ideen sind das Gold der Zukunft.«

»Na gut, Herr Gillessen. Es ist Ihre Entscheidung und Ihr Geld. Dann platziere ich eine Kauforder über 20.000 US-Dollar für Apple-Aktien zum Emissionspreis. Möchten Sie ein Limit setzen?«

Gillessen überlegte kurz. »30 Dollar.«

»In Ordnung, 30 Dollar.«

Ein tiefer Seufzer am anderen Ende der Leitung verriet ihm, dass der Betreuer keineswegs überzeugt war.

Als Gillessen den Hörer aufgelegt hatte, erinnerte er sich an die überraschende Nachricht von Dr. Grotekamp auf seinem Alibicord und rief zurück.

»Grotekamp«, meldete sich der alte Freund seiner Eltern.

»Guten Tag, hier ist Heinrich Gillessen. Sie hatten mich um einen Rückruf gebeten.«

Emil Grotekamp reagierte fast überschwänglich. »Heinrich! Ja, danke! Schön, dass du dich meldest. Es ist viel Zeit vergangen … Wann haben wir uns das letzte Mal gesehen?«

»Ich glaube, bei der Beerdigung meiner Mutter.«

»Meine Güte, das ist ja auch schon wieder fünf Jahre her.« Grotekamp hustete heftig und brauchte eine Weile, bis er weitersprechen konnte. »Wie geht's eigentlich deinem Stiefvater?«

»Danke, er macht sich ganz gut. Und Sie? Alles in Ordnung?«

Ein schwerer Seufzer drang aus dem Hörer, bevor Grotekamp antwortete. »Leider nicht. Ich bin ziemlich krank. Lungenkrebs.«

»Oh Gott …«, entfuhr es Gillessen.

»Ja … Vor drei Jahren wurde mir der rechte Lungenflügel rausgenommen, danach hatte ich wieder etwas Hoffnung. Aber vor einiger Zeit hat die Geschwulst auch den linken Lungenflügel befallen. Das war's dann wohl. Die Ärzte geben mir maximal ein paar Monate.«

»Das tut mir leid«, sagte Gillessen betroffen. Lieber hätte er etwas Persönlicheres geantwortet, doch was sagt man in einer solchen Situation?

»Es muss dir nicht leidtun«, erwiderte Grotekamp. »Ich bin ja selber schuld. Hätte nicht mit dem Rauchen anfangen sollen. Ich kann von Glück sagen, dass es überhaupt so lange gutgegangen ist. Aber deswegen habe ich nicht angerufen … das heißt, eigentlich doch, weil mir nicht mehr viel Zeit bleibt. Kurz gesagt, ich möchte dir etwas anvertrauen.«

»Ja, sicher, gerne«, antwortete Gillessen überrascht. Etwas anvertrauen, was konnte das sein? »Also, ich höre …?«

»Nein, nein«, Grotekamp hustete erneut, »es geht um … einen Gegenstand. Er hat mit deinem Vater zu tun. Es ist … es ist …«

Er machte eine Pause.

»Ja, was?«

»Das ist am Telefon schwer zu beschreiben. Kannst du mich mal besuchen kommen? Dann erkläre ich dir alles.«

»Das ginge sogar heute noch. Wenn es Ihnen passt, könnte ich …«, Gillessen blickte auf seine Patek-Philippe-Armbanduhr, »sagen wir, in zwei Stunden bei Ihnen sein. Wäre das in Ordnung?«

»Jederzeit, mein Junge. Ich freue mich.«

Mein Junge. Dieselbe onkelhafte Anrede wie in den 40er- und 50er-Jahren, aber Gillessen sah ihm das nach. In den Augen des alten Mannes war er eben ein Junge geblieben, umso mehr, da Grotekamp selbst keine Kinder hatte. Heinrich, der Sohn seines alten Kollegen und Freundes, war über lange Zeit derjenige aus der Nachwuchsgeneration gewesen, der ihm am nächsten gestanden hatte.

Zwei Stunden später stieg Gillessen an der bekannten Adresse aus seinem Mercedes. Dr. Emil Grotekamp wohnte in einem feudalen, inzwischen ein wenig heruntergekommenen Bungalow im Frankfurter Stadtteil Sachsenhausen. Die Einrichtung war altmodisch, nobel und plüschig; sie passte zu Grotekamps 75 Lebensjahren, seinem Witwerdasein und auf makabre Weise auch zu seinem Gesundheitszustand.

Grotekamp begrüßte seinen Gast herzlich mit einer angedeuteten Umarmung, dann schlurfte er voran ins

Wohnzimmer und ließ sich ächzend in einen Sessel fallen. »Entschuldige, ich muss erst mal sitzen. Und dich würde ich bitten, mir die Flasche Bordeaux aus der Hausbar zu holen, drüben in der Vitrine.«

»Gerne.« Gillessen brachte die Weinflasche und ein Glas.

Grotekamp hob abwehrend die rechte Hand. »Zwei Gläser bitte!«

»Danke, für mich lieber nicht, so gern ich Rotwein trinke. Ich bin mit dem Auto da.«

»Ach, hab dich nicht so! Ein halbes Gläschen wird ja wohl gehen. Bei mir ist sowieso alles egal.«

»Na gut«, lenkte Gillessen ein. »Ein halbes Glas, aber mehr nicht.«

»Schön. Und nun trinken wir Brüderschaft«, sagte Grotekamp. »Wird die letzte Gelegenheit dazu in meinem Leben sein.«

Gillessen war völlig perplex. Was hatte das zu bedeuten?

»Also, Heinrich. Nenn mich Emil, wir sind ab sofort Verbündete.«

Es wurde immer mysteriöser. Verbündete? Das klang nach einer bedeutungsschweren, womöglich gesetzwidrigen Sache. Gillessen schenkte eineinhalb Gläser ein, und die beiden stießen auf ihr neues Bündnis an.

»Prost!«, sagte Grotekamp in fast fröhlichem Ton. »Alkohol ist Gift für mich, behaupten die Ärzte. Haha! Wen interessiert das noch!« Sein kurzes Lachen löste einen Hustenanfall aus, der sich aber schnell wieder legte.

»Heinrich, mein Freund und Verbündeter, hör zu, was ich dir erzähle. Ich muss dazu etwas aus dem Safe holen.« Grotekamp zeigte auf ein gerahmtes Gemälde an der Wand gegenüber. »Häng mal das Bild da drüben ab. Darunter befindet sich ein Safe. Ich sag dir die Kombination für das Zahlenschloss, spielt ja sowieso keine Rolle mehr. Es ist eine machtvolle Zahlenfolge. Du wirst gleich erfahren, warum.«

Gillessen tat wie geheißen und öffnete den Safe. Was darin lag, war alles andere als aufregend: eine Ledermappe mit Papieren, einige kleine Goldbarren und eine unscheinbare runde Messingdose.

»Nimm die Dose heraus«, sagte Grotekamp. »Um die geht es nämlich. Ich muss ein bisschen ausholen ... Du weißt ja, dein Vater, unser Kollege Sebastian Krüger und ich, wir sind 1937 mit dem Zeppelin nach New York gereist. Deine Mutter wollte unbedingt mal Amerika sehen, deshalb hat sie uns begleitet. Zum Glück hatte niemand hatte etwas dagegen, es hätten ein paar schöne Tage werden können. Mein New Yorker Cousin hätte ihr die Stadt gezeigt ... Aber bekanntlich ist ja alles anders gekommen.«

Grotekamp machte eine Pause, hustete heftig und rang nach Luft. »Ich offenbare dir jetzt ein lange gehütetes Geheimnis. Es betrifft die Vorgeschichte, aber auch das, was in Lakehurst passiert ist. Danach wirst du begreifen, welche Tragweite die Informationen haben, die ich dir gebe.«

24

Gegenwart

Das Tagebuch las sich spannender als ein Kriminalroman. Lienhardt war kurz vor Grotekamps Enthüllung angekommen, als sein Handy vibrierte. Er zog es aus der Tasche und sah eine Nummer auf dem Display, die mit 080 begann, also offensichtlich jemand aus seiner Gegend. Telefonieren war in diesen heiligen Räumen tabu; er würde später zurückrufen. Er brannte darauf zu erfahren, was Dr. Grotekamp damals Gillessen anvertraut hatte, und vertiefte sich wieder in die Aufzeichnungen. Der Text blieb allerdings vage; er verriet mit keinem Wort, woraus das Geheimnis bestand. Klar war nur, dass Grotekamp mit zwei Kollegen von der Frankfurter Universität einen Mikrofilm mit hochbrisanten Informationen heimlich Regierungskreisen in den USA hatte zuspielen wollen. Für Grotekamp als einzigen Überlebenden waren die Amerikaner mitverantwortlich für die Hindenburg-Katastrophe gewesen, deshalb hatte er den Film nicht wie geplant übergeben, sondern aus einer Zornesaufwallung heraus nach Deutschland zurückgebracht.

Aber was waren das für Informationen? Sie befanden sich offenbar auf dem zweiten Film, und der war vertrackterweise verschlüsselt. VVUJFXVM UPEGOBSN VOFWOQXM FZUCUMWW HHNGSQGI. Unmöglich, daraus einen Sinn abzuleiten; womöglich brauchte man einen Superrechner, um den Code zu knacken. Es musste sich um wirklich sehr brisante Daten handeln, wenn Grotekamp und seine Kollegen sich solche Mühe damit gegeben hatten. Also weiter im Text:

Daß ich nun als Geheimnisträger fungieren sollte, hat mich im ersten Moment schockiert. Einerseits fühlte ich mich geehrt, andererseits empfinde ich es als Bürde. Aber was man einmal erfahren hat, kann man leider nicht mehr aus seinem Kopf löschen. Nicht mal den Code, den Emil, also Dr. Grotekamp, mir genannt hat. Den kann man ja überall nachlesen, sofern man eingeweiht ist. Ich solle die Zahlen für mich für mich behalten, sagte Emil. So wie sie es damals gemacht haben. Nichts leichter als das.

Damit war die erste Episode beendet. Ein Eintrag zu Grotekamps Beerdigung schloss sich an; wie vorausgeahnt hatte der Todkranke nach Gillessens Besuch nur noch sechs Monate gelebt. Lienhardt schob den Film weiter und überflog drei Jahrzehnte. Im Jahr 2013 wurde es erneut interessant.

Mein fortgeschrittenes Alter macht mir in Bezug auf das Geheimnis Sorgen, das ich mit Emil Grotekamp geteilt habe. Wenn ich sterbe, nehme ich es mit ins Grab, und vielleicht ist das die falsche Lösung. Mein Vater hätte das sicher nicht gewollt. Andererseits wüsste ich derzeit niemanden, dem ich davon erzählen könnte. Heute habe ich nun zufällig einen Weg gefunden, um diesem Dilemma zu entgehen. Ich konnte eine passende Biedermeier-Schatulle erwerben, die beides an einem Ort vereint – den Mikrofilm und den Schlüssel zu seiner Decodierung. Wer intelligent genug und nicht geschichtsvergessen ist, wird leicht erkennen, um was es geht. Im Umkehrschluss heißt das, dumme und ungebildete Menschen werden nicht dahinterkommen. Das ist doch beruhigend; zumindest bestärkt es mich in der Hoffnung, dass die Daten nicht eines Tages in falsche Hände geraten werden. Ich habe die Schatulle mit einigen anderen Wertsachen in einem Tresorraum verschlossen, dessen Zahlenkombination zusammen mit dem Testament bei meinem Notar hinterlegt ist. Nach meinem Tod soll sie die Klinik erhalten, in der meine Mutter behandelt wurde. Auf diese Weise gelangt der Film zurück in die USA, so wie es ihm ja ohnehin bestimmt war. Was weiter passiert, liegt nicht in meinen Händen. Ich überlasse die Dose ihrem Schicksal, wie eine Flaschenpost, die im Meer treibt.

Nach meinem Tod soll sie die Klinik erhalten? Lienhardt war konsterniert. Die Schatulle war doch versteigert worden – womöglich aus Versehen? Oder bewusst gegen den letzten Willen des Verstorbenen? Und was die Enthüllung anging: Fehlanzeige. Da kam nichts, aber auch nicht der geringste Hinweis auf den Inhalt des zweiten Mikrofilms. Stattdessen folgten Episoden, die immerhin interessante Einblicke in Gillessens Privatsphäre gaben. Ein jüngerer Mann namens Lothar Fehse trat in sein Leben, als Faktotum und Hausgenosse, der darüber hinaus sehr bald zu seinem Geliebten wurde. Unversehens fand sich Lienhardt in einer Schlüssellochperspektive wieder, die ihm einigermaßen peinlich war. Gillessens Krankheitsgeschichte nahm in den Erzählungen immer mehr Raum ein, seine jahrzehntelangen chronischen Schlafstörungen und seine Depressionen, die sich in den letzten Lebensjahren zunehmend verschlimmert haben mussten.

Dann wurde es erneut spannend: Gillessen war dahintergekommen, dass sein Lebenspartner Kontakte zu rechtsradikalen Kreisen unterhielt, und stellte ihn zur Rede. Was folgte, war ein heftiger Streit, der in einem totalen Zerwürfnis endete. Gillessen warf Lothar Fehse aus seiner Villa, und damit war es zwischen den beiden ein für alle Mal aus.

In der Folgezeit traten Gillessens depressive Phasen häufiger auf. Laut Tagebuch hatte ihm sein Hausarzt, Dr. Bruno Conradi, den noch Fehse ihm empfohlen hatte, seit geraumer Zeit mit Hypnosetechniken zu helfen versucht. Offenbar mit geringem Erfolg.

Mit dieser Information endeten die Eintragungen. Die letzten zehn Monate bis zu Gillessens Freitod blieben eine Blackbox.

25

Es wurde ein Tag des stillen und zugleich bitteren Triumphs für Markus Kling. Außerdem sollte er die Erfahrung machen, dass Triumph und Niederlage manchmal dicht beieinanderlagen, ebenso wie das Auf und Ab des Berufsalltags.

Seinen Hinweis auf den möglichen Stuntman hatte das K 82 dankbar aufgegriffen, das war ein Punkt für ihn. Überschattet wurde dieser kleine Erfolg wenig später von einer schlechten Nachricht, gefolgt von einer ausgesprochenen Hiobsbotschaft: Zuerst hatte sich das Kfz-Kennzeichen des angeblichen James Lobovsky, das Anna Kolendowicz wie gebeten durchgegeben hatte, als gefälscht erwiesen. Nun ja, damit hätte man beinahe rechnen können. Ungleich gravierender war die Tatsache, dass in der Nacht zuvor Alice Wensauer, die Ehefrau des Auktionators, ihren Mann als vermisst gemeldet hatte. Bei einem Anruf im Büro hatte er zwar mitgeteilt, dass er an diesem Tag nicht zur Arbeit und auch spät nach Hause kommen würde, aber aus dem »spät« war erst Mitternacht geworden, dann 3, 4 und 5 Uhr morgens. Wensauer war seit seiner letzten Nachricht unerreichbar. In der Firma hatte er sich ebenfalls nicht blicken lassen; seine Sekretärin hatte verstört und völlig aufgelöst reagiert, als sein Verschwinden offenkundig geworden war.

Schon Minuten nach dem Eingang der Meldung lief der polizeiliche Ermittlungsapparat auf Hochtouren. Das Präsidium Oberbayern Süd hatte unverzüglich einen Krisenstab gebildet und eine Großfahndung nach Wensauers Auto eingeleitet, zunächst im Radius von 50 Kilometern um Wensauers Wohnort. Damit war auch das angrenzende österreichische Bundesland Tirol mit einbezogen. Die Erfolgsaussichten waren allerdings äußerst unsicher; schließlich konnte sich das Auto in einer Privatgarage befinden, abgeschottet und unauffindbar. Hinzu kam, dass Wensauer einen Audi A6 fuhr, lackiert in Chronosgrau Metallic. Exakt dieses Modell in diesem Ton und zum Verwechseln ähnlichen Farben fuhr in Hunderten Exemplaren auf bayerischen und österreichischen Straßen herum. Eine graue Maus in einem Meer von grauen Mäusen, viele davon mit M-Kennzeichen – undankbarer konnte eine Suchaufgabe kaum sein. »Wieso kann der Kerl keinen giftgrünen Lamborghini fahren?«, hatte Murad Özkan gestöhnt.

Das Team der Kripo Miesbach konnte in diesem Stadium nicht viel zu der Fahndung beitragen; ausschlaggebend würden die Beobachtungen der Streifenpolizisten sein, möglicherweise auch Hinweise aus der Bevölkerung. Und etwas Entscheidendes, das bislang völlig fehlte: ein Motiv oder wenigstens die Ursache für Wensauers Verschwinden. Ging es um Kidnapping und eine Lösegeldforderung? War Wensauer in der Nacht irgendwo verunglückt und mit seinem Auto in eine nicht einsehbare Schlucht gestürzt? Oder hatte er womöglich Dreck am Stecken und war auf der Flucht, vor der Steuerfahndung oder wem auch immer? Die zuständige Finanzbehörde war in die Ermittlungen mit einbezogen, hatte bislang aber nichts zutage gefördert. Was blieb, war allein dieses dumpfe, unbestimmte Gefühl, das Markus Kling seit dem Tag der Auktion nicht mehr losgelassen hatte. Erschwerend kam die neueste Information hinzu, die ihm Lenz Finsinger mit unschuldiger Miene serviert hatte: »Übrigens, rate mal, wer bei der Staatsanwaltschaft für den Fall Wensauer zuständig ist.«

Kling kannte die Antwort und verzog das Gesicht. »Ich wage es nicht auszusprechen.«

»Werden wir wohl müssen.«

»Dr. Wolfgang Lamparter.«

»Genau.«

»Schon wieder der! Hätten die nicht jemanden aussuchen können, der weniger anstrengend ist?«

Lamparter war bei der Kripo seit Langem als übereifrig und besserwisserisch verschrien; er war zwar ein brillanter Jurist und verfügte über jahrzehntelange Erfahrung, mischte sich aber nur zu gern in die Ermittlungsarbeit der Beamten ein. Nicht selten munkelte man, er habe die falsche Berufslaufbahn gewählt und wäre besser selbst Kommissar geworden. Kling hatte erstmals im Jahr zuvor bei der Immobilienaffäre um das Grand Hotel Seeblick mit ihm zu tun gehabt, und die Aussicht auf die nun wieder bevorstehenden Diskussionen hob nicht gerade seine Laune.

Finsinger wiegelte ab. »Markus, mach mal halblang. Es gibt schlimmere Staatsanwälte. Den übelsten kennst du gar nicht, der ist seit sechs Jahren pensioniert. Lamparter ist wenigstens aufgeschlossen. Wenn du ihm gute Argumente lieferst, nimmt er sie auch an.«

»Sofern er die Gnade aufbringt, sie als gut einzustufen. Im Moment wird er sowieso nur Frust schieben. Wir haben bis jetzt ja gar nichts, weder einen Tathergang noch Zeugen oder irgendwelche Anhaltspunkte.«

Die Lösung des Rätsels, oder wenigstens ein Bruchstück davon, kam unversehens mit einem Anruf aus Wensauers Büro, den die Zentrale an Kling durchstellte. Es meldete sich Wensauers Sekretärin, in ebenso hektischer wie überdrehter Verfassung. »Da ist noch was …«, stammelte sie, »das hatte ich in der Aufregung vergessen … Aber vielleicht ist es wichtig … Ich meine …«

»Ja, raus damit! Wir können jeden Hinweis gebrauchen.«

»Also, Herr Wensauer fragte bei seinem letzten Anruf, wer diese Biedermeierschatulle ersteigert hat, Losnummer 32 …«

Die Schatulle! Dieses verdammte Kästchen, das irgendeinem zwielichtigen Typen so wichtig war, dass er es unter falschem Namen zu einem Mondpreis erworben und mit einem gefälschten Kennzeichen abgeholt hatte!

»Und *wie* wichtig das ist!«, ereiferte sich Kling. »Meine Güte, das kommt ja reichlich spät, wir könnten schon viel weiter sein!«

»Ja, tut mir leid«, schniefte die Sekretärin mit weinerlicher Stimme.

Aber halt, Losnummer 32? Markus Kling meinte sich erinnern zu können, dass Anna Kolendowicz die Nummer 23 ersteigert hatte. »Was die Losnummer betrifft«, fragte er, »habe ich richtig verstanden? 32?«

»Ja.«

»Da sind Sie sicher?«

»Ganz sicher. Ich hab gleich ein Memo gemacht, als Herr Wensauer angerufen hat.«

»Also, wer ist der Käufer?«

»Ein Herr Lienhardt aus Holzkirchen. Ach so, noch etwas, vielleicht ist das auch wichtig: Diese Schatulle, ich meine die mit der Nummer 32, wollte Herr Gillessen eigentlich direkt dieser Klinik in Amerika vermachen.«

»Mit anderen Worten, sie ist praktisch … aus Versehen versteigert worden?«, fragte Kling konsterniert. Die Sache wurde immer mysteriöser.

»Nein, nein, das hat schon seine Richtigkeit. Es weiß bloß niemand, was Herrn Gillessen bewogen hat, dieses Stück von der Auktion auszunehmen. Der Notar, also der Testamentsvollstrecker, hat deswegen mehrfach mit der Klinik Kontakt gehabt, aber dort kann man sich keinen Reim auf dieses Erbe machen. Außerdem wäre es ja furchtbar viel Aufwand, so ein Teil unbeschadet in die USA zu schicken. Deswegen hat die Klinikleitung diesen Teil des Erbes ausgeschlagen – ich meine, die Schatulle in ihrer physischen Form – und sich entschieden, sie mitversteigern zu lassen.«

»Gut, dann geben Sie mir jetzt bitte die Kontaktdaten von diesem … Wie heißt er? Lienhardt?«

»Ja. Jens Lienhardt.«

Diese Wendung verknüpfte zwei bislang lose Enden unversehens miteinander. Die Versteigerung der Schatullen, der überzogene Preis für eine von ihnen und die Heimlichtuerei des Käufers: Das alles musste mit Wensauers Verschwinden zusammenhängen. Aber wie? Auf jeden

Fall war es dringend ratsam, diesen Jens Lienhardt sofort zu warnen. Wer immer hinter Schatulle Nummer 32 her war – jetzt durfte man annehmen, dass er vor Gewalt nicht zurückschreckte.

Kling suchte Lorenz Finsinger in dessen Büro auf und informierte ihn kurz über das Gespräch mit dem Sekretariat, anschließend wählte er die Mobilfunknummer, die ihm die Sekretärin gegeben hatte.

»Scheiße, der geht nicht ran«, murmelte er. »Na, wenigstens ist seine Mailbox eingeschaltet.« Er wartete, bis der Piepton ertönte, und sagte: »Hallo, Herr Lienhardt, hier ist Kommissar Markus Kling von der Polizeiinspektion Miesbach. Es geht um die Schatulle, die Sie neulich ersteigert haben. Keine Sorge, es ist alles korrekt abgelaufen. Aber wir ermitteln in einer anderen Sache, die womöglich damit zu tun hat. Bitte rufen Sie deshalb so schnell wie möglich unter folgender Nummer zurück ...« Er sprach seine Dienstnummer aufs Band und legte auf. »So. Mehr können wir im Moment nicht machen. Hoffentlich meldet er sich.«

»Notfalls können wir sein Handy orten«, sagte Finsinger. »Allerdings würde uns das auch keine Suchaktion ersparen. Warten wir noch eine Viertelstunde ab. – Übrigens, ich muss dir Abbitte leisten.«

»Wieso?«, fragte Kling verblüfft.

»Wegen neulich, als ich dir Vorhaltungen gemacht habe, du weißt schon.«

»Ach so. Schwamm drüber«. Kling versuchte, seine innerliche Genugtuung zu überspielen, und hoffte, dass sein Chef sie ihm nicht anmerkte.

»Nein, Markus«, beharrte Finsinger. »Da war ich vielleicht zu faktenhörig, und du hattest mal wieder den sechsten Sinn. Aber bitte versteh auch meine Position. Wir können nicht einfach ins Blaue ermitteln, nur weil du eine vage Vermutung hast, und schon gar nicht an der Staatsanwaltschaft vorbei. Jetzt gibt es einen konkreten Verdacht, das ändert die Situation vollkommen.«

»Aber nicht, was den Fall selbst betrifft. Da kommen doch immer mehr Mosaiksteinchen zusammen. Mir ist inzwischen sonnenklar, was passiert ist.«

»Also, Mr. Holmes? Ich höre.«

»Ich hab mir den Auktionskatalog vorhin noch mal im Internet angesehen. Da sind zwei Biedermeierschatullen aufgeführt, die sich verblüffend ähnlich sehen, eine mit Losnummer 23, die andere mit Losnummer 32. Na?«

»Ich ahne, worauf du hinauswillst.«

»Genau. Anscheinend gab es eine Verwechslung. Der angebliche Mr. Lobovsky wollte die Schatulle mit der Nummer 32, weil er weiß, dass darin etwas versteckt ist. Dein Heiliger Gral, wie du so schön sagtest.«

»Jaja, geschenkt.« Jetzt waren beide Beamten in ihrem Element, und ein Satz ergab den nächsten.

»Also weiter«, sagte Finsinger. »Dann ist ihm ein Zahlendreher unterlaufen …«

»Genau. Durch dieses dumme Versehen hat er Nummer 23 ersteigert. Beziehungsweise ersteigern lassen.«

»Und die enthielt natürlich nicht das, was er suchte. Als er seinen Irrtum bemerkt hat …«

»Als die *Bande* ihren Irrtum bemerkt hat«, unterbrach Kling seinen Chef. »Oder siehst du das anders?«

»Nein, da gehe ich mit dir konform. Es spricht einiges dafür, dass es Mittäter gibt.«

»Ich bin sogar sicher, dass mehrere Leute dahinterstecken«, bekräftigte Kling. »Als die gemerkt haben, dass Frau Kolendowicz die falsche Schatulle für sie ersteigert hat, haben sie sich überlegt, wie sie an die richtige kommen. Das Auktionshaus würde den Käufer aus Datenschutzgründen nicht preisgeben, das wussten sie. Deshalb haben sie Wensauer verschleppt und ihn unter Gewaltandrohung gezwungen, sich von seinem Büro die Adresse des Käufers geben zu lassen. Damit haben wir das Motiv. Klingt logisch, oder?«

Finsinger nickte anerkennend. »Alles perfekt durchdacht. Kompliment, Sherlock. Jetzt müssen wir nur noch Kontakt zu diesem Lienhardt bekommen …«, er sah unwillkürlich auf seine Armbanduhr, »und das am besten sofort, egal wie. Der Mann schwebt womöglich in Lebensgefahr.«

26

Es vergingen nur wenige Minuten, bis sich die Mobilfunkortung erübrigte. Jens Lienhardt rief zurück. Kling atmete erleichtert auf. »Na endlich. Gut, dass Sie sich melden.«

»Sie haben es ja sehr dringend gemacht«, sagte Lienhardt. »Es geht um Ermittlungen wegen meiner Schatulle, sagten Sie?«

»Genau. Es scheint nämlich so, als würden sich Kriminelle dafür interessieren.«

Zu Klings Verwunderung zeigte sich Lienhardt nicht überrascht. »Ehrlich gesagt, ich hatte da auch schon ein ganz komisches Gefühl.«

»Aha? Können Sie etwas konkreter werden?«

»Hmm … Das ist eine längere Geschichte … Vielleicht sollten wir das persönlich besprechen.«

»Darum wollte ich Sie sowieso dringend bitten. Am besten kommen Sie sofort zu uns in die Inspektion, nach Miesbach haben Sie's von Holzkirchen ja nicht weit.«

»Ich bin in München. Mit der S-Bahn.«

»Umso besser, dann nehmen Sie die Regiobahn ab Hauptbahnhof. Ach so, nein – wir brauchen ja auch Ihre Schatulle. Bringen Sie die unbedingt mit.«

»Sind Sie sicher?«, fragte Lienhardt.

»Wieso?«

»Wahrscheinlich geht es gar nicht um die Schatulle selbst. In ihr steckte ein Mikrofilm, den habe ich mir gerade in der StaBi angesehen, als Sie mich angerufen haben.«

Lenz Finsingers Heiliger Gral! Kling war elektrisiert bis in die Haarspitzen. »Oh Mann!«, entfuhr es ihm. »Das wird ja immer besser. Dann haben Sie den also bei sich?«

»Ja, hab ich. Eigentlich soll ich ihn um 18 Uhr am Hauptbahnhof jemandem übergeben.«

»Jemandem?«

»Ja. Einer Frau … oder einem Mann, der in ihrem Auftrag kommt. Ich hab keine Ahnung, wer die Leute sind. Aber anscheinend ist ihnen dieser Film einen Haufen Geld wert.«

Noch mehr Wert hatte Lienhardts anschließende Aussage, denn nun ergab alles einen Sinn. Eine gute Stunde nach dem Telefonat war er in der Inspektion eingetroffen; ein schlanker, drahtiger Mann, dem Anschein nach etwa gleichaltrig mit Markus Kling. Die dunklen Haare trug er kurzgeschoren, vermutlich um die beginnende Glatze zu kaschieren, die sich an der hohen Stirn bereits bemerkbar machte. Sein Auftreten wirkte intelligent und selbstbewusst, zugleich zeigte er sich aufgeschlossen und kooperationsbereit. Von Beruf war er Journalist, wie eine Internetrecherche ergeben hatte. Kling musste sich eingestehen, positiv überrascht zu sein; vielleicht hatte er insgeheim einen schmierigen Sensationsreporter erwartet und nicht so einen aufgeweckten, sachlich redenden Typ.

Markus Kling und Murad Özkan baten Lienhardt in den Besprechungsraum. Ebenfalls dabei war Oberkommissarin Annette Weiss, die als eine der Ersten von Wensauers Verschwinden erfahren hatte.

»Also, Herr Lienhardt«, eröffnete Kling das Gespräch, »ich muss vorausschicken, dass wir uns noch nicht mit der Staatsanwaltschaft abgestimmt haben, dazu ging alles zu schnell. Der zuständige Mann muss aber jeden Moment eintreffen. Und ich nehme an, Sie wollen im eigenen Interesse aussagen.«

»Ja, natürlich.«

»Gut. Sind Sie damit einverstanden, dass wir das Gespräch aufzeichnen?«

»Klar, kein Problem.«

»Danke.« Kling schaltete das Aufnahmegerät ein, das auf dem Besprechungstisch stand. »Als Erstes brauchen wir Ihre vollständigen Personalien.«

Lienhardt nannte Namen, Geburtsdatum, Beruf und Wohnadresse.

»Danke. Vorab informiere ich Sie, dass Sie keine Angaben zur Sache machen müssen, wenn Sie mit einem der Beschuldigten verwandt oder verschwägert sind …«

»Ich wüsst' nicht, mit wem.« Lienhardt grinste.

»Sorry, ist so vorgeschrieben. – Außerdem können Sie die Antwort auf Fragen verweigern, falls das dazu führen könnte, dass Sie selbst oder ein naher Angehöriger wegen einer Straftat oder Ordnungswidrigkeit belangt werden.«

Lienhardt nickte ungeduldig.

»Und natürlich sind Sie gehalten, die Wahrheit zu sagen, andernfalls könnten Sie sich strafbar machen. Ich nehme an, das haben Sie alles verstanden.«

»Ja, sicher, diese Belehrung kenne ich eh fast auswendig. Bringt mein Job so mit sich.«

»Gut, dann schießen Sie los. Am besten fangen Sie ganz von vorne an.«

Lienhardt erzählte seine Geschichte, und die drei Beamten hörten mit wachsender Spannung zu. Die losen Enden verwoben sich immer fester miteinander. Neuer Ermittlungsstand: Jemand hatte auf unbekannten Wegen in Erfahrung gebracht, dass in der Schatulle ein Mikrofilm mit offenbar unbezahlbaren Informationen versteckt war. Um anonym zu bleiben, hatte er unter falschem Namen Anna Kolendowicz vorgeschickt, und alles hätte glatt über die Bühne gehen können, wenn nicht der folgenschwere Zahlendreher passiert wäre. Dass »James Lobovsky« zudem nicht allein agierte, bewies die unbekannte Frau, mit der Lienhardt am Telefon verhandelt hatte.

»Und da dachten Sie, das könnte eine gute Story werden«, fasste Kling zusammen.

»Na ja … Was erwarten Sie?«, rechtfertigte sich Lienhardt. »Ich habe meinen Beruf und Sie Ihren. Wir sind doch alle Trüffelschweine, was Informationen anbelangt.«

»Auch wieder wahr. Nur dass es bei der Polizei nicht um Kommerz geht, um das klarzustellen.«

Lienhardt zuckte mit den Schultern.

»Und gerade in Ihrem Metier sollte man vorsichtig sein, wenn man beim Trüffelsuchen auf ein heißes Eisen stößt. Sie hätten sich ganz schön die Finger verbrennen können.«

Lienhardt streckte demonstrativ alle zehn Finger von sich, die Handflächen nach oben gekehrt. »Das ist mir inzwischen klar«, sagte er. »Deswegen bin ich ja hergekommen. Ich weiß allerdings nicht, ob Sie mit dem Mikrofilm etwas anfangen können. Der enthält chemische Formeln, der Text dazu ist verschlüsselt.«

»Und der zweite Film, den Sie mitgebracht haben?«

»Der besteht aus Gillessens Tagebuch. Da ist zwar von irgendeinem Geheimnis die Rede, ich erinnere mich noch an die Formulierung *›unfassbar und erschreckend‹*, aber soweit ich gesehen habe, wird nirgendwo konkret darauf eingegangen, um was es dabei eigentlich geht.«

»Vielleicht ein Militärgeheimnis«, mutmaßte Özkan.

»An so was hatte ich auch schon gedacht. Meine Freundin meinte, dass irgendwelche Agenten hinter dem Film her sein könnten. Sie hat echt Angst deswegen.«

»Ich schätze, aus gutem Grund«, sagte Kling. »Was Sie noch nicht wissen, weil wir es unter dem Deckel halten: Herr Wensauer, der Auktionator, ist seit Kurzem spurlos verschwunden. Wir vermuten, dass ihn jemand entführt hat, um Ihre Adresse herauszubekommen.«

Lienhardts Gesicht verriet einen gelinden Schock. »Au Mann, daran hatte ich überhaupt nicht gedacht.« Er fasste sich an den Kopf. »Aber klar … jetzt, wo Sie es sagen …«

»Würden Sie denn die Stimme der Anruferin wiedererkennen?«, fragte Annette Weiss.

»Puh … da bin ich mir nicht sicher. Am Telefon ist das immer ein bisschen schwierig. Sie sprach jedenfalls akzentfreies Hochdeutsch.«

»Und Ihr Kontaktmann im Hauptbahnhof?«, insistierte Kling. »Mit dem haben Sie ja ein paar Worte gewechselt und könnten …«

Das Vibrieren eines Diensthandys unterbrach ihn. »Einen Moment«, entschuldigte sich Kling und nahm den Anruf an. »Ach du Scheiße! – Ja, das scheint alles mit der Schatulle zusammenzuhängen. Aber wir haben eine Chance, den Mörder direkt zu fassen. – Ja. Erkläre ich später.«

»Mörder?«, raunte ihm Özkan fragend zu.

»Ja, sieht so aus. Dominik Wensauer ist tot.«

Die Fahndung nach dem Audi hatte unerwartet schnell Erfolg gehabt. Eine österreichische Streife hatte das Fahrzeug auf einem abgelegenen Parkplatz in Kufstein entdeckt, vollständig mit einer silbergrauen Plane umhüllt. Da ein solcher Schutz im Frühsommer eher unüblich war, hatten die Beamten die Plane angehoben und das Kennzeichen inspiziert. Es war der gesuchte Audi A6, verlassen und auf den ersten Blick leer. Doch im Kofferraum lag Wensauers zusammengekrümmter Körper, äußerlich unversehrt, aber steif und kalt.

»Also, Herr Lienhardt«, resümierte Kling. »Wir wissen jetzt, dass diese Leute über Leichen gehen. Umso mehr sind wir auf Ihre Mithilfe angewiesen.«

»Aaah ja«, sagte Lienhardt gedehnt, »Und wie genau soll die aussehen?« Er schien es zu ahnen.

»Im Grunde ganz einfach«, antwortete Kling und bemühte sich um Lockerheit. »Mein Vorschlag: Sie erscheinen heute Nachmittag wie vereinbart im Münchner Hauptbahnhof. Ohne den Film. Und wir postieren dort unauffällig ein paar Leute. Sobald Ihr Kontaktmann auftaucht und sich Ihnen nähert, wird er festgenommen.«

»Sie sind gut!«, erregte sich Lienhardt. »Und wenn die mich in der Zwischenzeit auch umbringen?«

»Keine Sorge«, beruhigte ihn Özkan. »Die wollen ja schließlich den Film haben, oder?«

»Ja, sicher.«

»Und das anscheinend diskret.«

»Ich denke schon.«

»Na also«, bekräftigte Kling. »Das heißt, solange Sie sich an die Verabredung halten, passiert Ihnen nichts. Wir bereiten alles sehr gründlich vor. In der Zwischenzeit versuchen wir herauszubekommen, was hier eigentlich gespielt wird.«

27

Markus Kling hatte die Seiten in Gillessens Tagebuch überflogen, die ihm Lienhardt als besonders aufschlussreich genannt hatte. *Ebenso unfassbar wie erschreckend.* Das konnte durchaus auf ein Militärgeheimnis zutreffen, aber welchen Wert sollte das heute noch haben? Offenbar stammte der Film ja aus der Hitlerzeit; inzwischen waren ABC-Waffen und alles Mögliche andere Teufelszeug erfunden worden – oder mussten sie vielleicht in eine ganz andere Richtung denken?

Während im Münchner Polizeipräsidium der Einsatz im Hauptbahnhof vorbereitet wurde, versuchte Kling auf die Schnelle, Informationen über Emil Grotekamp zu finden. Offenbar spielte der Mann in dem Geschehen eine Schlüsselrolle, und vielleicht ließen sich aus seinem Lebenslauf irgendwelche Hinweise ableiten. Doch was Kling an Bruchstücken zutage förderte, war mager und enttäuschend; die Spuren dieses Lebens lagen einfach zu weit zurück. Dr. Emil Grotekamp, Biochemiker, gestorben im Mai 1981 in Frankfurt am Main, zuletzt Abteilungsleiter bei der Hoechst AG. Mehr ließ sich trotz allen Bemühens nicht in Erfahrung bringen. Auch das Tagebuch erwies sich als nicht gerade ergiebig, was die jüngere Vergangenheit betraf. Ohnehin waren die Einträge nur sporadisch. Als letztes dramatisches Ereignis war beschrieben, wie Gillessen sich mit seinem Lebensgeführten Lothar Fehse überworfen hatte. Der Rest bestand größtenteils aus trübsinnigen Gedanken und Grübeleien über den Tod. Es half nichts; wahrscheinlich würde nur der Inhalt des zweiten Mikrofilms die Auflösung bringen.

Kling besprach mit Lorenz Finsinger das weitere Vorgehen. »Wie es aussieht«, sagte er, »lassen sich die Texte auf diesem Film nur mit massiver Computerhilfe entschlüsseln.«

»Du meinst Brute Force, wie das so schön heißt. Rohe Rechengewalt.«

»Ja, wie auch immer. Im LKA gibt es doch sicher Hochleistungscomputer und Spezialisten, die solche Codes mit elektronischen Mitteln knacken können. Ich würde sagen, wir sollten den Film als Erstes digitalisieren.«

Finsinger nickte. »Das müsste problemlos machbar sein. Im Präsidium gibt es Lesegeräte mit entsprechenden Schnittstellen.«

»Und wenn diese verdammten Texte endlich lesbar sind, können wir vermutlich Rückschlüsse ziehen, warum jemand so wild darauf ist. Womöglich sogar, *wer* das ist, falls es mit der Festnahme aus irgendeinem Grund nicht klappen sollte.«

»Mal nicht den Teufel an die Wand.« Finsinger erhob sich aus seinem Schreibtischsessel und fuhr in energischem Tonfall fort. »Und überhaupt, diese Aktion hat jetzt Priorität. Alles andere kann warten. Also, du fährst nach München und klärst mit den Kollegen, wie und wo ihr euch postiert. Inklusive Scharfschützen für den äußersten Notfall. Es sind noch dreieinhalb Stunden bis zum Zugriff.«

»Okay. Bin schon unterwegs.«

Finsinger hatte vollkommen recht, der Film konnte warten. Wenn es gelang, ein Mitglied der Bande festzunehmen, war das schon die halbe Miete. Wenn nicht die ganze.

28

Im Hauptbahnhof herrschte das übliche geschäftige Treiben des Feierabendverkehrs. Herumhastende Passanten und Reisende, Menschentrauben auf den Bahnsteigen, lärmende Lautsprecherdurchsagen, ein- und ausfahrende Züge aus halb Europa, aus denen wieder neue Menschenmassen quollen, die sich mit dem allgemeinen Getümmel vermischten. Mit Sicherheit hatte Lienhardts Kontaktperson den Zeitpunkt der Übergabe nicht zufällig gewählt. Je mehr Leute hier durcheinanderliefen, desto leichter war es, unentdeckt in der Menge zu verschwinden und mit dem Strom der Passanten in den Katakomben der drei U- und S-Bahnhöfe zu verschwinden.

Außer Markus Kling hatten sich sieben Beamte des Polizeipräsidiums an verschiedenen Stellen der Gleishalle postiert. Auch Jens Lienhardt war pünktlich angekommen und wartete am verabredeten Treffpunkt unter der Anzeigetafel.

17:57 Uhr. Ein Mann in einem hellen Sommermantel, mit Hut und auffälliger Sonnenbrille – allerdings ohne Bart – sah sich suchend um, dann bewegte er sich direkt auf Lienhardt zu. Für einen Moment schien er Augenkontakt mit Kling zu suchen, aber wahrscheinlich war das eine Täuschung, der angespannten Erwartung zuzuschreiben. Kling warf Lienhardt, der nur wenige Meter von ihm entfernt stand, einen fragenden Blick zu; dieser zuckte mit den Schultern und deutete ein Kopfschütteln an. Kurz darauf lenkte der Mann seine Schritte in Richtung Bahnsteig, wo ein kürzlich eingefahrener ICE aus Hamburg wartete, und besah sich die aussteigenden Fahrgäste. Anscheinend suchte er nach einem Zugpassagier, den er erwartete. Fehlanzeige.

18:05 Uhr. Ein weiterer Mann, diesmal mit schwarzem Vollbart, bewegte sich auf Lienhardt zu. Und lief in zwei Metern Abstand an ihm vorbei in Richtung der Treppe, die ins Untergeschoss des Bahnhofs führte. Lienhardt schüttelte erneut den Kopf.

Eine Viertelstunde verging, ohne dass sich der Kontaktmann blicken ließ. 18:20 Uhr. Das sah nicht gut aus. Kling bedeutete Lienhardt mit einer kleinen Geste, sich ein Stück von ihm wegzubegeben, dann rief er ihn auf seinem Handy an.

»Kann sein, dass die Lunte gerochen haben«, sagte er in gedämpftem Ton. »Ich weiß nicht, warum, aber irgendetwas muss ihren Verdacht erregt haben. Anscheinend war Ihr Mann ja nicht hier.«

»Ich hab ihn jedenfalls nicht gesehen«, antwortete Lienhardt ebenso leise.

»Geben wir ihm noch Zeit bis halb sieben. Wenn er bis dahin nicht auftaucht, hat es keinen Zweck mehr und wir blasen den Einsatz ab.«

»Und was weiter?«

»In diesem Fall tritt Plan B in Kraft. Ich erkläre Ihnen das nachher.«

Kling funkte den Einsatzleiter an und gab ihm die neue Lage durch. »Okay«, kam die Antwort. »Um 18:30 Uhr ziehen wir ab. Schöne Scheiße, was?«

»Das kann man wohl sagen. Vor allem für Lienhardt sehe ich ein paar größere Probleme. Ich kümmere mich um ihn.«

Was immer ihren Verdacht erregt hatte, die Jäger des mysteriösen Schatzes würden einen neuen Anlauf nehmen, diesmal einen weit weniger berechenbaren. Sie wollten den Film. Sie gingen über Leichen. Und womöglich würde Lienhardt die nächste sein.

29

Nun also Plan B. Das war ärgerlich, aber unvermeidlich. Es hatte wenig mit strategischem Vorgehen zu tun, sondern hieß in erster Linie: kein weiteres Opfer riskieren. Für Jens Lienhardt war Personenschutz organisiert worden, wenigstens vorübergehend, bis die Täter gefasst würden. Doch wie und wann sollte das vor sich gehen? Markus Kling und sein Team sahen sich der frustrierenden Tatsache gegenüber, dass es nach dem gescheiterten Treffen noch immer keinerlei Hinweise auf Dominik Wensauers Mörder gab. Damit blieb im Moment nur der codierte Mikrofilm als Anhaltspunkt. Wenn es gelänge, den Text zu entschlüsseln, wäre das ein entscheidender erster Schritt. Sie mussten wissen, wonach die Täter suchten; dann konnten sie daraus Schlüsse ziehen und vielleicht ein Profil ableiten oder wenigstens erste Puzzleteile. Wie mit Lenz Finsinger besprochen, machte sich Kling an die Aufgabe, das analoge Format in ein digitales umzuwandeln, und das möglichst schnell.

Sein Sondierungsanruf im Rosenheimer Präsidium hatte sofort Erfolg. »Klar, kein Problem«, erklärte ihm der zuständige Kollege. »Ich kann Ihnen JPEG- oder PDF-Dateien machen lassen. Ist es eilig?«

»Sehr eilig. Wie lange brauchen Sie denn?«

»Kommt auf die Filmlänge an ... vielleicht zehn, fünfzehn Minuten.«

Mit einem solchen Tempo hatte Kling gar nicht gerechnet. »Hervorragend!«, sagte er. »Ich schicke sofort einen Streifenwagen mit der Filmdose vorbei.«

Eineinhalb Stunden später hatte er die Dose zurück und eine E-Mail mit dem digitalisierten Film in seinem Postfach. Dessen Inhalt war sauber in einzelne Seiten unterteilt und ließ sich am Computerbildschirm komfortabel betrachten. Er blieb allerdings so rätselhaft, wie Lienhardt ihn geschildert hatte – eine endlose Folge kryptischer Buchstabenblöcke, die nicht das Geringste über ihre Bedeutung verrieten. Den Anhang bildete eine Reihe chemischer Strukturformeln, so viel war zweifelsfrei zu erkennen. Die ersten wirkten relativ einfach, vielleicht waren es irgendwelche Vorstufen. Dann folgten zunehmend komplexere Gebilde; undurchschaubare Kettenmoleküle, in denen sich bestimmte Elemente ständig wiederholten. As, Br, Hg, Mg – seltsam, diese Zusammenstellung. Arsen, Brom, Quecksilber, Magnesium, was sollte das? Von Chemie verstand Kling nicht viel und hegte auch kein großes Interesse dafür; schon am Gymnasium hatte er sich spontan für Physik als Wahlfach entschieden.

Wenigstens handelte es sich hier um Klartext. Für Experten, die sich mit der Materie auskannten, sollten die Formeln kein Buch mit sieben Siegeln sein. Kling beschloss, die Datei an das Kriminaltechnische Institut des BKA weiterzuleiten, dort würde man die Formeln mit Sicherheit deuten können. Aber welches Geheimnis steckte hinter den seltsamen Buchstabenreihen?

VVUJFXVM UPEGOBSN VOFWOQXM FZU-CUMWW HHNGSQGI

So ging es über mehrere Seiten, immer in Achtergruppen. Was war das? Ein Code, den jemand mit einer der legendären Enigma-Maschinen erzeugt hatte? Laut Tagebuch war der Mikrofilm im Jahr 1937 erstellt worden, das würde zeitlich hinkommen. Kling suchte im Internet nach Texten, die mit der Enigma-Technik verschlüsselt waren, doch sosehr er auch Google bemühte, die Beispiele, die er fand, bestanden alle aus Clustern von fünf Buchstaben, und hier waren es acht. Allerdings konnte es auch sein, dass jemand die Fünferreihen nachträglich zu Achtern umgruppiert hatte, um den Mechanismus zu verschleiern und das Entschlüsseln weiter zu erschweren.

Erneut wandte sich Kling an die Kollegen im Präsidium. Er kopierte zwei Reihen des codierten Textes in eine E-Mail, aber niemand konnte sich einen Reim auf diesen Buchstabensalat machen.

»Fragen Sie mal beim LKA nach«, riet ein erfahrener Hauptkommissar. »Vielleicht gibt es da Kryptologen, die sich mit so was auskennen.«

»Mit Enigma-Code? Meine Güte, das ist fast 80 Jahre her!«

»Ob es sich wirklich darum handelt, wissen Sie ja gar nicht. Und selbst wenn ... Es ist längst bekannt, wie die Dinger funktioniert haben. Das können Sie jederzeit im Internet nachlesen. Ist Ihnen der Name Alan Turing ein Begriff?«

»Klar. Ich hab auch den Film gesehen.«

»Na bitte. Es müsste doch mit dem Teufel zugehen, wenn die im LKA mit den heutigen Mitteln so etwas nicht decodieren könnten.«

Vielleicht war es auch gar nicht so kompliziert, wie es schien? Kling erinnerte sich, wie ihm der Geistesblitz mit dem Stuntman in Borells Haus gekommen war; eine einfache und logische Erklärung für eine scheinbar hirnverbrannte Aktion. Manchmal sieht man den Wald vor lauter Bäumen nicht.

Er rief Jens Lienhardt in dessen Wohnung an und erklärte ihm, was er vermutete. »Wahrscheinlich steckt eine simple Ziffernfolge hinter dem Code, allerdings müssten wir die erst mal finden.«

»Denke ich auch. Aber finden? Wie denn?«

»Erinnern Sie sich an diese Stelle in Gillessens Tagebuch? *Ich konnte eine passende Biedermeier-Schatulle erwerben, die beides an einem Ort vereint – den Mikrofilm und den Schlüssel zu seiner Decodierung.* Also muss beides irgendwie zusammenhängen!«

»Sie meinen, der Code ist in meiner Schatulle versteckt?«

»Wenn ich den Satz richtig interpretiere, wüsste ich nicht, was er sonst bedeuten soll. Ist Ihnen irgendwo eine Zahl aufgefallen?«

»In den Geheimfächern war nichts sonst, die habe ich gründlich untersucht.«

»Oder an der Schatulle selber? Vielleicht eine Jahreszahl?«

»Das könnte natürlich sein. Ich seh mal nach. Sekunde.«

Die Sekunde dauerte drei Minuten, dann war Lienhardt wieder dran. »Ja, Sie haben recht! Unten auf der

Rückseite ist ein kleines ovales Schild mit einer Gravur: ›Jos. Bruckner 1848‹. Scheint so, als hätte ein gewisser Josef Bruckner die Schatulle im Jahr 1848 angefertigt.«

»Danke, das könnte eventuell ein Hinweis sein.«

Eine vierstellige Zahl. Notwendig waren acht Ziffern, wenn Klings Vermutung stimmte. Immerhin war die Jahreszahl symbolträchtig; 1848, das Jahr der deutschen Revolution. Es könnte stellvertretend für eine politische Gesinnung stehen. Aber für die Entschlüsselung des Codes gab die Zahl nichts her, da musste noch ein anderer Mechanismus im Spiel sein. Kling sah jetzt wirklich nur einen Weg, um weiterzukommen: das Bayerische Landeskriminalamt in München, bewährter Freund und Helfer der polizeilichen Ermittler.

Doch auch sein Anruf beim BLKA verlief enttäuschend. »Für analoge Verschlüsselungen haben wir leider keine Fachkraft mehr im Haus«, erklärte ihm die zuständige Expertin, eine Frau Dr. Claudia Kinateder. »Das gibt es heute praktisch gar nicht mehr.«

»Mag sein, trotzdem habe ich gerade so einen Text auf dem Tisch. Absolutes Kauderwelsch. Sieht ähnlich aus wie Enigma-Code, scheint aber etwas anderes zu sein.«

»Hmmm«, sagte Dr. Kinateder gedehnt. »Enigma, das klingt ja interessant.« Und dann ließ sie plötzlich einen Hoffnungsschimmer aufblitzen: »Lassen Sie mich überlegen … Wir hatten mal einen Spezialisten, der sich mit solchen Sachen auskennt, allerdings ist der inzwischen pensioniert. Vielleicht kann er Ihnen weiterhelfen. Ich gebe Ihnen gern seine Telefonnummer. Die Adresse habe ich auch.«

Na also, geht doch, dachte Kling. »Danke, großartig!«, sagte er und ließ sich die Kontaktdaten des Pensionärs durchgeben. Eberhard Voitl hieß der Mann, und er war im wahrsten Wortsinn jetzt die Schlüsselfigur. Wenn er den Code nicht herausbekäme, wer sonst?

30

Also ein erneuter Anruf; langsam und zäh, aber zunehmend optimistisch arbeitete sich Kling zur Lösung des Rätsels vor. Voitl erwies sich als über die Maßen hilfsbereit; er schien sich darauf zu freuen, sein Expertenwissen für eine spannende Aufgabe einzusetzen. Zum Glück wohnte er nur wenige Kilometer von Miesbach entfernt. Kurz vor Dienstschluss fuhr Kling zu Voitls Reihenhaus in Weyarn, das in einem Neubaugebiet lag und anscheinend erst vor Kurzem bezogen worden war. Auf sein Klingeln wurde ihm von Frau Voitl, einer zierlichen Person mit graumeliertem Kurzhaarschnitt, die Haustür geöffnet. Offensichtlich war sie auf seinen Besuch vorbereitet.

»Mein Mann hockt vor dem Computer«, erklärte sie. »Er ist da immer schwer wegzukriegen, aber ich hole ihn sofort.«

»Und dabei ist er Spezialist für analoge Medien, wurde mir gesagt.«

Frau Voitl lachte. »Das ist er *auch*. Ein Universaltüftler eben. Ich bin sicher, dass er Ihnen weiterhelfen kann.«

»Klar kann ich das.« Eberhard Voitl war aus dem Obergeschoss heruntergekommen und sah Kling erwartungsvoll an. »Servus, Herr Kommissar, zu Ihren Diensten.«

Voitl mochte Pensionär sein, sah jedoch eher aus wie Mitte 50 statt wie über 70 und wirkte geistig ausgesprochen rege.

»Gut, dass der Kollege sich an mich erinnert hat«, sagte er. »Bei mir sind Sie garantiert richtig. Für solche Codes habe ich sogar selbst entwickelte Programme. Auf meinem PC laufen sie allerdings langsamer als beim LKA. Um was geht es denn? Enigma?«

»Eher nicht«, antwortete Kling. »Womöglich ist es etwas noch Komplizierteres. Oder, was ich vermute, etwas Einfacheres, und ich sehe nur den Wald vor lauter Bäumen nicht.«

»Etwas Einfacheres?« Voitls Miene verzog sich leicht. »Das wäre ja keine Herausforderung. Eher eine Fingerübung.«

»Ja, meinen Sie? Umso besser. Ihr Wort in Gottes Ohr.«

»Der wird mich schon hören. Also, dann folgen Sie mir bitte. Lena, machst du uns einen Kaffee? Das hilft beim Denken.«

»Aber gerne«, sagte Frau Voitl und verschwand umgehend in der Küche. Die beiden stiegen die Treppe hinauf ins Obergeschoss, wo Voitl sein Arbeitszimmer hatte. Die Anzahl der Computer und Monitore, die dort zwischen überladenen Bücherregalen und Aktenschränken stand, ließ keinen Zweifel daran, dass er auch in der digitalen Welt zu Hause und überdies up to date war.

»Und hier knacken Sie am laufenden Band irgendwelche Geheimcodes?«, fragte Kling.

Voitl musste lachen. »Schön wär's! Nein, das kommt nur sehr selten vor. Langeweile gibt's bei mir trotzdem nicht. Wenn man will, hat man immer zu tun. Zum Beispiel habe ich ein paar Apps entwickelt, außerdem denke ich mir knifflige Rätselaufgaben für alle möglichen Internetportale aus. Das sind natürlich Clickbaits, die haufenweise mit Werbung garniert werden. Aber mir macht so was Spaß, und ein bisschen Geld bringt es auch.«

»Dann sind Sie ja gut ausgelastet«, sagte Kling.

»Kann man so sagen. Also, zeigen Sie mal her, was Sie für mich haben.«

Kling gab ihm einen USB-Stick mit der PDF-Datei, und Voitl schob ihn in den Port eines nagelneu aussehenden Computers. »Fünf-Gigahertz-Prozessor«, erklärte er. »Der rechnet schon ziemlich schnell.« Auf dem Bildschirm erschien der bekannte kryptische Text:

VVUJFXVM UPEGOBSN VOFWOQXM FZUCUMWW HHNGSQGI …

»Hmmm. Das sind Gruppen von acht Buchstaben«, stellte Voitl trocken fest.

»Ja. So viel sehe ich auch. Und es gibt eine Zahl, die wahrscheinlich etwas mit der Lösung zu tun hat, aber die ist leider vierstellig. 1848. Die Frage ist, wie geht das zusammen?«

»Nun ja«, sagte Voitl. »Denken wir das Ganze mal systematisch durch. Die einfachste Methode ist das Transpositionsverfahren.«

»Was heißt das?«

»Das ist der Sammelbegriff für einige simple und uralte Verschlüsselungsverfahren, schon seit biblischen Zeiten bekannt. Die Buchstaben im Text werden nach einem bestimmten Schlüssel umgeordnet. Dafür gibt es unterschiedliche Möglichkeiten, die wären mit Computerhilfe ziemlich schnell durchprobiert. In den 1930er-Jahren gab es schließlich schon hochentwickelte Enigma-Maschinen, deswegen dürfte man kaum zu einer so banalen Lösung gegriffen haben.«

»Ja, das halte ich auch eher für unwahrscheinlich.« Kling kratzte sich ratlos den Kopf.

»Außerdem sind es ja nicht zufällig Gruppen von acht Buchstaben«, ergänzte Voitl. »Folglich tippe ich logischerweise auf einen achtstelligen Zahlencode, das wäre dann schon wesentlich schwieriger. Probieren wir's mal mit einer Verdoppelung. 18481848.«

Er hackte die Ziffernfolge in die Tastatur, dann kopierte er die ersten Zeilen aus dem PDF und gab seinem elektronischen Schnelldenker ein paar Programmbefehle. Das Ergebnis wurde nach weniger als zehn Sekunden ausgespuckt, doch es war eine einzige Enttäuschung:

UNQBEPRE THAZNTOF UGBONITE ERQUTESO GZJYRICA

Und so weiter und so fort. Der gleiche Buchstabensalat wie vorher, nur anders umgerührt.

»Zefix!«, entfuhr es Kling. »Und wenn wir's andersherum versuchen? 84818481?«

»Okay. Mal schauen.«

Der Prozessor rechnete, die Sekunden vergingen, und erneut erschienen wirre Kombinationen auf dem Bildschirm.

»Das war's also auch nicht«, seufzte Voitl. »Was macht Sie denn überhaupt so sicher, dass Ihre Jahreszahl der Schlüssel ist?«

»Es gab da einen Hinweis«, antwortete Kling unbestimmt. »Deswegen hatte ich einen guten Grund, die Lösung in dieser Ziffernfolge zu vermuten.«

»Aber darin steckt sie offensichtlich nicht. Damit wird das Ganze zum Ratespiel.«

»Fürchte ich auch.

»Ein achtstelliger Code!«, sagte Voitl resigniert und streckte acht Finger aus, um die Dimension des Problems auf simple Weise anschaulich zu machen. »Acht Stellen! Wenn Sie da raten müssen, haben Sie zehn hoch acht Versuche, die Null lässt sich in diesem Fall ja mitverwenden. Lassen Sie mich mal schnell überschlagen … zehn hoch acht … Das sind 200 Millionen Möglichkeiten. Vorausgesetzt, die Transposition erfolgt bei jeder Stelle in derselben Richtung, andernfalls vervielfacht sich das. Und anschließend müssten wir die 200 Millionen Ergebnisse, vielleicht auch mehrere Milliarden, noch auf sinnvollen Text überprüfen.«

Das klang nicht gerade ermutigend. »Also wird es problematisch?«, fragte Kling.

Voitl winkte ab. »Sorry, da wäre mein Rechner überfordert, der würde Tage oder Wochen dazu brauchen.«

»Und wenn wir die ZITis einspannen?«, unternahm Kling einen letzten Versuch. Seines Wissens besaß die »Zentrale Stelle für Informationstechnik im Sicherheitsbereich« Rechner, die zu solchen Leistungen fähig waren. »Mit Brute Force und KI sollten die Computer dort das doch in wenigen Stunden erledigt haben.«

»Gut möglich. Der Vorgang an sich kann trotzdem dauern. Für eine ZITis-Anfrage müssen Sie sich ans Bundeskriminalamt wenden, das ist der vorgeschriebene Dienstweg.«

»Um Gottes willen. Viel zu umständlich.«

»Oder Sie versuchen es bei der Bundeswehr, da gibt es auch Spezialisten für Verschlüsselungen.«

»Bundeswehr?« Das klang verblüffend naheliegend, aber Kling überlegte kurz und schüttelte dann den Kopf. »Nein, das nun doch lieber nicht«, entschied er. Wenn der Film eine militärische Botschaft enthielt, wäre es äußerst unklug, ausgerechnet das Militär in dieses Geheimnis einzuweihen. Allmählich beschlich ihn das Gefühl, in der Klemme zu sitzen. Vielleicht war diese Sache doch zu groß für einen kleinen Kriminalbeamten aus Miesbach, womöglich wäre sie besser beim BND oder MAD aufgehoben.

Frau Voitl brachte die Kaffeekanne und ein Tablett mit zwei Tassen.

»Danke«, sagte Voitl und schenkte ein. »Anscheinend haben wir die Denkarbeit schon ergebnislos hinter uns gebracht.«

»Ihr habt nichts herausbekommen?«, fragte seine Frau sichtbar enttäuscht. »Das ist ja schade.«

»Jammerschade«, bekräftigte Voitl, »ich bin eben auch nicht der liebe Gott. – Aber mal andersherum«, wandte er sich an Kling, »wie wichtig ist denn dieses Material überhaupt? Sie haben gesagt, der Film stammt aus den späten 30er-Jahren. Was soll denn da so Weltbewegendes drauf sein? Oder was wollen Sie damit aufklären?«

»Letzten Endes einen Mord. Aber wie dieser verdammte Text damit zusammenhängt, weiß ich leider selbst nicht. Auf jeden Fall scheint er Informationen zu enthalten, auf die es ein paar skrupellose Typen abgesehen haben.«

»Verstehe. Mehr als BKA und Bundeswehr kann ich Ihnen leider nicht anbieten. Ich meine, wenn es einigermaßen schnell gehen soll.«

»Es muss sogar schnell gehen. Wir haben einen hochgradig gefährdeten Zeugen, und je eher dieser Code geknackt wird, desto besser für seine Sicherheit.«

31

Es ging um Mord, es ging um die Gesundheit und sogar das Leben von Jens Lienhardt und wahrscheinlich noch um einiges mehr. Der Text des Mikrofilms war das Einzige, was die Ermittlungen weiterbringen konnte. Darin musste das Motiv zu finden sein; im nächsten Schritt würde es sie hoffentlich zu den Tätern führen. Kling war wild entschlossen, das Rätsel des Codes zu lösen, notfalls im Alleingang.

»Es sieht mal wieder nach Heimarbeit aus«, erklärte er Vroni, als er zu Hause angekommen war.

»Aha«, kommentierte sie sachlich. »Dann kann ich heute wohl wieder allein schlafen gehen. Ich seh dir doch an, dass du größere Probleme wälzt.«

»Ja? Merkt man das?« Kling war verblüfft, das Klischee weiblicher Intuition so klar bestätigt zu finden.

»*Ich* merke es jedenfalls. Es hat mit diesem Mord zu tun, oder?«

»Ja. Dominik Wensauer. Wenn ich Glück habe, komme ich der Aufklärung des Falls heute Nacht näher. Drück mir die Daumen.«

»Na klar. Übrigens, bevor ich's vergesse: Leo hat vorhin angerufen. Anscheinend geht ihm sein altes Hobby ab, jedenfalls möchte er eine Mountainbike-Tour mit uns machen. Wir sollen irgendein Datum vorschlagen.«

»Schön … okay«, antwortete Kling geistesabwesend. »Ich muss mir erst meinen Dienstplan … Äh, was hast du gerade gesagt?«

»Leo möchte eine Mountainbike-Tour …«

»Nein, danach!«

»Wir sollen ein Datum …«

»Datum! Datum!« Kling fiel Vroni um den Hals und küsste sie. »Ein Datum! Natürlich! Das ist es! Meine Güte, ich Idiot!«

»Sag mal, drehst du jetzt völlig durch?«, fragte Vroni konsterniert.

»Erklär ich dir später«, sagte er, löste seine Umarmung und ließ sie kopfschüttelnd zurück. »Vielleicht hast du gerade unseren Fall gelöst.«

Acht Buchstaben. Acht Stellen. Welche Zahlen haben acht Stellen? Datumsangaben. Tag, Monat, Jahr. Die Ziffernfolge zum Entschlüsseln des Codes musste ein Datum sein. Ein bestimmter Tag des Jahres 1848.

Wer intelligent genug und nicht geschichtsvergessen ist, hatte Gillessen geschrieben, *wird leicht erkennen, um was es geht.*

Also, was war 1848 los gewesen? Kling hetzte förmlich an seinen Schreibtisch, fuhr den PC hoch und googelte die Chronik des besagten Jahres. Möglich: erste Zusammenkunft des ersten gesamtdeutschen Parlaments, der Frankfurter Nationalversammlung. 18. Mai 1848. Das würde passen, hatten Grotekamp und Gillessen senior dem Naziregime doch offenbar kritisch gegenübergestanden.

Kling nahm einen Block und einen Kugelschreiber zur Hand und übertrug Buchstabe um Buchstabe nach diesem Schema, indem er im Alphabet die entsprechenden Codierungsschritte in umgekehrter Richtung vollzog.

1 8 0 5 1 8 4 8
VVUJFXVM

V wird rückwärts um 1 Stelle verschoben = U
V wird rückwärts um 8 Stellen verschoben = N
U wird rückwärts um 0 Stellen verschoben = U
J wird rückwärts um 5 Stellen verschoben = E
F wird rückwärts um 1 Stellen verschoben = E
X wird rückwärts um 8 Stellen verschoben = P
V wird rückwärts um 4 Stellen verschoben = R
M wird rückwärts um 8 Stellen verschoben = E

Ergebnis:
UNUEEPRE

Wieder nichts! Es war zum Verrücktwerden, einmal mehr fast derselbe Buchstabensalat wie bei Eberhard Voitl. Er versuchte es mit zwei weiteren Buchstabengruppen.

1 8 0 5 1 8 4 8 1 8 0 5 1 8 4 8
UPEGOBSN VOFWOQXM

Das Ergebnis las sich kaum anders:
THEBNTOF UGFRNITE

Wieder Fehlanzeige. Herrgott! Es musste noch ein anderes bedeutendes Datum geben, eines mit ähnlicher

Symbolkraft. Außerdem, überlegte Kling, müsste es ein Datum sein, das man nur achtstellig schreiben konnte und nicht auch siebenstellig wie den 18. Mai. Demnach müsste es in den Monaten Oktober bis Dezember liegen. Akribisch durchsuchte er die Chronik des letzten Quartals in Wikipedia, und kurz vor dem Jahreswechsel wurde er endlich fündig: 27.12.1848, das Datum der erstmaligen Verkündung der Grundrechte in Deutschland.

27121848, das konnte – nein, das musste es sein! Hoffentlich war der Code nicht zusätzlich durch ein vertracktes Vorwärts-Rückwärts-Muster verkompliziert; das würde die Entzifferung nahezu unmöglich machen. Kling unternahm einen neuen Versuch.

27121848	27121848
VVUJFXVM	UPEGOBSN

27121848	27121848	27121848
VOFWOQXM	FZUCUMWW	HHNGSQGI

27121848	27121848	27121848
TOTHEPRE	SIDENTOF	THEUNITE

27121848	27121848
DSTATESO	FAMERICA

Bingo! Es funktionierte! Das waren zwar zerstückelte, aber nach sinnvollen Wörtern aussehende Buchstabengruppen. Besser hätte es selbst ein Supercomputer bei der ZITis nicht hinbekommen, allenfalls schneller. Man brauchte die Gruppen nur noch sinnvoll zu ordnen, und schon wurden sie zu Klartext:

TO THE PRESIDENT OF THE UNITED STATES OF AMERICA

Geschafft. Gratuliere, Frau Sommer, dachte Kling, Sie haben soeben unbeabsichtigt Alan Turing, Eberhard Voitls Computer und Hauptkommissar Markus Klings Detektivsinn geschlagen. Und das bedeutete zu seiner Freude vor allem: Vroni würde heute nicht allein zu Bett gehen müssen.

32

Kling hätte allzu gern den ganzen Text entschlüsselt, aber das hatte sich als aussichtslos erwiesen. Mehr als eine Stunde hatte er am Vorabend gebraucht, um nur die Einleitung zu entziffern, und das gesamte Dokument umfasste volle 18 Seiten. Immerhin kam der Verfasser ohne große Umschweife zur Sache; das ließ die Brisanz der Botschaft auf Anhieb erkennen. 1937 war die Nachricht geschrieben worden, vier Jahre nach Beginn der Naziherrschaft in Deutschland. Kling hatte schon beim ersten Satz gespürt, wie ihn ein Schauder überlief. Ihm war, als würde ihn eiskalt und modrig der Hauch der Geschichte anwehen, aus irgendeiner längst vergessenen und nun plötzlich geöffneten Gruft heraus.

April 20th, 1937

Dear Mr. President, as responsible German scientists we would like to inform you of a research result which causes us great concern with regard to Adolf Hitler's political plans. We fear that the chemical substance we have synthesized within the framework of a secret project of Reichswehrminister Werner von Blomberg could be misused for warlike purposes in the foreseeable future. Therefore, we kept the result to ourselves and decided to make all documents and protocols of this development available to the U.S. government.

Sehr geehrter Herr Präsident, als verantwortungsbewusste deutsche Wissenschaftler möchten wir Sie von einem Forschungsergebnis in Kenntnis setzen, das uns hinsichtlich der politischen Pläne Adolf Hitlers große Sorgen bereitet. Wir fürchten, dass die chemische Substanz, die wir im Rahmen eines Geheimprojekts von Reichswehrminister Werner von Blomberg synthetisiert haben, in absehbarer Zeit zu kriegerischen Zwecken missbraucht werden könnte. Deshalb haben wir das Ergebnis für uns behalten und beschlossen, alle Unterlagen und Protokolle dieser Entwicklung der US-Regierung zur Verfügung zu stellen.

Ein Geheimprojekt. Was konnte das sein? Ein Giftgas? Das Ausgangsmaterial zu einer Superbombe? Beim BKA würde man vermutlich die chemischen Formeln entschlüsseln können, aber ohne die verbale Erläuterung fehlte der gesamte Kontext dazu.

Noch bevor Kling in die Inspektion aufbrach, rief er erneut bei Eberhard Voitl an. »Sieht so aus, als hätte ich die Lösung gefunden«, sagte er. »Und das sogar ganz ohne Software.«

Voitl fiel geradezu hörbar aus allen Wolken. »Was? Im Ernst?«, fragte er fassungslos. »Sie haben den Code entschlüsselt? Dann wären Sie das größte Genie seit Alan Turing.«

»Nein, daran war überhaupt nichts Geniales. Es war eine Zufallseingebung, und die hat halt auf Anhieb gepasst.«

»Na super, herzlichen Glückwunsch zu Ihrer Intuition! Aber wenn das so ist, brauchen Sie mich ja nicht mehr.«

»Leider doch. Den ersten Absatz hab ich zwar in Klartext umgewandelt, das komplette Dokument in Handarbeit zu transkribieren würde allerdings Tage dauern. So viel Zeit haben wir nicht. Sie mit Ihrer Spezialsoftware müssten das doch ruckzuck schaffen. Kann ich heute noch mal bei Ihnen vorbeikommen, am besten sofort?«

»Klar, passt scho«, antwortete Voitl spontan. »Bringen Sie mir den Text am besten als Worddatei, dann ist das kein Hexenwerk. Ich würde sagen, es dauert höchstens ein paar Minuten.«

Kling fiel ein Stein vom Herzen. »Super, herzlichen Dank. Allerdings müsste ich Sie bitten, den Text diskret zu behandeln und nicht zu lesen.«

»Nun ja«, sagte Voitl leicht konsterniert, »ich kann mir ja schlecht die Augen verbinden. Die erste Seite werde ich auf dem Bildschirm zwangsläufig sehen.«

»Die ist auch gar nicht das Problem. Es geht um den Rest. Die Sache ist einfach zu heikel, als dass jemand Außenstehendes davon erfahren dürfte.«

»Öha, was haben Sie denn gefunden? Ein Staatsgeheimnis?«

»Ja, so was in der Art. Vermute ich wenigstens.«

»Ist das nicht doch eher ein Fall für den Bundesnachrichtendienst?«

»Gut möglich, je nachdem, was für Informationen der Film enthält. Meine Kollegen und ich werden den Text analysieren und anschließend entscheiden, was zu tun ist.«

33

November 1980

»Ich muss ein bisschen ausholen«, begann Grotekamp und nippte an seinem Weinglas. »Was meinst du, wie lange kommst du ohne Schlaf aus, Heinrich?«

Gillessen sah ihn verblüfft an. Eine solche Frage hätte er am wenigsten erwartet. »Keine Ahnung«, antwortete er, »das hab ich noch nie wirklich ausgetestet. Wieso?«

»Das erkläre ich dir gleich. Sag einfach, was du denkst. 20 Stunden? Oder 25?«

»Ich glaube, die längste Nacht, in der ich durchgefeiert habe, ging bis 7 oder 8 Uhr morgens; danach bin ich ins Bett gefallen wie ein nasser Sack. Das ist lange her, deswegen weiß ich die Uhrzeit nicht mehr genau. Aber an die 24 Stunden werden es alles in allem gewesen sein. Länger hätte ich sicher nicht durchgehalten.«

»Danke, mit so einer Zahl hatte ich gerechnet. Der inoffizielle Guinness-Rekord liegt übrigens bei elf Tagen, soweit ich weiß; allerdings dürfte sich der Kandidat schon am dritten Tag wie besoffen gefühlt haben. Nach 48 Stunden geht die Leistungsfähigkeit in den Keller, da ist man nur noch ein halber Mensch. Und irgendwann fängt man an zu halluzinieren und irre zu reden, schlimmer als im Vollrausch. Das Gehirn dreht als Erstes durch, dann folgen andere Organe, und wenn man es bis zum Äußersten treibt, kommt es schlussendlich zum Exitus. Also ... mit Schlafentzug kannst du Menschen nicht nur foltern, sondern auch töten.«

»Das leuchtet mir ein. Aber worauf wollen Sie ... willst du hinaus?«

Grotekamp machte eine Pause und sah Gillessen eindringlich in die Augen. »Es geht um eine biologische Grundsatzfrage«, sagte er schließlich. »Kannst du dir vorstellen, volle zwei Wochen lang nicht zu schlafen und trotzdem topfit zu sein?«

Gillessen verzog sein Gesicht zu einem ungläubigen Lächeln und schüttelte den Kopf. »Nee. Wie soll das denn gehen?«

»Genau. Wie soll das gehen? Normalerweise würde man sagen, das ist vollkommen unmöglich. Aber meine Kollegen und ich haben das Unmögliche geschafft, und davon möchte ich dir jetzt erzählen. Es ist ein Geheimnis, das ich seit über 40 Jahren mit mir herumschleppe.«

Grotekamp stellte sein Weinglas, das er die ganze Zeit in der Hand behalten hatte, auf dem Couchtisch ab und lehnte sich zurück. »Damals, in den 30er-Jahren«, begann er seinen Bericht, »haben dein Vater, unser Kollege Sebastian Krüger und ich an einem Regierungsauftrag gearbeitet. Du weißt ja, 1936 war das große Olympiajahr, die Superleistungsschau für die Nazis, und wir sollten nach möglichen Dopingmitteln für deutsche Athleten forschen. Das ging von der Frankfurter Universität aus und wurde gemeinsam mit der IG Farben organisiert.«

»Die Regierung hat offiziell Dopingmittel in Auftrag gegeben?«

»Genau das. Hitler war ja besessen von der Überlegenheit der germanischen Rasse, also musste es möglichst viele deutsche Gewinner geben. Und wir sollten mit chemischen Tricks nachhelfen, das war unser Geheimauftrag. Es ist zwar nichts wirklich Weltbewegendes dabei herausgekommen, aber mit synthetischem Testosteron und ein paar Mittelchen obendrauf konnten wir trotzdem Einiges erreichen.«

»Und das ist bei keiner Kontrolle aufgeflogen?«, fragte Gillessen ungläubig.

»Nein, so was gab es damals noch gar nicht. Dopingkontrollen wurden erst 1968 in Mexiko eingeführt. Ich schätze, nach heutigen Maßstäben würde der deutschen Mannschaft von 1936 mindestens ein Viertel ihrer Medaillen aberkannt.« Grotekamp lachte trocken und hustete wieder. »Aber das war nicht alles. Weißt du, wir haben in sehr unterschiedliche Richtungen geforscht. Und ganz zufällig, mehr aus Versehen, haben wir dabei eine Substanz entdeckt, die genau das bewirkt, was ich dir eben erzählt habe.«

»Dass Menschen bis zu zwei Wochen ohne Schlaf auskommen.«

»Richtig. Und zwar ohne die Nebenwirkungen anderer Aufputschmittel wie Pervitin.«

»Pervitin sagt mir was«, warf Gillessen ein. »Angeblich wären die schnellen Erfolge der Wehrmacht im Blitzkrieg ohne das Zeug gar nicht möglich gewesen.«

»Da hast du völlig recht. Man nannte es damals auch Panzerschokolade. Pervitin ist ein sehr potentes Aufputschmittel, aber … und das ist ein *großes* Aber: Es mobilisiert die letzten Energiereserven und schiebt die

Erschöpfungsgrenze hinaus. Letztendlich bedeutet das Schlafentzug und damit Raubbau am eigenen Körper. Deswegen haben es sogar die Nazis ein paar Jahre später verboten. Bei der Substanz, die wir synthetisiert haben, ist das anders. Sie entzieht nicht den Schlaf, sondern macht ihn offenbar überflüssig – jedenfalls bis zu einem Maximum von circa 14 Tagen. Die geistige Regheit war jedenfalls bis zum Schluss unvermindert und tendenziell sogar gesteigert.«

»Wahnsinn. Und wie habt ihr das herausgefunden?«

»Mit Laborratten. Die Tiere waren bei täglicher Verabreichung einer Dosis von 100 Milligramm fast zwei Wochen ununterbrochen aktiv, 24 Stunden täglich, ohne die geringsten Anzeichen von Müdigkeit.«

»Und wie habt ihr das überwacht? Ich meine, damals gab es ja noch keine Videokameras.«

»Ganz einfach, per Zeitraffer. Mit einer Filmkamera, die eine Aufnahme pro Sekunde machte. So konnten wir einen ganzen Tagesablauf in eine Stunde zusammenpressen. Die gesamte Phase ohne Schlaf wurde lückenlos dokumentiert. Erst nach 13, 14 Tagen sind die Tiere langsam der Reihe nach müde geworden. Sie haben dann ungefähr 16 Stunden geschlafen, danach waren sie wieder so munter wie zuvor.«

»Unfassbar.«

»Ja, wir konnten es selbst kaum glauben. Aber die Filmaufnahmen waren eindeutig. Dein Vater war schließlich so mutig … oder leichtsinnig, das Ergebnis am menschlichen Organismus zu verifizieren.«

»Er hat einen Selbstversuch unternommen?«, fragte Gillessen entgeistert.

»Ja. Und es hat funktioniert.«

»Also eine Art Über-Pervitin.«

»Wenn du so willst, ja.«

Gillessen schüttelte stumm den Kopf. Dann fiel ihm etwas ein. »Wie lange hat denn dieser Selbstversuch gedauert?«, wollte er wissen.

»Ziemlich genau zwei Wochen.«

»Gab es nur diesen einen?«

»Nur diesen einen.«

»Und wann war das?«

»Gegen Ende 1935, soweit ich mich erinnern kann. Wieso?«

»Da mein Vater eineinhalb Jahre später ums Leben gekommen ist, konntet ihr mögliche Langzeitfolgen bei Menschen gar nicht untersuchen«, sagte Gillessen. »Bist du sicher, dass es auf Dauer nicht doch die Gesundheit schädigt, wenn man die Schlaffunktion einfach – wie soll ich sagen? – ausschaltet?«

Grotekamp nickte. »Guter Einwand. Ja, ich kann mir vorstellen, dass sich eine länge Einnahme irgendwann negativ auswirken würde, etwa auf das Immunsystem und den Stoffwechsel. Aber nach so etwas hat damals niemand gefragt. Und überhaupt … Für die Olympioniken war das Zeug sowieso unbrauchbar, allein schon wegen des permanenten Wachzustands. Der wäre ja unweigerlich aufgefallen. Außerdem bewirkt es keinen Kraft- oder Leistungszuwachs, sondern verbessert nur die Kondition. Man hätte es allenfalls bei Marathonläufern einsetzen können. Und … wie du vielleicht schon ahnst, bei Soldaten.«

»Und deswegen habt ihr es unterschlagen.«

»Genau. Weil wir Hitlers Kriegspläne vorausgeahnt haben. Wir hatten Einblick in diverse Geheimdokumente des Vierjahresplans, weil sich ein paar Leute ungefragt in unsere Forschungsarbeit eingemischt haben. In der Endphase des Projekts war nicht nur Hans von Tschammer und Osten, sondern auch Generalfeldmarschall von Blomberg direkt beteiligt.«

»Sorry, die Namen sagen mir nichts.«

»Hans von Tschammer und Osten war Reichssportführer, Werner von Blomberg Reichswehrminister. Außerdem gab es einen untergeordneten Großkotz in seinem Ministerium, der sich mal böse verplappert hat. Damit war uns klar, dass die Nazis dieses Mittel ohne Zögern einsetzen würden, um Soldaten in regelrechte Kampfroboter zu verwandeln.«

»Und das habt ihr verhindert.«

»Richtig.«

»Das war ja eigentlich ... Hochverrat, oder?« Gillessen konnte nicht umhin, die Haltung und den Mut der drei Wissenschaftler zu bewundern.

»Wenn es herausgekommen wäre, hätte man uns wahrscheinlich in ein Sondergefängnis gesteckt«, antwortete Grotekamp sachlich. »Und wir hätten unter vielleicht schwerer Bewachung weitermachen dürfen. Oder müssen. Vielleicht wären wir auch sofort liquidiert worden.«

»Wie ging es dann weiter?«

»Wir haben nach langer Diskussion beschlossen, unsere Arbeit nicht einfach zu verwerfen. Stattdessen haben wir strategisch gedacht und überlegt, dass wir die Aufzeichnungen am besten den Amerikanern zuspielen. Genauer gesagt, ich hatte die Idee, und meine Kollegen haben sich letzten Endes überzeugen lassen. Es war ja schon damals klar, dass die Amis am ehesten in der Lage sein würden, einem deutschen Eroberungsfeldzug entgegenzutreten. Zum Glück gab es da diese Fachtagung in New York, die wollten wir für ein konspiratives Treffen nutzen. Ich hatte einen Kontaktmann in Washington, der informiert war und einen guten Draht ins Weiße Haus besaß.«

»Und dort seid ihr zusammen mit dem Zeppelin hingeflogen?«

»Ja. Luxus pur. Zuerst wollte man uns diese Reise nicht genehmigen, jedenfalls nicht auf Staatskosten, aber in Anbetracht der Verdienste, die wir uns um das Reich erworben hatten, hat von Tschammer ein Machtwort gesprochen und die nötigen Mittel lockergemacht. Zur Sicherheit haben wir vor der Abreise das Dokument chiffriert und uns darauf geeinigt, den Schlüssel dafür niemals und nirgendwo schriftlich festzuhalten. Dein Vater hat ein Datum für den Code vorgeschlagen: 27.12.1848, der Tag, in dem in Deutschland erstmals die Grundrechte verkündet wurden.«

»Ich weiß, das war in der Paulskirche.«

»Richtig, hier in Frankfurt, wo wir ja alle wohnten. Das Datum war also doppelt naheliegend. 27121848, wenn man die Punkte weglässt. Es ist bei Weitem nicht so raffiniert wie das Enigma-Verfahren, aber doch ziemlich gut. Unter anderem, weil jeder Buchstabe immer wieder anders verschlüsselt wird und dadurch verräterische Häufigkeitsgebirge vermieden werden.«

»Häufigkeitsgebirge? Was meinst du damit?«

»Es gibt Buchstaben, die im Deutschen besonders oft vorkommen, das ist vielfach statistisch belegt. Das

E hält, glaube ich, den Rekord, danach folgen N, I, und S. Aus dieser Häufigkeitsverteilung kann man bei einer immer gleichen Verschiebung im Alphabet relativ leicht den Klartext ermitteln. Bei unserem Zahlencode ist das unmöglich.«

»Genial!«, entfuhr es Gillessen.

»Ja, wenn alles so gelaufen wäre wie geplant. Du weißt ja selbst am besten, was dann passiert ist.«

»Die Explosion.«

Grotekamp nickte ernst. »18:25 Uhr. Der Zeitpunkt hat sich bei mir fürs Leben eingebrannt.«

Eine Gesprächspause entstand. Gillessen spürte, wie ihn jenes unheimliche Gefühl beschlich, das ihn zeit seines Lebens begleitet und sich in Schüben plötzlichen Schauderns äußerte, bis hin zu wirren, quälenden Albträumen. Er selber war ja ein Passagier von LZ 129 Hindenburg gewesen, wenn auch ungeboren, war der Flammenhölle entkommen, ohne die geringste Erinnerung an die Katastrophe zu haben. Wie auch? Alles, was er wusste, stammte aus Erzählungen seiner Mutter. Und diese Erzählungen hatten ihn geprägt.

»Um deinen Vater trauere ich bis heute«, nahm Grotekamp den Faden wieder auf. »Wir hatten ein gutes, geradezu freundschaftliches kollegiales Verhältnis – und dasselbe gilt auch für Sebastian Krüger. Du kannst dir vorstellen, wie mir zumute war, als ich von ihrem Tod erfahren habe.«

»Klar. Das muss ein furchtbarer Verlust gewesen sein.«

»Ich war seelisch am Boden zerstört«, erzählte Grotekamp, »aber zugleich habe ich eine unheimliche Wut auf die USA entwickelt. So viele unnötige Todesopfer!

Schließlich war das Helium-Embargo schuld, dass die Zeppeline notgedrungen mit Wasserstoff geflogen sind; mit Helium hätte das Unglück überhaupt nicht passieren können. Und da hat bei mir eine Trotzreaktion eingesetzt.«

»Du hast also beschlossen, eure Entdeckung für dich zu behalten.«

»Ja. Alle Papierdokumente und die Zeitrafferfilme mit den Laborratten hatten wir sowieso vernichtet, es gab nur diesen Mikrofilm. Gegenüber unserem Mittelsmann habe ich behauptet, er sei in den Trümmern der Hindenburg verbrannt. In Wirklichkeit habe ich ihn einfach in der Tasche behalten. Sicher eine Kurzschlusshandlung, wir standen damals ja alle unter Schock, und ich war eben ein zorniger junger Mann. Hinterher ist man immer klüger; ich hätte das Ganze sine ira et studio betrachten sollen. Glaub mir, ich mache mir bis heute Vorwürfe deswegen. Hätten die Amerikaner Zugriff auf unsere Entdeckung gehabt, wäre der Krieg womöglich Wochen oder Monate früher zu Ende gegangen, und es hätte Tausende Opfer weniger gegeben. – Andererseits …« Grotekamp unterbrach sich und seufzte.

»Ja?«

»Wenn ich zurückblicke und bedenke, wie viele sinnlose Kriege die USA seit 1945 geführt haben … Korea, Vietnam, Kambodscha …«

Gillessen nickte zustimmend. »So gesehen, war es im Nachhinein vielleicht eine glückliche Fügung.«

»Ja, wer kann das schon sagen? Kurz und gut, in der Zwischenzeit habe ich mir mehrmals überlegt, ob ich den Film nicht besser vernichten soll. Bis heute bin ich mir nicht sicher, ob die Formel bei den Amerikanern in den richtigen Händen wäre. Aber man weiß ja nie … Jedenfalls betrachte ich dich als legitimen Erben, deswegen übergebe ich dir den Mikrofilm, bevor ich meinem höchsten Richter gegenübertrete. Was du damit machst, musst du selbst entscheiden.«

Gillessen begriff die Tragweite dieses Satzes sofort. »Und du hast überhaupt keine Bedenken, dass ich diese Formel zu meinem eigenen Vorteil missbrauchen könnte?«, fragte er. »Ich meine, wenn ich sie beispielsweise … sagen wir, an die Russen verkaufen würde. Da könnte ich mir doch eine goldene Nase verdienen.«

Dr. Grotekamp schüttelte den Kopf und lächelte fein. »Ach was. Ich kenne dich lange genug, um dir so etwas nicht zuzutrauen. Du bist zwar Spekulant, aber keiner von diesen Profitjägern, die für Geld und noch mehr Geld jede Schandtat begehen würden. Hab ich recht?«

Gillessen spürte, wie ihn ein leichter Schauer überlief. Ihm war, als könnte sein Gegenüber mit Röntgenaugen in seine Seele blicken. Aber es war kein unangenehmes Gefühl, im Gegenteil, es hatte etwas Erhebendes.

»Ja … ja, natürlich«, beeilte er sich zu versichern, und er meinte es ehrlich. »Aber trotzdem … Ich weiß nicht …«

»Was weißt du nicht?«

»Du überträgst mir damit eine ganz schön große Verantwortung. Ehrlich gesagt, ich bin mir nicht sicher, ob ich damit umgehen kann. Vielleicht schmeiße ich den Film sofort in den Kamin.«

»Wie gesagt, es ist deine Entscheidung«, erwiderte Grotekamp lapidar. »Ich schärfe dir den Code jetzt noch einmal ein, und das war's. Wenn du ihn vergessen solltest, nimm es als eine Art Gottesurteil.«

34

Gegenwart

Die Stimmung im Bunker war angespannt und gereizt. Erschwerend kam hinzu, dass die Klimaanlage seit Tagen nicht einwandfrei funktionierte. Obwohl die Gesprächsrunde drei Meter unter der Erde stattfand, sorgten die Lampen und die eingeschalteten Elektrogeräte für tropische Temperaturen. Den vier Teilnehmern rann der Schweiß über Gesicht und Hals. Obwohl es ein massives Problem zu bereden gab, vereinte sie der Wunsch, die Zusammenkunft möglichst kurz zu halten.

»Eins ist klar«, sagte der Hagere, »Lienhardt hat kalte Füße bekommen und alles der Polizei gesteckt. Und die hat jetzt natürlich den Film.«

»Kann damit aber zum Glück nichts anfangen ohne den Code«, ergänzte der Jüngste des Quartetts.

»Und den haben *wir*.«

»Eben. 1848, das kann man sich leicht merken, weil es auf ein historisches Jahr anspielt. Ohne diese Zahl beißt sich an den Texten jeder die Zähne aus. Sie ist nirgendwo notiert, soviel ich weiß, es gibt nicht den geringsten Hinweis darauf.«

»Gut«, sagte der Hagere. »Also werden die Bullen wenigstens nichts herausfinden. Aber wir brauchen den Film, verdammt noch mal. Wie kommen wir da ran?«

»Und vor allem, ohne erwischt zu werden«, ergänzte der Älteste in der Runde.

»Ich wüsste im Moment nur einen, den wir dafür einspannen können«, antwortete der Jüngste. »Und der hat es weiß Gott auch nicht besser verdient.«

»Jens Lienhardt.«

»Genau.«

»Verrätst du uns vielleicht noch, wie wir den in die Finger kriegen sollen? Der wird jetzt lückenlos abgeschirmt.«

»Eben. Die Bullen sind ja nicht blöd«, bekräftigte die Frau des Hageren.

»Ich aber auch nicht«, entgegnete der Jüngste ungehalten. »Ich hab mir längst überlegt, wie man das aufziehen könnte. Lasst mich nur machen.«

35

Eberhard Voitl hatte nicht zu viel versprochen. Dank seines Dechiffrierprogramms dauerte es keine 3,5 Minuten, bis alle 18 Seiten des von Markus Kling erstellten Worddokuments in Klartext umgewandelt und abgespeichert waren. Kling beeilte sich, den USB-Stick in die Inspektion zu bringen und den Text an seinem PC zu lesen.

Die dramatische Einleitung übersprang er, diesen Part hatte er schließlich in mühsamer Puzzlearbeit selbst enträtselt und kannte ihn fast auswendig. Danach ging es mit einer Einschätzung der politischen Weltlage weiter:

Möglicherweise, Herr Präsident, haben Sie Hitlers Pamphlet »Mein Kampf« gelesen. Auf jeden Fall möchten wir Ihre Aufmerksamkeit auf eine höchst beängstigende Stelle lenken, ich zitiere: »Wir stoppen den ewigen Germanenzug nach dem Süden und Westen Europas und weisen den Blick nach dem Land im Osten. Wir schließen endlich ab die Kolonial- und Handelspolitik der Vorkriegszeit und gehen über zur Bodenpolitik der Zukunft. Wenn wir aber heute in Europa von neuem Grund und Boden reden, können wir in erster Linie nur an Rußland und die ihm untertanen Randstaaten denken.«

Aus unserer Sicht, die übrigens von vielen geteilt wird, ist damit ganz unverhüllt ein Krieg gegen Polen und die Sowjetunion gemeint. Der würde zwar die USA nicht direkt betreffen, aber durch unsere Kontakte zum Kriegsministerium ist uns klar geworden, dass Hitlers Eroberungsdrang den Westen nicht verschonen wird. Frankreich, Belgien, die Niederlande und schließlich Großbritannien werden weitere Kriegsziele sein. Und wenn unsere Entwicklung der Wehrmacht in die Hände fallen würde, wäre diese im offenen Kampf nahezu unbesiegbar. Denken Sie auch an die Achsenmächte: Da entstünde ein weltbeherrschender Krake, der alles umschlingt und vernichtet …

Das klang nachgerade prophetisch, so als hätten die Verfasser den erst viereinhalb Jahre später erfolgten Angriff der Japaner auf Pearl Harbor vorausgeahnt.

Das können und dürfen wir nicht zulassen. Deshalb setzen wir auf die Vereinigten Staaten als einzige Macht, die in der Lage wäre, einem solchen konzertierten Eroberungsfeldzug entgegenzutreten. Dazu möchten wir unseren Beitrag leisten. Dieser besteht nicht aus einem Waffensystem, sondern aus einer hocheffektiven chemischen Formel, mit der sich die Kampfkraft jeder Armee um ein Vielfaches steigern ließe.

Es folgte ein lückenloses Protokoll, das endlich enthüllte, worum es hier ging: die Entdeckung eines Aufputschmittels, wie es die Welt noch nicht erlebt hatte – und das quasi aus Versehen, wie es im Text hieß. Eigentlich hatten die drei Autoren der Niederschrift den Auftrag gehabt, nach unauffällig leistungssteigernden Pharmaka für deutsche Olympioniken zu forschen. Was auch teilweise gelungen war. Die wirklich einschneidende Entdeckung bestand jedoch in einer chemischen Substanz, die das natürliche Schlafbedürfnis bis zu zwei Wochen lang zu unterdrücken vermochte. 14 Tage künstlicher Wachzustand, Kling fiel dazu nur ein Wort ein: pervers.

Eine Reihe von Aufzeichnungen zu Tierversuchen bestätigte, dass die neue Droge tatsächlich funktionierte. Und was Kling besonders schockierte: Gillessen senior hatte sich erfolgreich einem Selbstversuch mit der ominösen Substanz unterzogen. 13 Tage ohne Schlaf hatte er in einem abgelegenen Hotel im Spessart verbracht, ohne dass seine Ehefrau oder irgendjemand sonst den Grund seiner Abwesenheit ahnte. Hatten Heinrich Gillessens chronische Schlafstörungen und Depressionen womöglich etwas damit zu tun; handelte es sich um einen Fall von geschädigtem Erbgut?

Kling beschloss, die Einzelheiten vorerst für sich zu behalten. Er zog den USB-Stick aus dem Port, legte ihn in eine Schublade seines Schreibtischs und schloss die Lade ab. Durch den entschlüsselten Text war jedenfalls klar, was hinter Finsingers »Heiligem Gral« steckte, den er Kling so sarkastisch vorgehalten hatte. Eine chemische Formel, und offenbar eine, mit der sich viel Geld verdienen ließ. Was blieb, war die entscheidende Frage: Wer war so versessen auf die Superdroge, dass er selbst vor Kidnapping und Mord nicht zurückschreckte? Und vor allem: Wer konnte überhaupt von diesem Geheimnis wissen? Wer hatte Gillessen so nahe gestanden, dass er es ihm anvertraut hatte? Kling hatte einen ersten und sogar sehr konkreten Verdacht. Es wurde Zeit, ihn auszusprechen und über das weitere Vorgehen zu diskutieren, zunächst im kleinen Kreis. Lorenz Finsinger und Murad Özkan waren diejenigen, auf deren Urteilsvermögen er in dieser Situation am meisten vertraute.

»Du hast also wirklich Klartext herausbekommen?«, fragte Finsinger gespannt, als die drei im Besprechungsraum zusammensaßen.

»Ja. Allerdings hab ich mir erst lange die Zähne daran ausgebissen. Dass ich auf die Lösung gestoßen bin, war mehr oder weniger Zufall. Wikipedia hat mich auf ein historisches Datum gebracht, und das hat sich als Code für die Entschlüsselung herausgestellt. Der 27.12.1848.«

»Was war da los?«, wollte Özkan wissen.

»Da wurden in Deutschland erstmals die Grundrechte verkündet. Der Hintergrund passt zu den drei Leuten, die das Protokoll verschlüsselt haben.«

»Drei Leute?«, hakte Finsinger nach.

»Ja. Einer davon war Gillessen senior. Die beiden anderen hießen Emil Grotekamp und Sebastian Krüger. Und alle drei standen den Nazis sehr misstrauisch gegenüber, obwohl sie in deren Auftrag gehandelt haben. Deshalb wollten sie die Ergebnisse ihrer Forschungsarbeit mit diesem Mikrofilm den USA zuspielen.«

Kling legte eine Kunstpause ein, um seine Enthüllung noch effektvoller zu machen. Wenn schon Sherlock Holmes, dann drehbuchgemäß.

»Weiter!« Die gespannte Neugier war Özkan und Finsinger von den Gesichtern abzulesen.

»Ich hab das Protokoll noch nicht bis zu Ende gelesen«, antwortete Kling nicht ganz wahrheitsgemäß, »aber so viel ist klar: Der Film enthält ein Drogenrezept. Na …?« Er sah seine Teamkollegen erwartungsvoll an.

»Hm … Ich ahne, worauf du hinauswillst«, sagte Özkan.

»Genau. Wir haben zwei unaufgeklärte Fälle, jeder

davon im Zusammenhang mit einem Drogendelikt. Damit schließt sich für mich der Kreis.«

»Keine vorschnellen Schlüsse«, ermahnte ihn Finsinger. »Immerhin, das mit dem Drogenrezept ist ein starkes Indiz. Wir sollten das K 82 entsprechend informieren.«

»Die Formeln hab ich schon kopiert und ans BKA weitergegeben«, sagte Kling. Nach allem, was er inzwischen wusste, hätte er diese Aktion am liebsten rückgängig gemacht. Doch es half nichts, die Büchse der Pandora war geöffnet und die Droge damit in der Welt.

»Bis jetzt haben wir allerdings über Ecstasy geredet«, gab Finsinger zu bedenken. »Klar, es kann sein, dass dasselbe Kartell dahintersteckt wie hinter der Jagd nach diesem Film …«

»Und damit nicht nur hinter dem Tod von Fromberger und Borell, sondern auch hinter Dominik Wensauers Entführung und Ermordung«, ergänzte Kling. »Was ist schon Ecstasy? Anscheinend geht es hier um eine Superdroge, von der sich jemand ein Riesengeschäft verspricht. Wer den Mikrofilm mit der Formel dafür hat, kann das Zeug exklusiv herstellen.«

»Hört sich plausibel an«, gab Finsinger zu.

»Und ich schätze«, fuhr Kling fort, »die Bande wird nicht lockerlassen. Nach der geplatzten Übergabe wissen die ja, dass sich der Film bei uns befindet.«

»Was bedeutet, dass sie irgendein Druckmittel brauchen«, sagte Özkan. »Zum Beispiel Lienhardt oder seine Freundin, denen könnte es so ergehen wie Wensauer. Wir sollten den Personenschutz ausweiten. Die Frau ist genauso gefährdet.«

»Stimmt«, pflichtete Finsinger ihm bei. »Am besten machen wir das sofort. Kannst du dich darum kümmern, Murad?«

»Klar.« Özkan nickte.

»Also avanti. Sag im Münchner Präsidium Bescheid und erkläre denen, was dahintersteckt. Ich denke, dann dürfte das kein Problem sein.«

»Aye, aye, Sir«, antwortete Özkan, legte eine Hand militärisch grüßend an die Stirn und verließ den Raum.

Kling erhob sich ebenfalls von seinem Stuhl, stemmte die Arme in die Hüften und begann herumzuwandern, während er in seiner Abhandlung fortfuhr. »Personenschutz ist gut«, sagte er, »aber eine reine Defensivmaßnahme. Vielleicht sind wir in Wirklichkeit schon einen Schritt weiter.«

»Was meinst du?«

»Mir geht da etwas durch den Kopf, und das ist unsere Gretchenfrage: Wer konnte von diesem Film gewusst haben, wenn er so gut versteckt war? Mit wem war Gillessen so vertraut, dass er ihm davon erzählt hätte?«

»Wenn du eine Vermutung hast, raus damit.«

»So wie es aussieht, kann man den Personenkreis leicht eingrenzen. Wer käme denn überhaupt infrage? Der Testamentsvollstrecker? Absurd. Frau Kolendowicz? Genauso abwegig. Eine andere Möglichkeit erscheint mir allerdings verdammt naheliegend. Gillessens Tagebuch hat sie verraten.«

»Nämlich?«

»Lothar Fehse, sein ehemaliger Geliebter. Mit dem hat Gillessen geraume Zeit zusammengelebt, bis es zum Krach und zum Rauswurf kam.«

»Sein Lebensgefährte! Klar!«

Finsinger hielt es jetzt ebenfalls nicht mehr auf seinem Stuhl; er sprang auf und versetzte Kling einen Schlag auf die Schulter. »Markus, das ist es!«, rief er. »Da passt wirklich alles. Erst ein enges Vertrauensverhältnis, schließlich das Zerwürfnis, und dann hat er sich überlegt, wie er diesen Film in seinen Besitz bringen kann. Rache und Geldgier zugleich.«

»Es kommt aber noch eine weitere Person in Betracht.«

»Wer? Sag schon!«

»Jemand, der sich mit Hypnosetechniken auskennt und sie anwendet. Dr. Bruno Conradi.«

»Zefix, ja, du hast recht«, sagte Finsinger verblüfft.

»Vielleicht, vielleicht auch nicht. Ich meine nur, Conradi war mit Gillessen ja sehr eng verbunden. Und falls er mit Fehse unter einer Decke steckt …«

»… könnte er mit Hypnose nachgeholfen haben, bis sein Patient alle nötigen Informationen ausgespuckt hat«, setzte Finsinger den Satz fort. Im nächsten Moment legte er die Stirn in Falten und schien nachzudenken. »Und die Firma, die das Tagebuch auf Mikrofilm aufgenommen hat?«, fragte er. »Was ist mit der? Nur der Vollständigkeit halber.«

»Ausgeschlossen«, widersprach Kling. »Erstens hatten die wohl kaum Zeit, sich während der Arbeit in die Lektüre zu vertiefen, dafür werden sie schließlich nicht bezahlt. Zweitens, und das ist der springende Punkt: Wie hätten die von Gillessens Testament wissen sollen?«

»Du meinst also …?«

»Genau. Nur wer das Testament kannte, wusste vor Gillessens Ableben, dass dessen Nachlass versteigert würde. Und um die Sache zu beschleunigen, hat derjenige Gillessen in den Tod getrieben, um sich die Schatulle mit dem Mikrofilm zu schnappen.«

»*Die*jenigen.«

»Genau, diejenigen. Lothar Fehse in Komplizenschaft mit Dr. Conradi, und wer weiß, wer da noch alles mit drinsteckt. Auf jeden Fall eine Frau, so viel ist schon mal klar.«

»Eins ist allerdings unlogisch«, wandte Finsinger ein. »Wie wir inzwischen wissen, sollte die Schatulle ja eigentlich in die USA geschickt werden. Dass die Klinik sie ausschlagen wird, war nicht vorherzusehen.«

»Stimmt«, sagte Kling nachdenklich, »ein Rätsel mehr.«

»Und was mir genauso schleierhaft ist: Wenn Fehse von dem Film wusste und das Versteck kannte, wieso hat er den Film nicht einfach heimlich an sich genommen? Außerdem: Wenn Conradi sich mit Hypnose auskennt – warum hat er diese Fähigkeit nicht ausgenutzt, um den Zahlencode aus Gillessen herauszulocken?«

»Das sind allerdings ein paar Ungereimtheiten«, gab Kling zu. »Vielleicht wusste keiner der Beteiligten, dass der Mikrofilm verschlüsselt ist. Aber egal, der Knackpunkt ist tatsächlich, warum Fehse ihn sich nicht einfach geschnappt hat. Es ist ja irgendwie schizophren: Da lebt der Mann in Gillessens Haus, teilt Tisch und Bett und offenbar auch Geheimnisse mit ihm, und dann so eine ...« Er unterbrach sich unvermittelt. »Was hast du vorhin noch mal gesagt?«

»Vorhin? Ziemlich viel. Worauf willst du hinaus?«

»Rache und Geldgier, mit der Betonung auf Rache! Womöglich hat Fehse den Plan erst nach seinem Rauswurf bei Gillessen gefasst.«

»Das kann man natürlich nicht ausschließen«, sagte Finsinger zu. »Wie auch immer, wir sollten den Mann baldmöglichst besuchen. Am besten gleich mit einem Haftbefehl, falls Lamparter deine Einschätzung teilt.«

36

Staatsanwalt Dr. Wolfgang Lamparter zeigte sich unerwartet aufgeschlossen, als Kling ihm seine neuen Erkenntnisse telefonisch durchgab.

»Okay, ich hab's kapiert. Gute Arbeit, Herr Kling. Also durchleuchten Sie diesen Fehse: Herkunft, Umgang, etwaige Vorstrafen und so weiter, alles, was uns Aufschluss geben könnte. Und dasselbe gilt für Dr. Conradi. Wenn sich Ihr Verdacht in irgendeiner Form bestätigt, erwirke ich sofort einen Haftbefehl.«

Das war ein Wort. Markus Kling triumphierte innerlich. Er war fast sicher, dass über INPOL-neu – das polizeiliche Personeninformationssystem – und andere Kanäle genug Material zusammenkommen würde, um wenigstens in Bezug auf Lothar Fehse einen dringenden Tatverdacht glaubhaft machen zu können.

Doch bevor er die nötigen Untersuchungen einleiten konnte, meldete sich das Kriminaltechnische Institut des LKA bei ihm. Ein Dr. Wohlrab war am Telefon und gab seinen Kommentar zu den Formeln ab, die Kling aus dem noch nicht entschlüsselten Krypto-Protokoll herauskopiert hatte.

»Was soll denn das?«, ereiferte er sich. »Quecksilber? Magnesium? Brom? Arsen? Das sieht eher nach Alchimistenquatsch aus als nach seriöser Wissenschaft. Fehlt nur der Hinweis, dass man die Zutaten bei Vollmond anrühren soll.«

Der Mann hatte Humor. »Was? Ist das Ihr Ernst?«, entgegnete Kling perplex.

»Der Vollmond nicht, das Übrige schon. Also kurz gesagt, diese sogenannten Formeln sind Stuss in Reinkultur.«

Der Stein, der Markus Kling vom Herzen fiel, hatte in etwa das Gewicht einer Betonplatte. Also waren auch die Strukturformeln codiert und somit in ihrer derzeitigen Form nutzlos. Die Büchse der Pandora blieb weiter verschlossen.

»Ich bin nun mal kein Chemiker«, sagte er in unverstellt heiterem Ton. »Was ich euch übermittelt habe, sind exakt die Formeln, die sich auf dem Film befinden. Tut mir leid, wenn es Quatsch ist, wie Sie sagen.«

»Ja, völliger Nonsens. Und größtenteils hochgiftig. Da hat sich jemand einen dummen Scherz erlaubt.«

Die Auflösung fand Kling wenig später in einer unauffälligen Fußnote am Ende des Protokolls, die er zuvor überlesen hatte. Normalerweise hätte er sich für eine solche Nachlässigkeit verwünscht, jetzt dankte er seinem Schöpfer, dass sie ihm unterlaufen war.

Der Text lautete: *Sicherheitshalber haben wir auch die chemischen Elemente in den Strukturformeln codiert, und zwar sind sie nach folgendem Schema zu lesen: Mg = C, Hg = O, As = N, Br = H.*

Trotz seiner bescheidenen Grundkenntnisse verstand Kling die Auflösung auf Anhieb. In Klartext übersetzt bedeutete die Gleichung: Magnesium = Kohlenstoff; Quecksilber = Sauerstoff; Arsen = Stickstoff; Brom = Wasserstoff. Alles Elemente der organischen Chemie!

Das also steckte hinter den Strukturformeln; es waren tatsächlich Baupläne, mit denen jeder, der sich mit der Materie auskannte, diese Höllendroge herstellen konnte.

Aber nur, wer die Pläne in der Hand hatte. Und das war im Moment ein einziger Mensch auf der Welt: Kriminalhauptkommissar Markus Kling.

37

Der Obduktionsbefund zu Dominik Wensauer lag vor. Demnach war der Auktionator mit Halothan betäubt worden, aber das allein konnte kaum seinen Tod herbeigeführt haben. Auch Ersticken im Kofferraum des Audi schied aus; dazu hätte man alle Fugen hermetisch abdichten müssen. Was nicht der Fall gewesen war. Wie und woran Wensauer letztlich gestorben war, blieb rätselhaft. Es gab keinerlei Spuren von Gewalteinwirkung, ebenso wenig wie Hinweise auf Gift oder andere potenziell tödliche Substanzen. Aber wenn alles nach Plan lief, würde die Miesbacher Kripo bald Gelegenheit haben, den oder die Täter selbst nach der Todesart zu befragen.

Markus Kling begann mit den Recherchen zu Gillessens Ex-Geliebtem Lothar Fehse und wurde überraschend schnell fündig. Seine Anfrage bei INPOL-neu brachte unter anderem eine länger zurückliegende Vorstrafe wegen Körperverletzung zutage, der Mann war also kein unbeschriebenes Blatt. Er übte seit vielen Jahren Mixed Martial Arts aus, hatte auch selber vorübergehend als Trainer gearbeitet und war gelegentlich von Film und TV-Teams als …

»Stuntman!« Kling sprang auf und schrie das Wort förmlich heraus. »Stuntman, yeah!«

Sein Ausbruch musste die halbe Inspektion aufgeschreckt haben, und wenigstens einen Kollegen elektrisierte er auf der Stelle. Nur Sekunden später stand Murad Özkan neben Klings Arbeitsplatz und fragte mit erwartungsvoll glänzenden Augen: »Du hast ihn, oder?«

»Sieht ganz so aus. Da, bitte.« Kling deutete auf den Bildschirm, auf dem die polizeibekannten Fakten über Fehse zu lesen waren. »Er war einige Male als Stuntman engagiert, bevor er bei Gillessen einzog. War wohl nicht direkt sein Beruf, aber er kann so was.«

»Zum Beispiel aus Borells Schlafzimmerfenster springen, ohne sich die Haxen zu brechen.«

»Genau. Damit haben wir zu 99,9 Prozent den Drahtschlingenmörder. Das heißt, Fehse hat den vermeintlichen Nachbarn gemimt, den Rainer Borell nichtsahnend in sein Haus gelassen hat. Damit, die Identität eines anderen anzunehmen, kennt er sich ja wohl aus.« Markus Kling war in Fahrt und spann den Faden weiter. »Und noch was: Ich bin fast sicher, dass er auch der angebliche James Lobovsky ist. Gillessen dürfte ihm ja einiges über seinen Freund Andrew erzählt haben.«

»Ja klar! Dann war er es, der Frau Kolendowicz vorgeschickt hat, um die Schatulle zu ersteigern. Wow!« Özkan knuffte seinen Kollegen anerkennend in die Seite. »Du, ich glaub, wir nähern uns der Lösung jetzt immer schneller, wie bei einem Kreuzworträtsel.«

Kling spürte ein wohliges Hochgefühl in sich aufsteigen. Es war atemberaubend, wie sich auf einmal alles zusammenfügte. »Du hast recht«, sagte er, »der Vergleich trifft es wirklich.«

Eins waagerecht: Name eines Stuntmans, den Rainer Borell kannte, Buchstabenzahl vorerst offen. Daraus hatten sich diverse naheliegende Möglichkeiten ergeben, aber diese hatten sie durchweg auf die falsche Spur geführt. Die wenigen professionellen Stuntmen, die es in Borells näherer und weiterer Umgebung gab, hatten sich durch die Bank als sauber und unverdächtig erwiesen. Klings ursprünglicher Geistesblitz hatte gedroht, ergebnislos zu verpuffen. Bis zum Auftauchen von Lothar Fehses Vita: Bei ihm, dem ehemaligen MMA-Trainer und Gelegenheitsfilmschaffenden, passte alles wie die Faust aufs Auge.

Was die INPOL-neu-Datenbank ebenfalls enthüllte, war seine Mitgliedschaft in einer sogenannten Kampfsportgruppe, die offenbar dem rechten Spektrum angehörte und schon einige Male provokativ in Erscheinung getreten war.

»Neonazis?«, mutmaßte Özkan.

»So scheint es. Wenn ja, weiß es am ehesten der Verfassungsschutz.«

Die Nachforschungen zu Dr. Bruno Conradi erwiesen sich als wesentlich komplizierter, doch über das Bundeskriminalamt kam schließlich ebenfalls eine Reihe interessanter Fakten zusammen. Hervorstechend war die Information, dass Conradi eine zweite Identität besaß: Unter seinem richtigen Namen Bruno Körner war er in Düsseldorf vor etlichen Jahren in einen Dopingskandal verwickelt gewesen und nur knapp einer Vorstrafe entgangen. Freispruch zweiter Klasse. Rein juristisch war er damit zwar aus dem Schneider, doch nachdem die Presse seinen Fall genüsslich breitgetreten hatte, war es »Dr. Bruno K.« nicht mehr gelungen, als Arzt einen Fuß auf den Boden zu bekommen, zumindest nicht in Düsseldorf und Umgebung. Später hatte er versucht, unter dem Aliasnamen Conradi eine Praxis in der Eifel aufzuziehen, jedoch mit mäßigem Erfolg. Der letzte verfügbare Eintrag lautete »unbekannt verzogen«. Weitere Nachforschungen hatte offenbar niemand für nötig gehalten.

Im Eintrag zu der Dopingaffäre war noch ein zweiter Mann aufgeführt, gegen den man damals ermittelt hatte: Roel Bakker, geboren in Hilversum, gelernter Apotheker. Seinen Beruf hatte er nicht sehr lange ausgeübt, stattdessen war er im niederländischen Roermond jahrelang in Geschäfte mit teils halb-, teils mutmaßlich illegalen Drogen verstrickt gewesen. Von ihm hatte Conradi höchstwahrscheinlich seine verbotenen Mittel bezogen. Annahmen, Indizien, aber alles belastende Material hatte auch bei Bakker nicht für eine Verurteilung ausgereicht. Später hatte er sich nach Berlin abgesetzt, vermutlich, um dort weiterhin in der Drogenszene aktiv zu sein. Irgendwann war er dann ebenso wie Bruno Körner unbekannt verzogen.

»Lebt möglicherweise unter falschem Namen irgendwo in der EU, eventuell auch außerhalb.« Das war die letzte Information, die der Computer ausspuckte.

»Fehse, Bakker und Conradi alias Körner«, resümierte Kling zufrieden. »Ein vorbestrafter Kampfsportler und zwei Spezln, die in Drogengeschäfte verwickelt waren. Da haben wir unser Trio.«

»Und die Frau, die bei Lienhardt angerufen hat?«, wandte Özkan ein. »Das wären dann schon vier.«

»Stimmt.« Kling rieb sich nachdenklich das Kinn. »Drei Verdächtige und eine Unbekannte. Aber zwei von unseren Leuten könnten eine Ehefrau oder Lebensgefährtin haben. Fehse ist ja schwul, also bleiben nur Conradi und Bakker. Sehen wir noch mal bei INPOL-neu nach, ob sich da irgendein Hinweis findet.«

Erneut rief er die Akte Dr. Bruno Conradi auf, aber der Arzt war ledig. Bei Bakker hingegen stand »verheiratet«. Seine Ehefrau, Mareike Bakker, war ebenfalls Apothekerin, gegen sie hatte man seinerzeit allerdings keine Anklage erhoben. Immerhin, ihr Beruf war zumindest ein weiteres aussagekräftiges Indiz.

»Hat Lienhardt nicht etwas von astreinem Hochdeutsch erzählt?«, gab Özkan zu bedenken. »Keinerlei Akzent, schon gar kein holländischer. Ich meine, so was merkt man doch sofort.«

»No, Sir.« Kling schüttelte den Kopf, wandte sich seinem Bildschirm zu und rief kommentarlos Youtube auf. »Man merkt es zwar oft, aber keineswegs immer. Hör dir mal das an.«

Ein bärtiger Mann mit leichtem Silberblick war zu sehen, der auf einer Bühne stand und einen munteren satirischen Kommentar zum politischen Weltgeschehen gab.

»Wer ist das?«, fragte Özkan ratlos.

»Philip Simon. Ein Kabarettist aus den Niederlanden, der in Deutschland studiert hat und die meiste Zeit irgendwo im Rheinland wohnt. Und, fällt dir an der Sprache etwas auf?«

»Nicht das Geringste.«

»Eben. Der redet vollkommen akzentfrei. Und im Übrigen – die Ehefrau kann ja auch eine Deutsche sein.«

»Ja, schon klar. Vielleicht war die Anruferin wirklich Bakkers Frau. Aber was macht dich überhaupt so sicher, dass der in dem Fall mit drinsteckt?«

»Sicher wäre zu viel gesagt. Ich halte es allerdings für sehr wahrscheinlich, nach seiner Komplizenschaft mit Conradi.«

»Dann müsste er ja auch hier in der Gegend wohnen. Oder in der weiteren Umgebung.«

»Klar. Das werden wir gleich wissen.«

Kling tippte den Namen Roel Bakker in die Tastatur, versuchte es mit Google, dem Telefonbuch und dem Einwohnermeldeverzeichnis. Nichts. Es gab keinen Bakker, weder im Tegernseer Tal noch im Kreis Miesbach, und die wenigen Bakkers in ganz Bayern trugen andere Vornamen. Womöglich hatte sich der Mann ebenfalls einen falschen Namen zugelegt.

Vor den abgeschatteten Fenstern brütete die erste Hitzewelle des Jahres; das Außenthermometer zeigte 32 Grad. Kling wünschte sich, er könnte seinen Arbeitsplatz auf die Liegewiese von Abwinkl verlegen, wo selbst bei tropischen Temperaturen stets eine kühlende Brise vom See her wehte. Aber nichts zu machen, da mussten sie durch.

»Irgendwo in der EU, eventuell auch außerhalb«, zitierte Özkan sarkastisch den Eintrag der INPOL-neu-Akte und zuckte die Schultern.

»Ach, scheiß drauf.« Kling gab es auf. »Fehse und Conradi sind erst mal wichtiger. Und wegen diesem Bakker … Ich werd' Simone sagen, sie soll es weiter versuchen. In sämtlichen Quellen, die online verfügbar sind.«

»Da hat sie ja was zu tun. Die Arme.«

»Quatsch. Ich bin anfangs auch durch den Fleischwolf gedreht worden, na und? Im Übrigen sind wir ja schon ein Riesenstück vorangekommen. Bei zwei Leuten besteht dringender Tatverdacht ...« Er illustrierte seine Aufzählung mit gespreiztem Zeige- und Mittelfinger. »Und falls Bakker und seine Frau mit im Boot sind«, Finger drei und vier, »werden wir das spätestens über diese beiden herausfinden. Jetzt brauchen wir nur noch den Haftbefehl, und dann schlagen wir zu.«

38

Hochgefühle können trügerisch sein. So folgte auf jenes, das Kling und Özkan gerade noch mit einer Welle der Euphorie überschwemmt hatte, wenig später ein erneuter Tiefschlag: Der Polizeischutz für Jens Lienhardt war ausgetrickst worden, und einmal mehr schien es so, als hätte Lothar Fehse seine Hände dabei im Spiel gehabt. Jedenfalls war Lienhardt zuletzt an seinem Wohnort an der Seite eines Mannes in Polizeiuniform gesehen worden. Nur dass dieser Mann kein Polizist war, wie sich wenig später herausstellte. Und von seinem Schützling, oder besser Kidnapping-Opfer, fehlte seitdem jede Spur. Ein filmreifer Coup. Fehse, wenn er denn wirklich in der Uniform gesteckt hatte, war wirklich ein Profi – was Dr. Lamparter dazu veranlasste, das Team der Personenschützer gnadenlos abzukanzeln. Auch Markus Kling bekam sein Fett weg, obwohl er von Miesbach aus keinen Einfluss auf das Geschehen in Holzkirchen hatte.

»Was sind denn das für Amateure?«, bellte Lamparter am Telefon. »Ich hab den Haftbefehl schon auf dem Tisch, wir hätten den Kerl schon heute dingfest machen können, und dann mischt er sich unter Ihre eigenen Leute und verschleppt unseren wichtigsten Zeugen! Das ist ein Skandal!«

Was sollte Kling darauf antworten? Die Panne war unverzeihlich und ärgerte ihn mindestens so sehr wie

Lamparter. »Ob das Fehse war, wissen wir nicht sicher«, wagte er einen Einwand.

»Wer denn sonst? Sie sind doch selbst auf diesen Verkleidungskünstler gekommen.«

»Immerhin hätten wir damit einen Tatverdächtigen.«

»Schön für Sie. Und was haben Sie nun vor?«

»Erst mal abwarten. Jedenfalls solange wir nicht wissen, wo Lienhardt steckt. So wie es aussieht, haben wir es mit vier Leuten zu tun, zwei davon spekulativ. Die können sich alle untereinander warnen.«

»Also kein Zugriff.«

»Nicht jetzt. Das wäre zu riskant. Angenommen, wir nehmen Fehse fest, falls wir ihn überhaupt finden, und er ist für seine Komplizen nicht mehr erreichbar – dann können die sich doch ausrechnen, was los ist. Ich würde mich lieber auf den Köder verlassen.«

»Sie meinen diesen Mikrofilm.«

»Genau. Den wollen sie haben, also werden sie sich sehr bald melden und einen Tausch anbieten: Geisel gegen Film. Ich hab schon was im Hinterkopf, wie sich das deichseln lässt. Auf jeden Fall können wir einstweilen nichts unternehmen, ohne Lienhardts Leben zu gefährden.«

»Doch!«, widersprach Lamparter lautstark. »Sie können und sollten schleunigst herausfinden, wo man ihn versteckt hat. Und dann …«

»Ja, was? Erstürmung der Bastille? Damit es womöglich Tote gibt?«

Lamparter schwieg. Kling sah im Geist, wie seine Mundwinkel angestrengt zuckten, wie immer, wenn er nachdachte. Endlich fand er die Sprache wieder. »Und was wäre Ihre Alternative?«, fragte er in milderem Tonfall.

»Hab ich doch gesagt: auf die Kontaktaufnahme warten. Und danach versuchen wir, Lienhardt zu befreien. Wie, hängt davon ab, welche Bedingungen gestellt werden.«

»Okay«, gab sich Lamparter geschlagen. »Hauptsache, der Mann überlebt.«

»Mein Reden«, sagte Kling. »Im Übrigen haben wir ja eine Trumpfkarte, die wir ohne Weiteres ausspielen können: Bis jetzt wissen weder Fehse noch Conradi, dass wir ihnen auf der Spur sind. Sobald Lienhardt frei ist, werden sie uns ahnungslos in die Falle gehen.«

»Ja … Natürlich, Sie haben recht. Also warten Sie, bis die Kidnapper sich melden. Und halten Sie mich auf dem Laufenden.«

»Sowieso.«

Die Soko Lienhardt war schnell zusammengestellt. Da sich jede gewaltsame Aktion verbot, ging es zunächst um das Entwickeln eines Plans, um die Geisel unbeschadet zu retten. Letztlich mussten sie auch an Lienhardts Freundin Lisa denken, die bei der Nachricht von der Entführung einen Nervenzusammenbruch erlitten hatte und seitdem ärztlich betreut wurde. Lorenz Finsinger, Annette Weiss, Markus Kling und Murad Özkan saßen im Besprechungsraum zusammen und tüftelten an einer Lösung, die eine vertretbare Balance zwischen Chance und Risiko versprach. Es war ein Mikadospiel, das wussten alle. Aber noch konnten sie es gewinnen.

»Ich denke, wir sind in einer guten Position«, sagte Kling. »Wie ich Lamparter schon gesagt habe: Wir haben einen Trumpf in der Hand, und die Gegenseite hat ihren wichtigsten verspielt.«

»Was meinst du damit?«, fragte Finsinger.

»Sie haben Wensauer nicht freigelassen, sondern umgebracht. Damit haben sie ihre Glaubwürdigkeit verspielt, was eine gewaltfreie Lösung anbelangt. Warum sollten wir ihnen den Film überlassen, wenn Lienhardt hinterher sowieso tot ist?«

»Das ist jetzt aber ganz schön gefühlskalt«, protestierte Annette.

»So? Ich finde, es ist eher realistisch. Leider. Aber lass mich mal überlegen ...«

»Also, den Mikrofilm können wir auf keinen Fall herausgeben«, erklärte Finsinger mit Nachdruck. »Wir müssen uns eine Finte ausdenken. Und wir brauchen die Garantie, dass Lienhardt am Leben bleibt.«

»Können wir nicht ein Fake anfertigen lassen?«, schlug Özkan vor. »Ich meine, einen Mikrofilm mit irgendwelchem Unsinn. Wenn die Texte verschlüsselt sind, merkt das doch keiner.«

»Keine schlechte Idee«, sagte Finsinger anerkennend.

Kling schüttelte den Kopf. »Ich weiß nicht. Wir können doch gar nicht sicher sein, dass die Lienhardt sofort auf freien Fuß setzen. Und genauso wenig, dass sie sich auf einen direkten Austausch einlassen. Vielleicht behalten sie ihn als Geisel, bis der Film entschlüsselt ist. Und falls sie den Code haben sollten ...«

»Was? Woher denn?«, warf Özkan ein.

»Von Gillessen natürlich. Wer weiß, was er Fehse in seiner Liebestrunkenheit alles anvertraut hat? Also, wenn es so ist, dürfte das Decodieren relativ schnell gehen. Und wenn die merken, es funktioniert nicht und da steht nur Buchstabensalat, wissen sie, dass wir sie reingelegt haben. Was dann?«

Betretenes Schweigen.

»Wir sollten es wenigstens versuchen«, entschied Finsinger schließlich. »Solange sie den richtigen Film nicht haben, kann im Grunde nichts passieren. Wir können immer einen Beweis dafür verlangen, dass Lienhardt noch lebt. Und das wird der Fall sein, solange er als Druckmittel gebraucht wird. Markus, du hattest doch mit dieser Expertin beim LKA Kontakt. Frag sie mal, ob sie die Idee für durchführbar hält.«

Kling kannte Dr. Claudia Kinateder bislang nur vom Hören. Sie hatte eine angenehm weiche und melodische Stimme, die ein wenig nach dem Gurren einer Turteltaube klang; das empfand er jetzt noch deutlicher als bei ihrem ersten Telefonat. Wie sie wohl aussah, fragte er sich, während er ihr den Hintergrund des Plans erklärte.

»Und deshalb haben wir uns überlegt, das Objekt der Begierde zu fälschen«, fasste er zusammen. »Also, kurz und gut: Könnte man ein Fake mit sinnlosen Buchstabenreihen anfertigen beziehungsweise zwei Fakes?«

»Wieso zwei?«

»Die Entführer wissen ja, dass Lienhardt zwei Filme gefunden hat. Aber nicht, dass einer davon ein Tagebuch in Klarschrift ist. Also bräuchten wir zwei Filme mit falschen Krypto-Texten. Und dazu ein paar erfundene Strukturformeln.«

»Klar, so was geht schon«, gurrte Dr. Kinateder, »das könnten wir hier in kurzer Zeit erstellen. Es gibt da nur möglicherweise ein kleines Problem: Von wann, sagten Sie, stammt Ihr codierter Film?«

»Aus den 1930er-Jahren, wahrscheinlich 1937.«

»Dann besteht er mit ziemlicher Sicherheit aus Zelluloseazetat. Heutige Mikrofilme haben PET als Trägermaterial.«

»Na und?«

»Sie fühlen sich unterschiedlich an«, erklärte Dr. Kinateder. »Im direkten Vergleich merkt man es sofort. Nehmen wir mal den worst case an; das heißt, Sie hätten es mit Experten zu tun – dann würde Ihr Täuschungsversuch wahrscheinlich schnell auffliegen.«

»Oh nein«, stöhnte Kling. »Was man auch versucht, es wird immer kompliziert. Ich nehme an, dieses Zellulosezeug haben Sie beim LKA nicht?«

»Als unbelichteten Mikrofilm? Nein, den müssten wir erst beschaffen. Kann schwierig werden, falls es überhaupt machbar ist.«

»Na gut. Also … ich werde das mit meinem Team diskutieren, und dann sehen wir weiter. Jedenfalls vielen Dank für die Auskunft.«

»Sehr gerne.« Wie schön diese Worte klangen, wenn sie so taubenhaft intoniert wurden, dachte Kling. Leider hatte ihn auch dieser Anruf keinen Schritt weitergebracht. Es war wie verhext.

39

Der Anruf kam wie erwartet, wenn auch mit Verspätung. Zum ersten Mal hörte Markus Kling die emotionslose, fast wie ein Sprachroboter klingende Stimme der unbekannten Verhandlerin. Der Kontrast zu Claudia Kinateder konnte kaum größer sein. Nach einer kurzen, kalten Begrüßung kam die Frau ohne Umschweife zur Sache.

»Wir haben Lienhardt. Sie wissen, was wir wollen.«

»Ich nehme an, die Mikrofilme, die Herr Lienhardt gefunden hat.«

»Was denn sonst, Sie Schlaumeier! Sie hätten den ganzen Schlamassel vermeiden können, wenn alles wie vereinbart abgelaufen wäre. Aber nein, ihr musstet euch ja auf die Lauer legen und euch einbilden, dass wir in so eine primitive Falle tappen. Pech gehabt, Herr Kommissar.«

Die Breitseite saß. »Woher wussten Sie davon?«, fragte Kling konsterniert und erntete ein trockenes Auflachen. Dann setzte der Sprachroboter-Tonfall wieder ein.

»Glauben Sie, wir hätten nicht gesehen, dass Sie in der Bahnhofshalle fast direkt neben Ihrem Schützling standen? Und wo Sie stehen, sind auch Ihre Kollegen nicht weit. Nein, so haben wir nicht gewettet.«

Kling hatte die Fassung wiedergefunden. Er verzichtete auf weiteres Nachhaken und steuerte direkt auf den Kernpunkt des Anrufs zu. »Also, was jetzt?«, fragte er ungeduldig. »Wie sind Ihre Bedingungen?«

»Ziemlich einfach«, sagte die Anruferin. »Sie übergeben uns den Film, und danach ist Lienhardt ein freier Mann.«

»Abgelehnt. Denken Sie mal nach, was Sie mit Wensauer gemacht haben.«

»Mit Wensauer?«

»Tun Sie nicht so scheinheilig. Dominik Wensauer ist tot, von Ihnen ermordet, und dasselbe haben Sie vermutlich auch mit Jens Lienhardt vor. Also, mein Gegenangebot: direkter Austausch. Lienhardt gegen den Film. Wir wollen die Garantie, dass er lebt.«

»Äh … Moment.« Diesmal hatte Kling einen Treffer gelandet. Die Frau schwieg einige Sekunden lang. Nach dem Geräusch im Telefonhörer zu urteilen, hatte sie das Mikrofon mit der Hand abgedeckt, um sich mit jemandem zu bereden. »Sehr ungern«, meldete sie sich schließlich wieder. »Wir überlegen uns das noch.«

»Ja, überlegen Sie«, sagte Kling. »Übergabeort und Termin, und zwar möglichst bald.«

»Das überlassen Sie gefälligst uns. So was braucht ein bisschen Vorbereitung. Ich gebe Ihnen Bescheid, sobald wir so weit sind.«

Im Hintergrund war der Zwischenruf einer Männerstimme zu hören. Was sie sagte, konnte Kling nicht verstehen, doch es klang verärgert. Fast im selben Moment brach die Frau das Telefonat abrupt und, wie es ihm vorkam, geradezu hastig ab.

Von der Telefonnummer der Anruferin hatte sich niemand in der Inspektion etwas versprochen. Wie zu vermuten gewesen war, ließ sie sich weder zuordnen noch ermöglichte sie einen Rückruf. Das Einzige, was etwaige Rückschlüsse über den Aufenthaltsort der Frau liefern konnte, war der aufgezeichnete Dialog. Gab es Hintergrundgeräusche? Verkehrslärm, Hundegebell, ein Flugzeug oder eine Kirchenglocke? Kling und Özkan hörten sich das Telefongespräch noch einmal mit gespitzten Ohren an. Aber da war nichts außer der kalten Kommandostimme, nur sterile Stille. Bis kurz vor dem Schluss.

»Da ruft jemand im Hintergrund etwas dazwischen«, sagte Kling. »Hörst du?«

Özkan nickte. »Ja, eindeutig eine Männerstimme. Klingt wütend. Was sagt sie?«

»Geh mal ein Stück zurück und dreh lauter.«

Özkan ließ die letzten zehn Sekunden der Aufzeichnung erneut ablaufen, diesmal mit maximaler Lautstärke.

»Das überlassen Sie gefälligst uns. So was braucht ein bisschen Vorbereitung. Ich gebe Ihnen Bescheid, sobald wir so weit sind.« Und dann auf einmal, der Frauenstimme halb ins Wort fallend*: »Hou ermee op!«*

»Was soll das bedeuten?«, fragte Özkan ratlos. »Ich versteh kein Wort.«

Kling spürte plötzlich wieder leise Erregung in sich aufsteigen, das Gefühl, vor einem Durchbruch zu stehen. »Für mich klingt es Holländisch«, sagte er und wiederholte mit Nachdruck: »Holländisch! Mann, das ist Roel Bakker, wer sonst!«

Murad Özkan sah ihn mit zusammengekniffenen Augen an. »Wirklich? Bist du sicher?«

»Noch nicht ganz, aber zu 90 Prozent. Wir brauchen irgendjemanden, der Holländisch kann. Wo kriegen wir den auf die Schnelle her?«

»Bei uns wüsste ich keinen. Am besten fragen wir mal im Präsidium nach.«

Genau zwei Sekunden später trat Jungkommissarin Simone Lechner ein und schwenkte mit sichtbarer Genugtuung einen Computerausdruck. »Hey, Leute, ich hab hier was! Ein Ehepaar Rudolf und Maria Becker, gemeldet in Kreuth. Das klingt doch sehr ähnlich wie Roel und Mareike Bakker, oder?«

»Stimmt«, antwortete Kling verblüfft. »Gut gemacht, Simone! Das würde dazu passen, dass wir die Bande in der Nähe vermuten, und auch zu dem Anruf. Kombiniere: Ich hab mit Mareike Bakker gesprochen, und im Hintergrund hat ihr Mann unvorsichtigerweise etwas auf Niederländisch gerufen.«

»Unser Sherlock«, sagte Özkan und grinste.

»Die deutsche Übersetzung von ›Bakker‹ ist ›Bäcker‹«, fügte Simone an. »Oder eben ›Becker‹, wie es bei dem deutschen Nachnamen gängig ist.«

»Kannst du etwa Holländisch?«

»Nicht direkt, aber mein Freund. Er hat Verwandte in den Niederlanden, wir waren ein paarmal dort.«

»Klasse, das wird ja immer besser! Hör dir bitte an, was da gesagt wird. Wenn das tatsächlich Holländisch ist, sind wir ganz dicht dran.«

Er ließ die Aufzeichnung noch einmal zurücklaufen und drückte die Wiedergabetaste.

»Ich gebe Ihnen Bescheid, sobald wir so weit sind.«

»Hou ermee op!«

»Eindeutig«, sagte Simone. »›Hou ermee op!‹ Ich glaub, das heißt so was wie ›Schluss jetzt!‹ oder ›Es reicht!‹«

»Passt wie die Faust aufs Auge«, kommentierte Özkan.

»Wenn man sich aufregt, bricht eben manchmal die Muttersprache durch«, bemerkte Simone.

»Genau«, sagte Kling. »Für mich sind damit alle Zweifel beseitigt.«

»Das heißt, wir haben sie«, sagte Özkan mit einem Gesichtsausdruck, wie ihn Kinder beim Anblick des Weihnachtsbaums haben. »Hinter der ganzen Geschichte steckt das Duo Conradi und Bakker. Wie es aussieht, haben sich die beiden Spezln nach ein paar Irrungen und Wirrungen hier am Tegernsee wiedergetroffen.«

»Man gönnt sich ja sonst nichts«, kommentierte Kling trocken.

»Meint ihr, das war Zufall?«, fragte Simone.

Kling zuckte die Schultern. »Kann schon sein. Die Gegend hat viel Zulauf, darunter eben auch zwielichtige Figuren. Vielleicht standen die beiden aber auch ohne Unterbrechung in Kontakt und haben verabredet, in Oberbayern ein neues Drogengeschäft aufzuziehen. Wäre wunderbar gelaufen, wenn ihre Hintermänner nicht gepanschtes Ecstasy geliefert hätten.«

»Rudolf Becker … Roel Bakker«, murmelte Özkan. »Das ist echt frappierend. Ich frag mich nur: Warum hat das K 82 nie den geringsten Verdacht geschöpft, dass er mit dem Fall Fromberger zu tun haben könnte?«

»Wie denn?«, entgegnete Kling. »Wer hätte ahnen sollen, dass Bakker unter dem Namen Becker friedlich am Tegernsee wohnt? Erst Roermond, dann Berlin, dann unbekannt verzogen. Die alte Akte hat doch längst Staub angesetzt. Wir sind ja selber erst durch die Dreiecksbeziehung Gillessen-Fehse-Conradi darauf gekommen, dass da etwas faul sein könnte. Wenn nicht Gillessens

Tagebuch zufällig aufgetaucht wäre, stünden wir noch genauso dumm da wir vorher.«

»Und alles nur aufgrund von diesem einen Zahlendreher. 23 statt 32. Tz-tz-tz.« Özkan schien die Verquickung glücklicher Umstände nicht fassen zu können.

»Kommissar Zufall eben«, sagte Kling. »Gut, dass es den noch gibt. – So, und jetzt erstatten wir dem Chef Bericht und machen endlich Nägel mit Köpfen.«

40

»Also eine konzertierte Aktion. Drei Adressen, drei Teams, gleicher Zeitpunkt.«

Mit diesem Fazit endete eine Videokonferenz, an der neben Markus Kling, Lorenz Finsinger und Murad Özkan auch zwei Kollegen aus dem Münchner Kommissariat 11 – zuständig für erpresserischen Menschenraub – teilgenommen hatten. Die Strategie hatte damit Form angenommen: Es galt, in einem Überraschungsangriff alle Tatbeteiligten auf einen Schlag auszuschalten und Jens Lienhardt mit minimalem Risiko aus den Händen der Entführer zu befreien.

Vorausgegangen war der Besprechung ein systematisches Einkreisen des möglichen Verstecks. Die mutmaßliche Mareike Bakker hatte sich nicht mehr gemeldet, und je mehr Zeit verstrich, desto mehr drängte sich die Option einer gewaltsamen Lösung auf. Aber wo könnte sich Lienhardt befinden? Sofern er nicht geknebelt war oder sonst wie außer Gefecht gesetzt war, kam nur ein möglichst schalldichter Raum infrage. Ein Kellerverlies, eine Erdhöhle, ein Haus mit massiven Wänden … Vieles war denkbar, realistischerweise konnte man zum Glück einiges davon ausschließen.

»Wir sollten den Zeitfaktor bedenken«, sagte Kling, als er mit Finsinger und Özkan zusammensaß. »Lienhardts Entführung war ja nicht von so langer Hand geplant, dass sie dafür extra einen Kerker oder was auch immer hätten organisieren können. Dasselbe gilt für Wensauer. Beide müssen irgendwohin gebracht worden sein, wo sich ein Versteck von Haus aus anbietet.«

»Von Haus aus«, wiederholte Finsinger mit Nachdruck. »Du sagst es, das sollten wir wörtlich nehmen. Ich tippe auf ein normales Wohngebäude.«

»Genau. Dann sehen wir uns die Adressen unserer vier Pappenheimer mal näher an.«

Eine kurze Überprüfung der drei Wohnsitze genügte, um festzustellen, dass Lothar Fehses Singlebehausung als möglicher Unterschlupf ausschied. Das Apartment befand sich in einem vierstöckigen Mietshaus in der Ortschaft Tegernsee, wo sich mit Sicherheit keine passende Unterbringung für ein Entführungsopfer bot. Die Adresse von Bruno Conradi alias Körner führte sie ebenfalls zu einer Etagenwohnung, und zudem lag sie nahe der Ortsmitte von Rottach-Egern. Viel zu zentral und zu exponiert, um jemanden unbemerkt herzubringen und zu verstecken. Blieb noch das Ehepaar Becker alias Bakker. Die drei Beamten besahen sich das Satellitenbild in Google Earth, zoomten das Grundstück groß heran und warfen sich bezeichnende Blicke zu.

»Mir scheint, das ist es«, sagte Özkan.

»Bingo!«, stimmten Kling und Finsinger fast simultan ein. Alle drei knufften sich erleichtert und anerkennend in die Schultern.

Das Objekt war der perfekte Kandidat: ein freistehendes Einfamilienhaus, abgeschottet und schwer einsehbar auf einem weitläufigen Grundstück am Ortsrand von Reitrain gelegen. Ideal, um einen Menschen fernab jeder Sicht- und Hörweite gefangen zu halten.

»Etwas Besseres lässt sich kaum finden«, sagte Kling.

»Wenn Lienhardt nicht dort ist, wo sonst? Vielleicht erfahren wir über die Baubehörde, wie die Räumlichkeiten genau aussehen. Ich meine vor allem den Keller.«

»Kaum.« Finsinger schüttelte bedauernd den Kopf. »Soviel ich weiß, sind das alles Häuser aus den 80er-Jahren oder älter. Wo sollen da heute noch die Baupläne herkommen? Die wandern spätestens nach 30 Jahren in den Reißwolf.«

»Fragen kostet nichts«, widersprach Kling. »Vielleicht hat jemand beim Amt vergessen, sie zu entsorgen.«

Özkan grinste unwillkürlich. »Jetzt setzt du wieder auf Kommissar Zufall, was?«

»Mehr als eine abschlägige Auskunft riskieren wir ja wohl nicht. Also, ich rufe die jetzt an … Moment mal, Gemeinde Kreuth – ist da nicht das Rathaus zuständig?«

»Deine Zukünftige, ganz richtig.« Auch Finsinger konnte sich ein leichtes Grinsen nicht verkneifen. »Da hast du dir ja eine nette Quelle erschlossen.«

»Stimmt«, sagte Kling, griff zum Telefon und wählte Vronis Nummer. »Kurzer Draht und Dienstweg, ist doch klasse. Da sparen wir uns ein Amtshilfeersuchen.«

Nach einer anderthalbminütigen Unterredung legte er auf und wandte sich wieder an Finsinger. »In Ordnung«, sagte er. »Vroni glaubt zwar auch nicht an einen Erfolg, aber sie wird nachsehen.«

Nur fünf Minuten später kam der Rückruf. Kling hörte sich an, was Vroni ihm zu berichten hatte, und ein Strahlen erhellte seine Miene. »Okay, wird gemacht!«, rief er und sah seine Kollegen triumphierend an. »Als hätte ich's geahnt! Die Pläne sind noch da. Wir müssen sofort eine Streife vorbeischicken.«

41

Trotz seines unverhofften Erfolgs ärgerte sich Markus Kling über den unausrottbaren Amtsschimmel deutscher Behörden. Eine Dreiviertelstunde verschenkt! Alles wäre wesentlich schneller gegangen, wenn das Rathausarchiv statt Papierakten digitale Kopien der Baupläne verwahren würde. Immerhin, jetzt klärten sich die Dinge und liefen immer mehr auf einen Showdown zu.

Rudolf Becker alias Roel Bakker hatte das Haus erst vor vier Jahren erworben und in großem Stil umbauen lassen. Die aktuellen Pläne waren somit vollständig erhalten – und sie offenbarten eine Besonderheit, die für ein Geiselversteck ideale Eigenschaften aufwies: einen unterirdischen Atombunker, der beim Bau des Hauses in den 1980er-Jahren angelegt worden war.

Markus Kling, Lorenz Finsinger, Murad Özkan und Hauptkommissar Raimund Seliger vom K 11, der sich von München auf den Weg nach Miesbach gemacht hatte, saßen über dem ausgebreiteten Bauplan und berieten sich über das strategische Vorgehen. Klar war von vornherein, dass die drei Überraschungsangriffe gleichzeitig im Morgengrauen erfolgen sollten, das hieß vor 4:30 Uhr. Wenig Diskussionsbedarf gab es bei Conradi und Fehse; das Vorgehen der Spezialeinsatzkräfte war vielfach erprobt und bewährt: Wohnungstür aufbrechen, mit Schusswaffen im Anschlag das Schlafzimmer stürmen, gegebenenfalls Blendgranaten zünden. Beim Anwesen der Bakkers war die Sache hingegen komplizierter, allein schon wegen des vermuteten Geiselverstecks.

»Wie es aussieht, hat der Bunker zwei Zugänge«, sagte Markus Kling und markierte die Stellen mit dem Zeigefinger. »Einer führt über eine Kellertreppe und durch einen unterirdischen Gang, der andere ist ein Notausstieg im Garten. Das heißt, der Zugriff muss über beide gleichzeitig erfolgen.«

»Auf jeden Fall«, bekräftigte Finsinger.

»Übrigens, Vroni hat sich das Haus unauffällig angesehen, ist für sie ja nur ums Eck.«

»Und? Irgendwelche Besonderheiten?«

Kling schüttelte den Kopf. »Normaler Bretterzaun, also kein Hindernis, und offenbar keine großen Sicherheitsvorkehrungen. Vielleicht gibt es Außenlampen mit Bewegungsmelder, aber so was weckt einen ja nicht gleich auf.«

»Alarmanlage?«

»Wenn, dann allenfalls im Haus. Sonst würde die ja jede vorbeischleichende Katze auslösen.«

»Apropos Katze, gibt es einen Hund?«

»Das hab ich Vroni zur Sicherheit prüfen lassen. Angemeldet ist jedenfalls keiner.«

»Sehr gut«, sagte Seliger. »So ein Kläffer kann einem im Zweifelsfall alles versauen.«

»Noch einmal zurück zu allen drei Einsätzen«, sagte Finsinger. »Die Bakkers, Conradi und Fehse müssen so koordiniert ausgeschaltet werden, dass keiner den anderen warnen kann. Das heißt, die drei SEK-Teams müssen sich genau abstimmen. Der Zugriff sollte möglichst exakt in derselben Minute erfolgen.«

»Das sehe ich optimistisch«, sagte Kling. »Schließlich haben wir den großen Vorteil, dass das Überraschungsmoment auf unserer Seite ist. Bis jetzt hat keiner von denen die leiseste Ahnung, dass sie enttarnt sind. Wenn nichts schiefgeht, können wir wirklich alle drei gleichzeitig erwischen.«

Finsinger nickte. »Das werden wir. Dann hoffen wir mal, dass sie morgen früh alle tief und fest schlafen – und zwar so lange, bis die SEK-Leute sie aus dem Bett scheuchen. Sonst wird es für Lienhardt extrem gefährlich.«

Die Nacht wurde kurz. Um vier Uhr morgens rollten mehrere Einsatzfahrzeuge mit verhaltenem Tempo in Richtung Tegernsee, Rottach-Egern und Reitrain. An den Zielorten entließen sie ihre Besatzungen in die Morgendämmerung; durchtrainierte Spezialeinsatzkräfte in schwarzen Uniformen, schwer bewaffnet und durch Helme, Visiere und kugelsichere Westen geschützt. Markus Kling und Raimund Seliger begleiteten das dritte Kommando, dem mit der Geiselbefreiung die schwierigste und riskanteste Aufgabe zufiel.

Reitrain schlief. Das Anwesen der Bakkers verströmte einen albtraumhaften Scheinfrieden. Dank einer tief hängenden Wolkendecke war die Szenerie auch jetzt, kurz vor Sonnenaufgang, in bleigraue Dunkelheit gehüllt. Die Luft roch erdig, feucht und schwer. Ein Uhrenvergleich, eine Abstimmung per Funk mit den zwei anderen SEKs, eine letzte Einsatzanweisung. Zwei Mann wurden zum Notausstieg des Bunkers im Garten beordert, zwei in den Kellergang, zwei ins Obergeschoss, wo sich das Schlafzimmer befand. Für letztere war der Einsatz am gefährlichsten.

»Entscheidend ist, dass die Bakkers überrumpelt werden«, schärfte Seliger den Beamten ein. »Dass sie festgesetzt wurden, bevor sie überhaupt merken, was los ist. Wir können nicht ausschließen, dass sie geladene Schusswaffen im Nachttisch haben.«

Das Zwitschern einer Amsel war das einzige Geräusch zu dieser frühen Stunde, die Einsatzkräfte bewegten sich trotz ihrer schweren Ausrüstung lautlos wie Katzen. Der halbhohe Bretterzaun ließ sich mühelos übersteigen, genau wie Vroni gesagt hatte. Es gab auch tatsächlich keinen Hund …

Doch. Und es war nicht nur einer.

Die jähe Kakophonie von drei wütend durcheinander kläffenden Tonlagen zerriss die morgendliche Stille dermaßen brutal, dass der gesamten Mannschaft ein eiskalter Schreck durch die Glieder fuhr.

»Verdammte Scheiße!«, stieß Kling hervor, der die Aktion gemeinsam mit Seliger und dem Einsatzleiter des SEK beobachtete. »Wo kommen die Viecher her?«

»Da scheint ein Hundezwinger zu sein. So ein Mist aber auch!« Per Funk gab der Einsatzleiter seinen Männern den Befehl, den Vormarsch vorerst zu stoppen.

Die Wirkung des Gebells ließ nicht auf sich warten. Im ersten Stock flammte Licht in einem der Fenster auf, dann auch in weiteren. Wenig später öffnete sich das Rolltor einer Doppelgarage, die an das Haus angrenzte, was in dem Hundelärm geisterhaft geräuschlos wirkte. Ein silbergrauer Volvo rollte langsam heraus und hielt an. Mareike Bakker musste am Steuer sitzen, denn fast gleichzeitig erschien ihr Ehemann im Jogginganzug mit Jens Lienhardt in der Eingangstür des Hauses. Er umklammerte sein Opfer von hinten und hielt eine Pistole gegen seine rechte Schläfe gedrückt. Lienhardt stand in unnatürlich steifer Körperhaltung vor ihm; er schien wie erstarrt vor Angst und wagte keine Bewegung.

»Stil nu!«, schrie Bakker den Hunden zu, und der Lärmpegel sank auf ein erträglicheres Maß. »Und ihr zurück!«, brüllte er mit sich überschlagender Stimme. »Alle zurück! Ich steige jetzt mit Lienhardt in mein Auto, und Sie werden uns unbehelligt abfahren lassen. Keine Verfolgung, ja?! Andernfalls …«

Seine Hand bebte vor Erregung, der Pistolenlauf bohrte sich noch fester in Lienhardts Schläfe. Es war offensichtlich, dass er sich in einem psychischen Ausnahmezustand befand. Alles kam jetzt darauf an, ihn zu beruhigen und die Situation zu deeskalieren.

Kling und Seliger standen inzwischen am Gartentor, nur die SEK-Leute befanden sich zwischen ihnen und der bedrohlichen Szene. Kling hatte ein Megafon aus dem Wagen geholt und hob es an seinen Mund. »Machen Sie keinen Unsinn«, rief er Bakker zu. »Sie haben keine Chance! Lassen Sie die Waffe fallen und geben Sie auf!«

»Keine Chance, sagen Sie? Oh nein, im Gegenteil.«

»Das ist doch illusorisch! Sie kriegen Ihren Mikrofilm sowieso nicht. Wenn Sie Lienhardt umbringen, verbringen Sie den Rest Ihres Lebens hinter Gittern.«

»Quatschen Sie nicht so viel! Ziehen Sie Ihre Leute ab und lassen Sie uns fahren, dann passiert ihm nichts.«

»Herr Bakker«, gab Kling zurück und nannte ihn bewusst bei seinem richtigen Namen, »ich begreife Sie nicht! Sie sind doch nicht dumm. Sie sind sogar hochintelligent. Also denken Sie mal nach: Wo wollen Sie denn hin? In einer Minute sind Sie und Ihr Auto zur Fahndung ausgeschrieben, Sie werden durch ganz Europa verfolgt. Lassen Sie den Unsinn. Noch haben Sie die Chance auf eine Strafmilderung.«

»Was heißt das?«

»Es liegt in Ihrer Hand. Lassen Sie Ihre Geisel frei und leisten Sie keinen Widerstand. – Und noch mal: Ihren Mikrofilm können Sie vergessen. Den haben wir vernichtet. Unwiederbringlich.«

Die Notlüge schien Wirkung zu zeigen. Bakker deutete eine Bewegung an, als wollte er die Waffe sinken lassen, aber sie blieb weiter auf Lienhardts Schläfe gerichtet. Vier Präzisionsschützen mit entsicherten Gewehren visierten Bakkers Kopf an.

Seliger kratzte sich das Kinn und beobachtete angespannt Bakkers zögernde Reaktion. »Notfalls finaler Rettungsschuss«, raunte er Kling zu.

»Nein! Auf keinen Fall. Wir brauchen den Mann lebend. Ich rede noch mal mit ihm.«

»Okay, versuchen Sie Ihr Glück.«

»Also, was ist?«, rief Kling. »Verstehen Sie nicht, Herr Bakker? Es gibt keinen Mikrofilm mehr. Sie können nicht gewinnen!«

Diesmal fiel der Groschen. Bakker ließ die Pistole wortlos auf Brusthöhe sinken. Trotzdem dauerte es eine weitere quälende Minute, bis er sein Opfer freigab und die Waffe klackernd auf die steinerne Türschwelle fiel. Lienhardt rannte los, seinen Befreiern entgegen.

Im selben Moment öffnete Mareike Bakker die Autotür und verließ das Fahrzeug, beide Hände erhoben und die Handflächen demonstrativ nach vorn gedreht. Seltsame Zuckungen durchliefen ihre Arme. Und dann erkannte Kling den Grund: Mit der scheinbar eiskalten Frau war eine verblüffende Wandlung vor sich gegangen. Sie zitterte am ganzen Körper und weinte hemmungslos.

42

Lothar Fehse hatte den Polizeieinsatz nicht überlebt. In seiner aussichtslosen Lage hatte er bei der Erstürmung seiner Wohnung durch das SEK noch einmal den Fenstertrick versucht. Allerdings befand sich seine Wohnung im dritten Stock, und der Sprung endete nicht in einem Gartenbeet, sondern an der harten Kante einer Betonmauer. Fehse war zuerst mit dem Rücken aufgeschlagen, dann mit dem Kopf. Der Notarzt konnte nur noch seinen Tod feststellen. Als Einziger des Quartetts war Dr. Conradi alias Körner entkommen. Ein kleiner Fehler in der Synchronisation, aber der hatte ihm den entscheidenden Zeitvorsprung verschafft. Offenbar war es Bakker gelungen, seinen Komplizen in letzter Sekunde zu warnen. Trotz der sofort eingeleiteten Großfahndung blieb Conradi einstweilen verschwunden.

Somit richteten sich alle Erwartungen der Ermittler vorerst auf das Ehepaar Bakker. Roel Bakker machte den Anfang. Auf einen Rechtsbeistand hatte er zur Verwunderung aller verzichtet. Offenbar traute er es sich selbst zu, einen Deal mit der Justiz auszuhandeln. Im Vernehmungsraum bereiteten sich Markus Kling, Murad Özkan und ihr Kollege Christian Egner vom Münchner Kommissariat 18, zuständig für Drogendelikte, auf seine Befragung vor. Nachdem ein uniformierter Kollege ihn hereingeführt hatte, wies Kling ihn an, auf dem Stuhl ihm gegenüber Platz zu nehmen.

Erst jetzt fand er Gelegenheit, sich den Mann genauer anzusehen. Bakker war das Klischeebild eines Holländers: hochgewachsen, hager und knochig, von den vorspringenden Brauen bis hinunter zu den langen, schmalen Händen. Murad Özkan, der zwar einen Bauchansatz hatte, aber noch als vollschlank durchgehen konnte, wirkte im direkten Vergleich mit ihm wie ein Koloss.

Bakker hockte auf seinem Stuhl, als wollte er ein Lehrbeispiel für innere Anspannung geben. Seine Körperhaltung war verkrampft; er hatte die Finger ineinandergeflochten, seine Augen zuckten nervös, die Mundwinkel waren zusammengepresst. So war das kein guter Anfang. Regel Nummer eins für die Beschuldigtenvernehmung: eine zwanglose Atmosphäre schaffen. Vertrauen herstellen. Alles vermeiden, was zu einer Trotz- oder Verweigerungshaltung führen könnte.

»Möchten Sie was zu trinken?«, fragte Kling, nachdem er Bakker seine Rechte vorgelesen hatte. »Einen Kaffee oder ein Mineralwasser?«

Bakker schien unschlüssig. »Tee, wenn Sie haben«, antwortete er nach einer Pause.

»Das lässt sich machen.« Kling gab die Bestellung telefonisch durch. »Okay, kommt sofort. – Also, dann fangen wir mal mit der Korrektur Ihrer Personalien an. Gemeldet sind Sie als Rudolf Becker, aber in Wirklichkeit heißen Sie Roel Bakker. Sie haben jahrelang von den Niederlanden aus ein lukratives Drogengeschäft betrieben und sind nur knapp an einer Verurteilung vorbeigeschrammt, als die Sache aufgeflogen ist. Anschließend sind Sie nach Deutschland übergesiedelt, genauer gesagt nach Berlin. Korrigieren Sie mich, wenn ich etwas Falsches sage.«

»Bis jetzt ist alles richtig«, antwortete Bakker lakonisch. Langsam lösten sich seine verkrampften Hände voneinander. Er schien gesprächsbereit.

»Gut«, sagte Kling. »Nach unseren Recherchen haben Sie seinerzeit auch Dr. Conradi, der in Wirklichkeit Bruno Körner heißt, mit Dopingmitteln versorgt. Damals reichten die Beweise nicht aus, diesmal ist das grundlegend anders. Ich zähle mal auf: bandenmäßiger Handel mit illegalen Drogen, erpresserischer Menschenraub und Mord, Beihilfe zu fahrlässiger Tötung und zum Mord oder wenigstens Mitwisserschaft ... Ach so, und fast hätte ich die illegale Haltung von drei Kampfhunden vergessen. Wenn man alles zusammenzählt, läuft es jedenfalls pfeilgerade auf Lebenslänglich hinaus.«

»Ich kann mich erinnern, dass Sie vor Kurzem etwas anderes gesagt haben.«

»Das war wohl kaum eine verbindliche Zusage«, widersprach Kling. »Es wäre allerdings hilfreich und günstig für Sie, wenn Sie uns alles erzählen. Ich kann zwar nichts versprechen, aber wenn Sie umfassend auspacken, könnte die Kronzeugenregelung greifen und sich strafmildernd für Sie auswirken.«

»Vor allem, wenn Sie uns verraten, wo das gepanschte Ecstasy herkam«, ergänzte Christian Egner. »Wir sind sehr daran interessiert, diesen Sumpf trockenzulegen.«

»Wo das herkam? Ich nehme doch an, Sie haben unser Haus auf den Kopf gestellt und die Computer mitgenommen. Da finden Sie, was Sie suchen.«

»So schlau bin ich selber«, sagte Egner. »Und Dr. Körners Festplatten haben wir natürlich auch beschlagnahmt. Aber den ganzen Haufen an Daten zu durchforsten kann dauern. Wir hätten die Information gern sofort, also wäre es schön, wenn Sie jetzt reden würden.«

Ein Kollege betrat den Raum und brachte das Tablett mit dem Tee.

»Milch und Zucker?«, fragte Özkan.

»Kandis«, antwortete Bakker kurz angebunden.

»Haben wir nicht. Nur Würfelzucker.«

»Meinetwegen. Geht auch.«

Bakker süßte seinen Tee, rührte um und ließ sich Zeit mit den ersten Schlucken. Dann setzte er seine Tasse betont langsam ab und fragte, während er die drei Beamten der Reihe nach ansah: »Kronzeuge, haben Sie gesagt? Also Straffreiheit gegen Aussage, oder wie?«

»Straffreiheit garantiert nicht«, korrigierte Kling, »im besten Fall Strafmilderung. Aber das entscheidet allein das Gericht. Wir können allenfalls beim Staatsanwalt gut Wetter für Sie machen. Es wird auch ein bisschen davon abhängen, in welchem Umfang Ihre Frau mitspielt. Außerdem erwarten wir von Ihnen einen brauchbaren Tipp, wo Ihr Freund Körner stecken könnte.«

»Da muss ich passen. Keine Ahnung.«

»Keine Ahnung? Wirklich? Na, vielleicht fällt es Ihnen ja später noch ein.«

Bakker schüttelte langsam und wortlos den Kopf, doch schließlich begann er zu reden. »Also das Ecstasy … Es gibt ein Labor in der Nähe von Nitra. In der Slowakei.«

Christian Egner wirkte elektrisiert. »Die Adresse bitte!«

Bakker nannte einen Namen und eine Adresse, und Egner gab beides per Handy an sein Präsidium durch. »Wenigstens mit dem Ausland haben wir richtiggelegen«, sagte er. »Aber Nitra … Die Information ist neu.«

»Die haben uns das gepanschte Zeug untergejubelt«, fuhr Bakker fort. »Ich hab sie eigentlich für zuverlässig gehalten, den Kontakt hatte ich noch aus meiner Berliner Zeit. Im Übrigen … Das Ganze war nicht meine Idee. Es hat alles mit Bruno angefangen. Ob Sie es glauben oder nicht – dass wir uns hier am Tegernsee wiedergetroffen haben, war Zufall.«

»Die Gegend scheint eine magnetische Anziehungskraft zu haben«, sagte Kling. »Zumindest für Leute mit Geld.«

»Für uns beide war sie jedenfalls ein schönes Refugium. Und da haben wir uns überlegt, wir könnten die alten Verbindungen doch wieder nutzen. Für ein bequemes Nebeneinkommen.«

»Die Katze lässt das Mausen nicht«, kommentierte Egner sarkastisch.

»Wenn Sie das so sehen … Jedenfalls habe ich das Ganze gemeinsam mit Bruno und meiner Frau aufgezogen. Lothar Fehse ist später dazugekommen. Der hatte von Drogen nicht viel Ahnung, er war mehr der Mann fürs Grobe.«

»Zum Beispiel das Erdrosseln mit einer Drahtschlinge«, warf Özkan ein.

»Ja, widerwärtig. Das hätte er auch anders erledigen können. Er war in Mixed Martial Arts ausgebildet und Mitglied in irgendeiner Kampfsportgruppe.«

»Das wissen wir längst«, sagte Özkan. »Und es handelt sich nicht um ›irgendeine Kampfsportgruppe‹, wie

Sie sagen, sondern um einen Haufen von Rechtsradikalen. Davon hatten Sie keine Ahnung?«

»Nein. Hat mich nie wirklich interessiert.«

»Sollte es aber. Dieser Verein pflegt seit Längerem enge Kontakte zu einem Neonazi-Netzwerk namens ›Thors Hammer‹. Na, klingelt etwas?«

»Thor … natürlich, das ist der germanische Donnergott.«

»Genau. Und was der Verfassungsschutz über ›Thors Hammer‹ weiß, stinkt gewaltig nach germanischem Rassenwahn. Diese Leute wollen alle vermeintlichen Ausländer aus Deutschland rauswerfen, und dazu rechnen sie jeden, der keine urdeutsche Ahnenkette bis zu Karl dem Großen nachweisen kann. Leute wie mich zum Beispiel.«

»Um dem Ganzen die Krone aufzusetzen«, ergänzte Kling, »wollen sie die Demokratie abschaffen und eine Art Viertes Reich begründen. Irgendwann ist Gillessen wohl dahintergekommen, deswegen hat er Fehse hochkant rausgeschmissen. Und mit einem solchen Typen haben Sie kooperiert?«

Bakker schüttelte heftig den Kopf. »Ik ben een apolitiek persoon!«, brauste er auf. »Was interessieren mich Lothars dämliche Netzwerke! Ich will Geschäfte machen, sonst nichts.«

»Sie wollten Geschäfte machen«, korrigierte Egner. »Damit ist es jetzt ja wohl Essig.«

»Was haben Sie mit den Drogeneinnahmen eigentlich angestellt?«, fragte Kling.

»Investiert.«

»Was heißt das?«

»In bar bezahlte Immobilien. Natürlich nicht in Deutschland, sondern ... Ich muss überlegen, auswendig weiß ich das nicht so genau.«

»Brauchen Sie auch nicht, keine Sorge. Bei der Hausuchung haben wir genug Material sichergestellt. Wenn das ausgewertet ist, wissen wir vermutlich alles.«

»Dann können wir für heute ja Schluss machen«, sagte Bakker.

»Was? Wo denken Sie hin? Das Wichtigste kommt ja erst, nämlich wie Sie Kenntnis von Gillessens Mikrofilm erlangt haben.«

»Na, wie wohl? Gillessen hat Lothar davon erzählt. Die beiden waren ja mal ein Herz und eine Seele. Er hat ihm auch gesagt, dass der Film in einer Schatulle versteckt ist.«

»Und da haben Sie das Geschäft Ihres Lebens gewittert«, ergänzte Christian Egner. »Aufputschmittel 2.0, bereit, den Weltmarkt zu erobern. Wem wollten Sie Ihre Superdroge verticken? Terroristen, Warlords, illegalen Milizen? Oder Fehses Nazi-Kumpanen?«

»Der Markt wäre jedenfalls da gewesen«, antwortete Bakker ungerührt. »Und die Connections hatten wir auch.«

»Ja, hatten Sie. Bis heute Morgen. Da gab es eine Razzia in den Niederlanden, bei der Ihre Geschäftspartner in spe vorläufig festgenommen wurden.«

Bakker schien von dieser Neuigkeit nicht überrascht zu sein. »Jaja«, murrte er nur. »Ist eh schon alles egal.«

»Postumes Kompliment übrigens an Ihren Spezl Fehse«, sagte Kling. »Mit seiner Maskerade hat er nicht nur uns mehrfach hinters Licht geführt.«

»Ach was«, sagte Bakker und machte eine wegwerfende Geste. »Das hätte er selber gar nicht hingekriegt.«

»Was soll das heißen?«

»Lothar ist … war seit einiger Zeit mit einem Maskenbildner zusammen, der beim Fernsehen arbeitet. Sein neuer Lover. Der hat auch den Kontakt zu Fromberger und Borell hergestellt.«

»Aha, so ist das!« Jetzt wurde die Sache schlagartig klar. Ein Team von zwei Profis, die sich perfekt ergänzten. »Also *der* hat Fehse für den abendlichen Besuch bei Rainer Borell umgeschminkt.«

»Genau. Borell war so dumm, uns mit der Polizei zu drohen, das konnten wir nicht riskieren.«

»Und außerdem hat Fehse den angeblichen James Lobovsky gespielt.«

»So ist es. Und wenn Sie's wissen wollen, er hat auch Dr. Conradi mit einem falschen Bart und anderen Requisiten ausgestattet. Sie erinnern sich an die Filmübergabe im Münchner Hauptbahnhof?«

Kling fiel es wie Schuppen von den Augen.

»Deshalb hat es also nicht geklappt! Ihr habt Conradi alias Körner vorgeschickt, und der kannte mich ja bereits.«

»Gut kombiniert, Herr Kommissar«, sagte Bakker mit leisem Spott in der Stimme.

»Noch mal zu der Schatulle«, sagte Özkan. »Gillessen hat Lothar Fehse also erzählt, was es damit auf sich hat …«

»Ja. Er war so vertrauensselig, dass er Lothar sogar den Code zum Entschlüsseln der Texte verraten hat.«

»Ach ja?«

»Es ist eine Jahreszahl.«

»1848«, ergänzte Kling trocken.

Auf Bakkers Gesicht zeichnete sich eine Mischung aus Verblüffung und Erschrockenheit ab. »Woher haben Sie die?«

»Sie war nicht allzu schwer zu finden. Im Übrigen hätte sie Ihnen gar nichts genutzt. Fehlanzeige, das ist nicht der Code.«

»Was?!« Jetzt schien Bakker vollends aus der Fassung zu geraten.

»Ja. Mit dieser Jahreszahl hätten Sie ewig herumprobieren können, da fehlt ein ganzes Stück. Aber lassen wir das mal beiseite. Ich hätte noch eine Frage, die uns schon länger umtreibt: Wieso hat Fehse sich die Filme nicht einfach geschnappt, wenn er wusste, wo sie versteckt waren?«

»Weil er da nicht rangekommen ist«, sagte Bakker, der sich allmählich wieder beruhigte. »Die Schatulle hat Gillessen zusammen mit ein paar anderen Sachen in einem Tresorraum aufbewahrt. Der lässt sich mit einer Zahlenkombination öffnen, aber nur Gillessen kannte sie, und in seinem Testament stand sie auch. Bruno hat mehrfach versucht, die Zahlen per Hypnose aus ihm herauszulocken, doch da war nichts zu machen.«

»Und daraufhin hat er bei Gillessens Selbstmord nachgeholfen. Von Lothar Fehse wusste er ja, dass nach dessen Tod alles versteigert werden sollte.«

»Genau. Ist doch ganz klar, Gillessen musste einen unverdächtigen Tod sterben. Ich hab zusammen mit Bruno ein passendes Medikament ausgesucht, und in Verbindung mit Hypnose hat es Gillessens Depressionen verstärkt.«

»Die schließlich zum planmäßigen Suizid führten.«

Bakker schüttelte den Kopf. »Nicht direkt. Dafür gab es eine Initialzündung. Bruno hat Gillessen nachts angerufen, als der noch unter Hypnose stand. Er hat ihm telefonisch suggeriert, eine halbe Flasche Wein zu trinken und den kompletten Lorazepam-Vorrat zu schlucken. N3, um die 40 Stück waren wohl drin. Hat ja auch funktioniert.«

Kling stieß einen leisen Pfiff aus. Endlich war klar, was es mit dem mysteriösen Anruf auf sich hatte, der in der fraglichen Nacht eingegangen und dann aus der Liste verschwunden war. Conradi musste ihn gelöscht haben, als er sich mit dem Toten allein und unbeobachtet in dessen Schlafzimmer befunden hatte.

»Und weil Conradi selber den Totenschein ausgestellt hat«, resümierte Kling, »konnte dabei natürlich auch niemand Verdacht schöpfen.«

»So ist es. Den Rest kennen Sie ja. Bei der Auktion sollte Frau Kolendowicz die Schatulle mit dem Film für uns ersteigern. Dummerweise haben wir die Losnummern durcheinandergebracht, deshalb hat sie für eine falsche geboten. Mareike ist dann die Aufgabe zugefallen, Lienhardt anzurufen und sich nachträglich die richtige Schatulle zu sichern.«

»Raffiniert gedacht, das muss ich zugeben.«

Murad Özkan hatte eine weitere Frage: »Was uns nach wie vor umtreibt und Rätsel aufgibt: Wie haben Sie Dominik Wensauer getötet?«

Ein mattes Grinsen umspielte Bakkers Mundwinkel. »Mit Kohlendioxid, ganz einfach. Wir haben ihn in den Technikraum gesperrt und die CO_2-Löschanlage aufgedreht. Ging sehr schnell. Er wird nichts davon gemerkt haben.«

»Ach Gott, wie human!«, schleuderte Özkan ihm wütend entgegen. »Erzählen Sie *das* mal dem Richter! Am Tatbestand ändert es jedenfalls nichts: Mord aus niedrigen Beweggründen.«

Bakker zuckte die Schultern und erwiderte nichts.

»Immerhin kriegen Sie einen Sonderpreis für Originalität«, sagte Christian Egner sarkastisch. »Jemanden mit einer Löschanlage umzubringen, darauf muss man erst mal kommen. – Tja. Welche Themen haben wir noch?« Er blickte auf sein Tablet und wischte sich mit einem Finger durch die Fragen, die er zuvor notiert hatte.

»Ich hab keine Lust mehr«, warf Bakker unvermittelt ein und wirkte plötzlich sehr müde. »Bringen Sie mich zurück in die Zelle, ich muss nachdenken.«

»Mehr wollen Sie also nicht aussagen?«

»Nein. Nicht jetzt. Später.«

Die Kommunikation wurde einsilbig, weitere Fragen waren zwecklos. Markus Kling warf Christian Egner einen vielsagenden Blick zu. Der nickte. »Ich denke, für die erste Vernehmung reicht es«, sagte er betont zuvorkommend. »Herr Bakker, wir sind Ihnen wirklich dankbar für Ihre Kooperation. Wenn das weiterhin so bleibt, werden wir sehen, was sich für Sie tun lässt.«

43

Der fünfte Mann, Lothar Fehses neuer Lover, hatte sich an seinem Arbeitsplatz in einem TV-Studio widerstandslos festnehmen lassen. Für Conradi war die Flucht in der Slowakei zu Ende gegangen, wo ihn Kollegen in der Wohnung seines ehemaligen Ecstasy-Lieferanten gestellt hatten. Damit waren alle Akteure ausgeschaltet. Das Kartell existierte nicht mehr.

Auf Markus Kling wartete jetzt noch eine Reihe weiterer Vernehmungen, um das Bild abzurunden und der Staatsanwaltschaft umfassend Bericht zu erstatten. Kein Rätselraten mehr, kein Zittern vor der nächsten Hiobsbotschaft im Zusammenhang mit dem Fall.

Und natürlich wollte Vroni wissen, welch ungeheures Geheimnis sich in der ominösen Schatulle verborgen hatte, wenn dafür skrupellos Menschen entführt und ermordet worden waren. Schließlich war sie dabei gewesen, als Anna Kolendowicz die Antiquität zu einem Mondpreis ersteigert hatte.

»Ich kann dich nicht in alles einweihen, was wir gefunden haben«, sagte Kling, als die beiden beim Abendessen in ihrer Wohnküche beisammensaßen. »Das fällt unter Dienstgeheimnis. Nur so viel: Es sind Formeln, mit denen sich eine saugefährliche chemische Substanz herstellen lässt.«

»Eine Droge?«

»So was in der Art. Ein Aufputschmittel. Es ist um ein Vielfaches wirksamer als Pervitin, das bei der Wehrmacht im Zweiten Weltkrieg eingesetzt wurde. Und das war schon schlimm genug. Mir schwant auch, wer die Kunden dafür wären, nämlich Terrororganisationen, Warlords oder Armeen und Söldnertruppen von Gewaltherrschern in Drittweltländern. Solche Leute. Damit könnte man Millionen, wenn nicht Milliarden verdienen. Und deshalb sagt mir mein Verantwortungsgefühl, dass niemals ein Mensch davon erfahren sollte.«

»Aha, was hast du vor?« Vroni hatte seine Ausführungen aufmerksam verfolgt und wartete mit skeptisch zusammengezogenen Brauen auf eine Erklärung.

»Pass auf«, begann Kling, »ich hab die Formeln dem LKA zur Analyse gegeben, aber dabei handelt es sich um Nonsens. Die sind verschlüsselt, verstehst du? Sie ergeben überhaupt keinen Sinn. Das hab ich allerdings erst später erfahren, als der Begleittext komplett decodiert war. Außer mir weiß bis jetzt kein Mensch davon.«

»Und jetzt willst du …?«

»Genau. Der Film und die Datei mit dem Klartext befinden sich in der Inspektion unter Verschluss. Aber ohne den Appendix. Den gibt es nicht mehr.«

»Wieso? Was meinst du damit?«

»Ganz einfach: Ich habe den Verschlüsselungscode für die Formeln gelöscht, bevor die Datei in unserem System gelandet ist. Und das Filmende habe ich einfach abgeschnitten. Einen Moment.«

Mit orakelhafter Miene griff er in seine rechte Hosentasche, zog einen schmalen, kurzen Filmstreifen hervor und hielt ihn direkt vor Vronis Nase. »Hier! Dieses läppische Stück Plastik enthält das große Geheimnis. Das entsorge ich, und der restliche Mikrofilm soll meinetwegen als Beweismittel verwendet werden. Ich denke, dann kann mir niemand vorwerfen, ich hätte ein Asservat verschwinden lassen.«

»Aber du hast es beschädigt«, wandte Vroni ein und klang plötzlich besorgt. »Kann man dir daraus nicht einen Strick drehen?«

Kling schüttelte den Kopf. »Sagen wir mal so: Ich habe es entschärft wie eine Bombe, bei der man den Zünder herausdreht. Ich finde, das bin ich der Menschheit schuldig. Und jetzt sag nicht, dass du mir das zum Vorwurf machst.«

»Ach was«, antwortete sie mit weicher Stimme. »Wieso sollte ich? Es klingt jedenfalls vernünftig. Für mich.« Unvermittelt erhob sie sich, schlang ihre Arme um seinen Hals und küsste ihn.

»Ja … für mich auch«, sage Kling überrascht und erfreut, als sie ihn wieder losgelassen hatte. »Was das Ganze allerdings absurd erscheinen lässt … und irgendwie tragisch …« Er zögerte, mit dem Satz fortzufahren.

»Na, sag schon!«, drängte Vroni.

»Wie gesagt, die Formeln sind codiert und sinnlos. Der Chemiker vom LKA hat etwas von Alchimistenküche gesagt, als er sie gesehen hat. Nein, Alchimistenquatsch. Und er hat ja recht, in der verschlüsselten Form sind sie tatsächlich völliger Mumpitz. Verstehst du, was ich meine?«

Vroni nickte. »Vollkommen. Also mit anderen Worten, viel Lärm um nichts … jedenfalls offiziell.«

»Lärm ist gut!«, entgegnete Kling. »Wenn du Kapitalverbrechen so bezeichnen willst ... Es wurden immerhin zwei Morde für etwas begangen, das sich letzten Endes als fauler Zauber entpuppt hat.«

»Offiziell«, wiederholte Vroni.

»Genau. Und bei dieser Lesart sollte es bleiben.«

Die beiden sahen sich verschwörerisch an.

»Das ist bitter, was?«, sagte Vroni.

»Klar. Aber besser als die Wahrheit. Und so lässt es sich auch der Öffentlichkeit verkaufen. – Sag mal, haben wir irgendwo ein Feuerzeug?«

Vroni zeigte auf die Einbauküchenzeile. »In einer Schublade im Unterschrank neben der Tür. Hab ich vorgestern erst eingeräumt.«

»Perfekt.« Kling erhob sich, zog das Schubfach auf und machte sich daran, den letzten Schritt zu vollziehen.

Der kleine Filmrest fing so schnell Feuer wie der Zeppelin LZ Hindenburg an seinem Schicksalstag.

Es war genau 18:25 Uhr.

Ende

DANKSAGUNG

So viele Figuren, Schauplätze, Ereignisse und Hintergründe, dazu juristische Fachfragen und komplexe historische Bezüge: Ein Romanprojekt wie dieses wäre ohne fremde Hilfe kaum zu bewältigen. In erster Linie danke ich meiner Frau Gertrud für ihre konstruktive Kritik und ihre Nachsicht gegenüber meinen Anfällen von Nacht- und Wochenendarbeit. Dem Team der Verlagsagentur Lianne Kolf sowie Katja Ernst und Claudia Senghaas vom Gmeiner-Verlag danke ich dafür, dass sie die Story positiv bewertet und für lesenswert befunden haben. Großer Dank gebührt auch Katja Ernst für das gründliche Lektorat des Manuskripts – und meiner Literaturgruppe KaLiber für die Erkenntnis, dass der erste Texteinstieg noch lange nicht der beste sein muss.

Darüber hinaus sind all diejenigen zu nennen und anzuerkennen, deren fachlicher Input mir bei der realitätsnahen Ausarbeitung des Inhalts geholfen hat:

Murad Arikan, München
Auktionshaus Hampel Fine Art Auctions, München
Thomas Bühner, München
Alexander Huber, Polizeipräsidium Oberbayern-Süd
Institut für Rechtsmedizin, LMU München
Dipl.-Ing. Dieter Klein, Fürstenfeldbruck
Zofia Laubitz, Montreal
Stefan Mast, Sportmanagement Stefan Mast, Ostin

Michael Mettin, Forstern
Zoë Parry, London
Dr. med. Thomas Schmidt-Auffurth, Hamburg
Stefan Sonntag, Polizeipräsidium Oberbayern Süd
– Ihnen allen sage ich ebenfalls herzlichen Dank.